晩年

太宰治

（本文為五年前——昭和七年初秋，世界級純真無瑕之作家井伏鱒二，寄予一介蔽衣破帽、蓬頭垢面大學生之書簡。）

拜讀過你的來信。本次寄來的原稿非常優秀，格調比之前來稿更為不同。下筆認真，表現與手法上又具有實力，寫作上又具有客觀批判的眼光。尤其〈回憶〉一篇，具有甲上等級的完成度。

從今而後，請你春風得意地上學，也拿出自信，繼續創作你的小說。如果有空來我這兒，希望可以留下來看看托爾斯泰或契訶夫的書，一頁半頁也好。希望你從容不迫地寫，為了不至於寫到累，每天最好也去上學，這兩件事像是呼氣和吐氣。我確定你將來必成大器，請你潔身自愛，好好讀書，有一天一定能實現理想。

九月十五日　井伏鱒二

導讀

出發是另一種告終——談太宰治《晚年》

國立臺灣大學日本語文系研究所 王憶雲教授

關於太宰治，那個我們不覺得陌生的太宰治，究竟還有什麼好談的？我們對於太宰之名，是不是過於熟悉，已把標籤貼好貼滿，因此未能真正理解他到底是個什麼樣的人物呢？那些關於日本純文學作家的自死，又或是無數個走進書店的時刻我們總會瞥見的書名：人間失格；甚至是他那對於自己出生於世的誠心道歉——有什麼是我們尚未理解的嗎？

讓我們回到他的第一本集子《晚年》吧。

這本創作集，有個不像新人作家的老態龍鍾之名：《晚年》。本書出版於一九三六年六月，由砂子屋書房刊行。這本書收錄了他在一九三三年二月至一九三六年四月這段時期發表於報章雜誌上的作品，共十五篇。太宰治在本書自序中提到：「我已經把這本書當成自己唯一的遺著，連書名都選了『晚年』兩字」。若我們停在對於那個「HUNMAN LOST」的太宰印象裡，大概會覺得這悲傷是多麼地濃烈，連一本小說集的起步都是如此艱難。在〈東京八景〉裡，太宰再次提及這本作品，依然是以書寫遺書的姿態來陳述：「有這樣一個汙穢孩子曾經存在」。

太宰把《晚年》中的〈回憶〉定義為自己幼年以及少年時代的告白，一個以死亡開始的回顧，但透過梳理記憶，嘗試超越過往現實，他發現了書寫對於自身的意義，也確認了自己還有太多可以書寫的物事，以及方法上的可能。

為了讓自己看起來像一個不同凡響的乖孩子，我努力地書寫作文，才能常常得到大家讚賞。（〈回憶〉）

對於一個作家來說，書寫的起始是什麼？或者我們問，他對於文學的夢想，背後有著什麼樣的意念？我們在可以俯瞰那個時代的上方，若是可以進入某個作家最原始的想像風景，多少讓人雀躍，而其中一個絕佳辦法，便是探求所謂的出道作，真正結集的第一本書。有些作家由繁趨簡，追索一個晶瑩透徹的水珠來映照他的世界；有些作家則是在書寫過程中，不斷練就更為華麗、繁複的技藝，讓讀者陷入迷宮，又或目不暇給。但不管方向如何，最初總有一個巨大的夢。

太宰治，本名津島修治。津島一家原先就是日本東北地區青森縣的地主階級，從江戶幕府時代進入明治時期後，除了迅速累積財富以外，甚至掌握政治影響力。即便這是個號稱四民平等的時代，太宰治的父親津島源右衛門依然能在太宰治十四歲時當選貴族院議員（儘管隔年隨即病逝）。太宰毫無疑問出生於權貴之家，即便只是個位於日本極北偏鄉之處的家族。

這個在不愁吃穿的家族中長大的聰穎孩子，很早就栽進文學同人雜誌的世界，除了與同窗共同創刊的《海市蜃樓》以外，還有由大哥津島文治出資，當時就讀東京美術學校的三哥圭治主導發行的《綠蜻蜓》。這兩本雜誌提供了他將自己的創作變為印刷品的機會。是個無庸置疑的文學青年，太宰自然也耽讀當時流行的文學，包含芥川龍之介與菊池寬等作家，與時代緊密相關。十九歲時，太宰進入官立弘前高等學校文科就讀，主修英文，遇到了外籍教師布芮爾，這部分大抵可參考小說〈回憶〉所述。但還有一件深入這個年輕人骨子裡的悲劇尚未成為寫作時可以直接面對的素材，因為在這一年，芥川龍之介選擇自殺，太宰深受打擊，對於學業的熱忱瞬時消失，開始踏入料亭與藝妓遊樂的世界。

我們必須先理解的是，這世代的文學參與並非單純的紙上談兵，不管是芥川龍之介或菊池寬等人所面的課題，也不只是純文學與大眾文學該如何界定或是推展的問題而已。高中畢業後的太宰治進入東大法文系就讀，在此前後，開始了那些後人熟知的自毀行徑：高三時服用過量鎮靜安眠藥，就讀東大的第一年也與在銀座咖啡店認識的女侍在江之島海岸服藥試圖殉情。這些激烈的選擇，除了芥川的影響以外，我們得談談他在當時左翼運動中的挫折。

日本於大正末期通過《治安維持法》，開始以強大的公權力壓縮人民結社與言論的自由，因而受創最深的正是社會主義運動。一九二八年的三・一五事件以及一九二六年的四・一六事件，第三國際組織日本支部以及日本共產黨人遭到大舉逮捕、問罪，這兩起規模甚大的事件，日本政府選擇強力箝制左翼運動、共產思想，這說明了共產思想已向下深深扎根，具有莫大的影響力，足以動搖當時的權力體制。

首先必須重新規劃的部分，是文章主角的職業。他想著不如把主角的職業改成新進作家。一開始他立志成為文豪，無功而返時收到第一封來信。其後，他夢想成為革命家，挑戰失敗，這時收到第二封來信。如今他對於任職於會社，並擁有和樂融融的家庭感到疑惑煩惱不已，就收到第三封來信。（〈猴臉男〉）

大正民主運動是當時讓諸多知識分子投身其中，各種言論百花爭鳴的思想潮流，在天皇制的架構下，人們摸索著各種支撐社會運作的可能，其中也包含了社會主義、勞工運動甚至是無政府主義與共產思想。在資本主義的迅速發展過程中，必然在現實中面對不合理情境的這些時代菁英，最後不得不以各種前仆後繼的方式被時代捏碎成隨風飄去的細沙。三．一五事件時，太宰治二十歲，隔年則又有四．一六事件，三百位日本共產黨員遭到逮捕，多數遭到起訴，這一整年，有將近五千位共產黨員遭到逮捕。這也是太宰的思想呈現左傾的一年，他開始與日本共產青年同盟中央委員工藤永藏密切來往，工藤是太宰治國、高中的學長，太宰透過工藤加入相關活動、庇護黨員。得知此事的大哥文治下令，太宰必須斷絕與共產黨員的關係，否則家中不再提供他生活費。

太宰選擇表面上的屈服，但後來特別高等警察登門拜訪太宰老家，大哥文治才發現太宰並未聽從勸告，還將生活費用來資助共黨運動，依然進出警局遭到訊問，怒而停止提供生活費，並帶著太宰投案。在這一年，被迫害到將組織自稱為「非常時共產黨」再次遭到全國性的逮捕，讓日本共產黨運動在戰前遭到毀滅。太宰自此離開社會運動，隔年登門拜訪生涯的導師井伏鱒二，並發表了本書收錄的〈變魚記〉、〈回憶〉等篇。

他把筆尖插入墨水瓶後又想了一下，便振筆疾書了起來。「Zenzo Kasai, one of the most unfortunate Japanese novelists at present, said,」——葛西善藏這時候還在世，不像現在這麼有名。（〈猴臉男〉）

在世界無情一再拋擲而來的挫折中，呼吸都嫌困難。《晚年》書中，我們可以看到作品排列方式與時間息息相關，有如作家的自我介紹，也是太宰必須對自己身為作家的表態。前半古典，後半前衛，而〈戲謔之花〉剛好位居其中。作家不見得可以在自己生存的時代獲得關注，或是「正確」的評價，但他們依然靠著意志在小說中，抑或是文學的場域裡展現姿態，是一種用盡氣力的抗爭，就像葛西善藏，在貧窮與酗酒、不倫之間掙扎，成了小說，也難怪太宰不能不愛這位同鄉的前輩作家。

一九三五年，石川達三抱走了芥川獎，太宰治成為陪榜作家之一，太宰治極為不滿，甚至發文批評評審川端康成。其實當年文壇對於太宰的努力亦有正面評價，評論家矢崎彈對太宰這位新人作家的評語是：「少數的異端者」——當其他人繼續陷在自然主義的寫實認識泥沼時，他掌握了當代的不安與虛無，並以某種還算得上灑脫的姿態嘲弄世事，同時反省著現實的虛構。

自我意識過剩的時代，伴隨著自我只能破碎不堪的悲劇。回頭重新看太宰，他的世界同時是他的童話，不免多所天真。但如同他自己也深愛的〈逆行〉一篇，寫作既是生命力量的展現，同時他也得逆行，踏上嘗試找回破碎自我的路途。

關於《晚年》

《晚年》是我的第一本小說集。我已經把這本書當成自己唯一的遺著，連書名都選了「晚年」兩字。

書中也有兩三篇小說讀起來引人入勝，有空的話請翻開看看。讀了我的小說，不會讓您的生活更加輕鬆，也不會讓您變得比較偉大，什麼都不會發生。所以我並不推薦這本書。

〈回憶〉之類的小說，讀起來不是很有趣嗎？您看了一定大笑吧。那樣也就夠了。〈鄉野傳奇〉也充滿了滑稽逗趣的荒謬場面，是我胡說八道得稍微誇張了點，我實在不太推薦。

下次我想再寫一篇沒什麼道理，卻充滿趣味的長篇小說給大家看看。到現在為止，我的小說看起來不都很無聊嗎？

除了親切、悲傷、可笑、高雅以外，還需要什麼呢？

我說，只要讀之無味的小說，都是不入流的小說，沒有什麼好害怕的。對於讀之無味的小說，只要明確地拒絕即可。

各位讀者，因為故事無趣，而想要努力說得更有趣，結果根本不好看的不入流小說，您看了一定想死吧？

這種說故事方法，到底會產生什麼樣的聲音，我是很清楚的。說不定，這就是一種不把人當一回事看的說法。

可是我無法偽造自身的感覺，因為那樣太沒有意義了。就算是現在，我也不想再對您說任何事。

在情緒激動到了極點的時候，一個人的臉上會是何種表情？面無表情。我變成了一張微笑的能劇面具，不，一頭凶狠的角鴟。世上沒有可怕的事物，我終於明白這個世界的樣貌了。這是我唯一的心得。

您要讀這本《晚年》嗎？美感不是由他人指定才感受得到，而是在孑然一身的時候，偶然發現而來。在《晚年》之中，能不能發現美感，都是您的自由，屬於讀者的黃金自由[1]。所以我不想向您推薦這本書。因為我不會突然冒出來，把看不懂的讀者揍個半死。

那我就先說到這裡，就此告退。現在我正在寫一部非常有趣的小說，正在與空想對話，還請多包涵。

1　黃金自由（拉丁文 Aurea Libertas；波蘭文 Złota Wolność）：十六世紀波蘭王國與立陶宛大公國成立聯邦後，君主共和政體下權力核心的象徵，眾議院貴族（Szlachta）得以控制立法議會（Sejm）與選舉得來的君王。

晚年

目次

葉 1

1 早期各種作品片段（習作、散文、隨筆、川柳、座右銘）拼湊而成的文集。

同時擁有被上天看守的
恍惚與焦慮。[2]

——魏爾倫[3]

我曾想過去死。今年正月左右，有人送我一套和服作為新年賀禮，和服以亞麻布編織而成，布面交錯著細細的青灰色條紋，看起來應該是夏天穿的。我心想，那我還是活到夏天好了。

§

娜拉[4]又在想著什麼事情。她到了走廊，砰一聲闔上拉門，我想她可能打算回去了。

§

我沒幹出壞勾當，回到家卻發現妻子面帶笑容迎接我。

§

2 原句出自詩集《明智》（Sagesse，西元一八八一年）：J'ai l'extase et j'ai la terreur d'être choisi. Je suis indigne, mais je sais votre clémence.

3 保羅．魏爾倫（Paul Verlaine，西元一八四四至一八九六年），法國象徵派雙性戀詩人，畢生放浪。

4 娜拉：取自挪威劇作家亨利．易卜生（Henrik Ibsen，西元一八二八至一九〇六年）劇作《玩偶之家》（Et dukkehjem，西元一八七九年）的女主角諾拉（Nora）。

他只管過一天算一天。獨自一人在租來的小房間裡喝著悶酒，一個人酩酊大醉，再默默地攤開棉被就寢，那樣的夜晚讓他格外難以忍受，累到無精打采，連個夢都沒有。他煩悶到凡事提不起勁來。他一度買來一本《如何改善堆肥式廁所？》並認真研究內容，只因當時他對過往的糞便處理方式束手無策。

在新宿的人行道上，他曾看到一顆拳頭大的石頭緩慢移動。他不禁嘆了口氣，心想原來石頭也會匍匐前進呀。他隨即看到一名髒小孩在前面用一條繩索拖著那顆石頭，才明白是怎麼回事。

被小孩戲耍並不令其懊惱，他的孤獨哀傷來自自暴自棄，即使天崩地裂，都已夠坦然接受。

§

這樣看來，自己一輩子都必須與憂鬱對抗，直到死了為止。想到這裡，他不禁為自己感到悲憫，眼前一片綠油油的稻田，突然變得模糊不清。是眼淚。他狼狽不堪，連這點微不足道的事情，都讓他感傷得涕泗縱橫，羞愧不已。

步下電車，哥哥笑了。

「別裝一副病懨懨的樣子。喂，振作起來！」

他拿起扇子往阿龍的垮肩膀上啪一聲打下去。昏暗的暮色之中，扇面卻白得可怕。阿龍高興得兩頰潮紅，因為哥哥難得碰他的肩膀。在他心中一直有一種不敢說出口的渴望，就是能與哥哥這麼親。

§

要訪問的人並不在家。

§

哥哥說：「並不認為小說很無聊，只覺得有點囉嗦，明明只需要一行就可以說清楚的實話，卻要花上百來頁去製造那個氣氛。」一時之間我難以開口，想了又想，隔一會兒才回答：「語言真的是越短越好。而且，也要以讓人信得過為前提。」

而且哥哥還認為自殺是一種自私自利的行為而看不起。但我覺得自殺本身是一種為人處世的算計之下產生的結果，對哥哥的看法則感到意外。

§

從實招來！說！跟誰學來的？

§

水到渠成。

§

在十九歲那年的冬天，他寫出一篇名叫〈哀蚊〉[5]的短篇小說，那是一篇不錯的作品，同

5〈哀蚊〉：太宰治早期以本名發表於同人刊物的作品之一。

時也讓他得以從畢生混沌中解脫的關鍵作品。一般認為這篇小說，在形式上受到〈雛〉[6]的影響，但內心裡還屬於他自己。以下為原文——

我曾經見過一個奇怪的鬼魂，那是我剛上小學不久的事情，回想起來當然就像走馬燈一樣模糊不清。不，我發現這些像是燈影投射在綠色蚊帳[7]上的回憶，卻隨著歲月一年比一年更加清晰。

記得當年阿姊的丈夫入贅進門，對，就是那天晚上發生的事。婚禮那一個晚上。很多賣藝人到我家表演助興，我記得一個藝妓見習生，為我縫補和服上的破洞，阿爸也在側屋走廊的一片漆黑裡，與一個人高馬大的賣藝人大打出手，都是發生在那一晚的事。阿爸在隔年就過世，如今他的身影，還藏身於大堂牆上掛著的那些大張照片當中，每當我看著他的照片，就會想起那天晚上的相撲。我阿爸絕不是欺負弱小的人，會那樣打起來，一定是賣藝人幹了什麼壞勾當，才會讓阿爸出手教訓對方的。

我左思右想，這件事確實發生在婚禮當晚。說來很不好意思，那些像是打在綠蚊帳上的燈影，如幻似真，說也說不出個讓人滿意的樣，說是夢裡的故事也不盡然，至少那一晚奶奶對我

6〈雛〉：芥川龍之介完成於大正十二（西元一九二三年）年的短篇，描述江戶末期一對女童節人偶（雛人形）被賣給西洋人，舊時代富商千金依依不捨的心情。

7 綠色蚊帳：歌人正岡子規（西元一八六七至一九〇二年）門人長塚節（西元一八七九至一九一五）年死後發表的歌集中，收錄一篇短歌：「母親為我掛起綠色蚊帳／雖然蚊帳鬆垮／我卻舒服得睡著了」。

說著「哀蚊」故事時的那個眼神，以及鬼魂，都不會是假的，不管誰來質疑，我都會堅持那是現實不是夢。看呀，這些景象不都清楚地浮現在眼前了嗎？奶奶的眼神，以及那……

是的，很少有老婆婆會像我奶奶一樣美。我的奶奶在去年夏天過世，遺容仍然相當美麗，蠟一般雪白的兩頰，幾乎可以反射出夏日的樹影，她明明就如此天生麗質，卻無緣享受美好的婚姻生活，一輩子沒去染黑牙齒[8]。

「我就是憑著一輩子的白牙齒，才換來百萬的身價呢。」

她生前常常用因為長久練習「富本[9]」而變得低沉的嗓音這樣告訴我，而這件事可能也是一種有趣的命運吧？至於為什麼會有這種緣分，這類粗魯的問題，還是不要再問下去好了，不然奶奶會很傷心的。因為我的奶奶是一個很注重形象的人，一輩子都穿著織錦的和服。她被送去向師父學唱富本，應該已經是很久很久以前的事了吧？自從我懂事以來，每天都在聽著奶奶用哀怨的嗓音吟唱〈老松〉、〈淺間〉等曲調中度過，而外面也都傳說，這裡住著一個隱居賣藝人，奶奶自己聽到了，也只是優雅地一笑置之。總而言之，我打小時候起就喜歡奶奶，只要一離開奶媽，就會馬上飛奔到奶奶的懷裡。我阿母體弱多病，沒力氣照顧自己的孩子。我的父母都不是奶奶所生，所以奶奶從來不進阿母所在的主屋，而整天待在側屋，所以我常常黏在奶

8 染黑牙齒：江戶時代已婚婦女以特殊染料塗黑牙齒的習俗。

9 富本（節）：三味線彈唱「淨琉璃」主要流派之一，十八世紀中期由太夫（說唱者）富本豐前掾（西元一七一六至一七六四年）創立，後來被弟子成立的清元節取代。

奶身邊，三四天都不看母親一眼。奶奶對我的疼愛，也比給姊姊們的更多，幾乎每天晚上都會讀演義本故事給我聽。我如今依然記得她說的〈八百屋阿七〉[10]故事，那則故事讓我非常感動。奶奶還時常開玩笑地叫我「吉三」[11]「吉三」，我心裡高興極了。在黃色的燈光下，奶奶朗讀話本優美的儀態，至今仍記憶猶新。

那一個晚上聽到，關於哀蚊的枕邊故事，出奇地讓我畢生難忘。想來那時候確實是秋天。

「能存活到秋天的蚊子之所以被稱為『哀蚊』，是有人發慈悲心不點蚊香的關係。」

唉呀，那一字一句，就這樣鏤刻在我的記憶之中。奶奶躺在床上以低沉的語調說著，對對對，當奶奶摟著我入睡的時候，總是把我的兩腳夾在她的兩腿間為我取暖。有一個寒冷的夜晚，奶奶脫下我身上的睡衣，自己也露出光滑的肌膚，把我摟在懷裡給我溫暖。奶奶就是這麼疼惜我。

「其實呀，我就是那隻朝不保夕的哀蚊……」

她低著頭說，同時目不轉睛地看著我。我從沒看過如此美麗的眼睛。主屋裡婚禮賓客的嬉鬧逐漸平息下來，現在應該也已經接近午夜時分了。秋風颯颯地吹拂著遮雨棚，屋簷下的風鈴

---

10 八百屋阿七（八百屋お七）：十七世紀江戶菜販千金阿七，因為躲避火災，認識雜役庄之助，後來卻產生了「只要再失火就可以與庄之助重逢」的念頭，結果因刻意縱火被衙門處以火刑。天和二（西元一六八三年）年的江戶大火災又名「阿七大火」，故事也被改編成許多文藝創作、歌舞伎或淨琉璃。

11 吉三：人形淨琉璃劇作家井原西鶴（西元一六四二至一六九三年）將阿七縱火案寫入小說《好色五人女》（西元一六八六年），吉三即為本書中阿七迷戀的男子。

隨風發出微弱的響聲，每每在我的腦海裡若隱若現。對了，我就是在那一個晚上看到鬼的。當時我突然睜開眼睛，向奶奶說想要去尿尿，卻沒聽到奶奶回答，我睡眼惺忪地環顧四周，見不到奶奶的身影。縱使心底還有點怕，還是自己爬出被窩，摸黑沿著黑亮的櫸木長廊一路走向廁所。雖然只感到腳底板一陣冰涼，睡意卻讓我覺得自己正泅泳於一片濃霧之中。就在那一剎那，我撞到鬼。長長走廊的一個角落，有一團軟綿綿的白色物體堆著，因為離我很遠，看起來就像是一捲底片那麼小，但是旅行它確確實實地窺視著姊姊與姊夫的洞房。那絕對是鬼，我絕對不是在作夢。

§

藝術之美，歸根究柢是一種奉獻給公民的美感。

§

有一個愛花愛到走火入魔的木匠。煩死了。

§

後來，真知子瞇著眼悄聲問道：「你知道那朵花的名稱嗎？只要用手指一碰，就會啪嘰一聲裂開，並且噴出骯髒的汁液，一碰到手指就會開始腐蝕，你要是知道那朵花叫什麼名字就好了。」

我嗤笑兩聲，兩手插進長褲口袋裡回答：「妳知道這棵樹的名稱嗎？這棵樹的葉子到掉落之前都還是綠的，但葉子背面卻逐漸枯萎，被蟲子啃噬。樹葉隱藏起這一面，直到掉落之前都只以綠色的一面示人。妳要是知道這棵樹叫什麼名字就好了。」

§

「想死？你想去死嗎？」

小早川心想，他或許真的會去死。記得大概是去年秋天吧，據說青井家發起減租抗爭，反而帶給青井一堆麻煩，當時他曾經仰藥自殺，睡了三天三夜。又聽說他到了幾天前還覺得自己的身子還撐得住，所以繼續放浪形骸。他覺得自己如果變成一個被閹割的男人，就無法再感受到一切的官能快感，並且得以一心一意為抗爭奉獻財源。於是他接連三天前往 P 市的醫院，掬起傳染病房外排水溝的髒水大口喝下。只可惜他只拉肚子而已，並沒有如願。這些事情都是後來青井自己紅著臉勉為其難自招的，小早川聽了只對這種秀才造反感到不悅，心裡卻也對青井採取這種極端的想法感動著。

「還是死了最好！不只我一個人而已，至少讓那些妨礙社會進步的壞分子也一起死！我問你，有沒有什麼科學或其他方面的理由，證明這些社會敗類都該死的？」

「你，你在鬼扯什麼呀？」

小早川覺得青井越說越離譜了。

「別笑我。事實不就如此了嗎？我跟你說，我們的教育一直到現在，都灌輸我們那種為了供奉祖先而活、為了成就人類文化而活之類神聖的道德義務，卻又沒有科學上的說明。既然那樣，我們這些敗類還是全部死掉歸零最好！」

「渾蛋！你鬼扯什麼？我說呀，你太自以為是啦！說起來你我都是不事生產的人，但不表示我們就是社會的敗類。你難道渴望解放無產階級嗎？你相信無產階級會得到勝利嗎？就算程度上有所不同，我們畢竟還是寄生於中產階級上，不過這不表示我們支持中產階級。你也說過，自己的勞動所得，一分貢獻給工農階級，九分貢獻給資產階級。那你對資產階級的貢獻，指的又是什麼？從塞滿資本家口袋這一點來看，我們幹的事與工農階級一樣。如果你勇於背叛自己依存的資本主義經濟社會，那種鬥士肯定是神仙下凡。你說的那些話，實在太極端了！根本就是幼稚病[12]！對於工農階級的貢獻，即使只有一分也就夠了，這一分重於泰山，為了這一分，我們更應該努力生存下去。這才是有意義，有貢獻的生活。傻子才去死！死的都是渾蛋！」

§

他有生以來第一次得到一本數學課本。開本不大，黑色的封面。唉呀，書中一連串的數字映入眼簾，妙不可言，少年愛不釋手，當他終於翻到最後幾頁，才發現上面印著所有習題的解答。少年皺眉嘀咕：「真瞧不起人。」

12 幼稚病：原文標記德語Kinderkrankheit，出自蘇俄國父列寧論文《共產主義運動中的「左派」幼稚病》（Детская болезнь"левизны" в коммунизме，西元一九二〇年），批判比布爾什維克更左的極端分子。

§

外面下著冰雨，列寧像，你在笑什麼？

§

阿姨說：「既然你長得不討喜，就必須學會惹人疼愛。你體弱多病，就必須保持心地善良。你擅長空口白話，說到的盡量去做。」

§

明明知道，卻又要逼人說出實話。這是何其陰險的刑罰呀。

§

滿月的夜晚。海上映著月光的巨浪崩塌，捲浪漩渦翻湧，浪打浪中，我不得不放開緊握的手。我倆曾經誓言永不分離，當巨浪吞噬她的時候，她呼喊出一個名字，但不是我的。

§

我是土匪，自尊己被奪去。

§

「那種事未必發生，不過呢，到時候只要為我樹立一座銅像，我希望我的右腳往前邁出半步，挺著胸膛，左手伸進西裝背心裡，右手握著一團寫壞的稿紙，而且最好不要做頭。不不不，沒有什麼特別的意思，只是不希望自己的鼻尖沾滿鳥屎。至於銅像的碑文上，就刻上以下的文字：這裡有一個男人。活著，死去。畢生用來撕毀寫壞的原稿。」

§

書上寫著：梅菲斯托菲列斯[13]被飄落如雪的玫瑰花瓣燒焦了胸膛、臉頰與手掌而死。

§

我於拘留所度過五六天，某天中午，我踮起腳跟，透過拘留所的窗戶往外窺視，看到春天的陽光和煦照耀著中庭，靠窗邊的三棵梨樹也相繼開花，樹下有二三十位巡查正在接受訓練。年輕的巡查部長發號施令，巡查整齊劃一地從腰間抽出捉捕犯人的繩子，有時吹響警笛。我看著窗外的風景，心底想像每一個巡警的身家背景。

§

我們在山上的溫泉旅館舉行一場沒有理由的婚禮，母親在一旁不時忍不住偷笑。她辯稱是因為旅館的女侍髮型太奇怪，她一定很開心吧？沒上過學的母親把我們叫到火爐邊說教。她說，你心太浮還拿不定主意，所以……大概是因為沒了自信，母親話才說了一半，又轉向更無知的媳婦，尋求她的認同。妳說是不是呢？母親說的沒有錯。

§

教育妻子花掉他三年光陰。教育完成，他便開始想到了死。

13 梅菲斯托菲列斯（Mephistopheles）：又稱梅菲斯特（Mephisto），歐洲「浮士德傳說」裡收買靈魂的惡魔。

§

生病的妻子／就像天上一凝雲／一叢野芒草

§

一抹紅色的煙霧，就像一條扭過來扭過去的大蛇一般往天頂鑽去，並且逐漸擴大。火舌蔓延，像是大浪般不斷翻滾，捲起一股漩渦。不久後火勢一發不可收拾，發出隆隆響聲往山上延燒。整座山被火照得通明，成千上萬棵冬天的枯木熊熊燃燒，一個人騎著一匹黑馬，在著火的樹木間風馳電掣。（以家鄉方言寫成）

§

用一句話告訴我！「Nevermore.」

§

一個萬里無雲的晴天，一隻不知從哪裡來的小貓，正在院子裡的山茶花下打盹。畫油畫的朋友問我，那隻貓是不是波斯貓，我隨口回答，應該只是一隻野貓而已。這隻貓和誰都不親。有一天。我在廚房烤著早餐要吃的沙丁魚，那隻貓就在院子裡哀怨地叫著。我走向簷廊，朝著牠喵了一聲。貓咪站起來靜靜走向我，我扔了一條沙丁魚過去。牠擺出防備的態勢，卻還是把魚吃光了。我激動不已，因為貓咪領情。我走進院子裡想摸貓咪的白毛，沒想到一碰牠背上的毛，牠就冷不防回頭狠咬我一口，深及小指骨頭。

§

我想當一個演員。

§

以前的日本橋長三十七間四尺五寸，現在卻只有二十七間長[14]。我們不得不承認，是河面變窄的關係。看起來，過去不論是河川還是人，都比現在大很多。

這座橋在很久很久以前的慶長七年開工，中間經過十次重建，現存橋梁於明治四十四（西元一九一一年）年落成。在大正十二年的那場大地震[15]之後，橋頂欄杆上龍像的青銅翅膀，在大火中被燒到通紅。

我童年最愛玩的雙六[16]遊戲「東海道五十三次道中」，就以這裡為起點，橋上還畫了幾個手拿長槍巡邏的小人。早年這裡曾經相當繁盛，如今卻變得十分冷清。自從魚市場遷移到築地以後，連名稱都被遺忘，現在大部分介紹東京名勝的風景明信片上，都已經看不到這個地名了。

在今年十二月下旬一個濃霧的夜晚，有一個異國女孩孤單佇立在一大群乞丐之外的橋頭，她是個賣花姑娘。

14 依照江戶度量衡，一間為六尺，一尺約三〇點三〇三公分。換算成國際公制，分別為約六十九公尺與約四十九公尺。

15 西元一九二三年九月一日「關東大地震」。

16 雙六：又稱雙陸、握槊、長行，兩人桌遊，源自印度，以擲骰決定棋子進退。「雙六棋」在幕末衰退之後，專指可以多人遊玩的「繪雙六」，每一格設有層層關卡陷阱，比賽誰先抵達終點。

大約從三天之前，只要一到黃昏時分，她就帶著一束花搭著電車來到此地，靜靜地站在把玩東京市圓形市徽的支那獅子銅像前，一站就是三四個小時。

日本人有一個差勁的習性，只要一看到落單的洋人，就一口咬定是俄羅斯白人。現在，女孩捧著花束站在濃霧中，並且不時留意隱藏手套上的破洞。大多數日本人縱使看到這可憐的孩子，也必然只會不屑一顧地交頭接耳：唉呀你看是俄羅斯人。只要有看過契訶夫小說的青年人經過看到，他或許還會稍微放慢腳步，自以為是地猜測女孩子的父親是退役陸軍二等上尉，母親是倨傲鮮腆的貴族。此外，只要是初讀杜斯妥也夫斯基的學生，一定會驚訝大叫：「唉唷？是涅莉[17]嗎？」並且也有可能急忙豎起大衣的襟領。儘管如此，他們都不想進一步打探這個女孩。

然而有一個人心想，她為什麼偏偏要選在日本橋？在這人煙稀少、燈光昏暗的橋上，很難把花賣出去，那……又是為什麼？

這樣的疑問，卻能用簡單而頗為羅曼蒂克的道理解答。這是她父母親對於日本橋的憧憬，他們理所當然地認為，日本橋是日本最熱鬧的一座橋。

女孩在日本橋的生意非常悽慘，頭一天只賣了一朵紅花，買花的是一個舞女，她挑了一朵

17 涅莉：杜斯妥也夫斯基小説《被侮辱與被損害的人》（Униженные и оскорблённые，西元一八六一年）角色，倔強的不幸少女。

含苞待放的紅花。

「會開吧？」

她問得很不客氣。

字正腔圓地說：「會開的。」

第二天，一個爛醉的年輕紳士買了一朵。這個客人即使喝醉，還是藏不住不安的神情。

「隨便給我一朵都好。」

女孩從昨天剩下的花束中挑了一朵白色的花，紳士用一種好像偷竊的樣子，鬼鬼祟祟地收下。

女孩只賣出這兩朵花。第三天，也就是今天，她一直站在冷冷的霧裡，沒有人要理睬她。一個男乞丐拄著拐杖，從橋的另一端跨過電車軌道朝這裡走來，他想告訴女孩這裡是他的地盤。女孩向乞丐行三鞠躬禮，拄著拐杖的乞丐一邊咬著自己的黑鬍鬚一邊想，壓低聲音向女孩說：「那就到今天為止，明天別來了！」

說完就消失在一片濃霧之中。

過不久，女孩也準備收工回家。她搖一搖手上的花束，那些花束是她向花店收集不要的花而成，三天過後，這些花也差不多要枯萎殆盡。每當她搖晃花束，頭重腳輕的花朵，就會隨之顫動。

女孩把那些花夾在腋下，哆嗦地縮起肩膀，跑向不遠處的支那湯麵攤。

女孩接連三個晚上都在這間麵攤喝餛飩湯，攤子老闆是個支那人，對待落單女子就如同一般客人，女孩感到欣慰。

老闆一邊包著餛飩一邊問：「賣完了嗎？」

女孩睜大眼睛回答：「沒有。我準備回去了。」

老闆聽了感到心酸，心想她一定是準備回國了。他輕搖自己油亮的禿頭，一邊回憶自己的故鄉，一邊撈起鍋子裡的餛飩。

「我不是叫這個。」

女孩從老闆手上接過黃色的碗，滿臉疑惑地小聲回答。

「沒關係的，這是叉燒餛飩，我請妳。」

老闆堅持。

餛飩一碗十錢，叉燒餛飩一碗二十錢。

女孩猶豫了一下，放下手中的餛飩湯碗，從腋下夾著的花束裡抽出一支花蕊碩大的鮮花，大方地奉送給老闆當作謝禮。

她離開湯麵攤以後，前往電車候車亭的路上，暗自後悔賣給那三個客人的花都已經開始枯萎。她突然蹲在路邊，在胸前比劃出十字形狀，開始用聽不懂的語言急切地禱告了起來。

最後她用日文輕聲地說出兩句話：「一定要開。一定要開！」

§

安逸的生活下會寫出絕望的詩，受到壓迫的生活下，會不斷寫出生存的喜悅。

§

春天要來了？

§

人終究會死。就算只寫出一篇醉生夢死的浪漫故事，也可死而無憾。男人之所以會這樣祈願，恐怕是因為他的人生正處在最低迷的時期。男人腸枯思竭，終於把黃金箭矢射向古希臘女詩人莎芙[18]。哀哉！唯有高貴氣質與才貌雙全被傳誦至今的莎芙，才稱得上令男人心中悸動無法自拔的女性。

男人翻閱一兩本關於莎芙的書簡，得知了下面的事實。

然而，莎芙並不美麗。她的皮膚黝黑，齙牙突出。她為一個名叫帕翁[19]的美男子神魂顛倒，奈何他對詩歌一竅不通。莎芙迷信一種只要全心投入愛情，即使死不瞑目，都得以根除心底思戀之苦，於是從萊夫卡斯[20]的岬角投奔怒濤。

18 莎芙（Ψ ά πφω）：西元前七至六世紀抒情詩人，只有一首完整詩作與許多殘篇流傳後世。
19 帕翁（Φ ά ων）：根據前一世紀古羅馬詩人奧維德（Ovid，西前四三至前一七？年）說法，是一個船夫。
20 萊夫卡斯（Λευκ ά δα）：愛奧尼亞海上小島，附近後來變成羅馬帝國與埃及法老王「亞克興海戰」主戰場。

§

生活。

§

工作大功告成之後
啜飲一杯茶
茶湯的泡泡上
反射出
好多張，好多張
我清秀的臉龐

§

船到橋頭自然直。

回憶

第一章

在黃昏的時候，我與我阿姨[1]並肩站在門口。阿姨穿著母子棉襖[2]，彷彿身上背著一個人似的。我永遠記得當時昏暗街道上的寂靜。阿姨告訴我，天使正隱藏在某處，又告訴我，是個活神仙。「活神仙？」我起了興趣，小聲地重複了一遍，後來我好像說了什麼不得體的話，阿姨就阻止我，說即使祂不露臉，我也不該說出來。我想起來了，我當時是想逗阿姨開心，才問她活神仙藏在什麼地方。

我出生於明治四十二年[3]夏天，到了明治天皇駕崩那年，虛歲才剛過四歲，我記得那是同一時期，我和阿姨去離村子兩里[4]外的一個親戚家，在那裡看到的瀑布，我畢生難忘，那座瀑布就位在村子不遠處的山中，寬闊的白色水流，從滿布青苔的峭壁上傾瀉而下。我騎在一個陌生男人的肩膀上眺望這一片風景。瀑布旁有一間神社，那男人帶我進去參觀各式各樣的許願繪

1 「我」母親的妹妹，先嫁給「我」的叔叔，生下兩女後離婚，第二任丈夫在生下兩女後病歿，從此帶著四個女兒住在津島家，並且接替因為結婚離職的奶媽，把「我」撫養長大。

2 母子棉襖（ねんねこ半纏）：一種背後面積加大，可讓背上嬰兒探頭的棉絮外套。

3 明治四十二年：西元一九〇九年。

4 兩里（明治度量衡）：約七點八公里。

馬牌，我逐漸感到無趣，開始哭著叫起「小媽」「小媽」。當時我叫阿姨「小媽」。那時阿姨正在和親戚們在遠方的低窪地上鋪了張毛毯談笑，一聽到我的哭聲，急忙站起來卻可能因為被毛毯絆住腳，身體失去平衡，像是深深一鞠躬一樣差點跌倒。周圍親戚看到都取笑阿姨，說阿姨喝醉了。我居高臨下看著那般熱鬧場面，心裡除了委屈還是委屈，於是哭得更加大聲。又有一天晚上，我夢到阿姨丟下我離家出走。阿姨的胸部卡在玄關的便門[5]口，碩大豐滿的乳房泛紅，汗珠一滴滴地流淌下來。阿姨氣急敗壞地說：「這小鬼真討人厭！」於是我把臉頰靠在阿姨的乳房上，一邊要求她別走，一邊流下眼淚。當阿姨把我搖醒時，我正把臉埋在阿姨的胸前哭著，直到醒來以後還一直傷心啜泣。不過我沒有把這場夢告訴任何人，連阿姨也一樣。

我有很多與阿姨有關的回憶，但對於當時的父母，卻遺憾地沒有留下絲毫印象。我家是個大家庭，有曾祖母、祖母、父親、母親、三個哥哥、四個姊姊、一個弟弟，以及阿姨與她的四個女兒。但在我五六歲以前的回憶之中，幾乎可說是只有阿姨沒有別人。我記得在寬廣的後院裡，長了五六棵高大的蘋果樹，每當天空烏雲密布，女孩子們會接二連三往樹上爬。院子的角落種著幾叢菊花，每當下雨天，我會與女孩子們一起撐傘去看菊花盛開的樣子。我依稀記得，那些女孩子說不定是我的姊姊或表姊們。

到了六七歲的時候，回憶同樣歷歷在目。一位名叫阿岳的女傭教我讀書，兩人一起讀遍各

5 便門：玄關大門的門中門，供日常出入用，面積較小。

式各樣的書，阿岳熱衷對我的教育。因為我得重病不方便移動，臥病在床期間也讀了很多書。如果已經沒有書可以讀，阿岳會不遠千里地跑到村子的主日學校之類的地方，借回一本本童書給我看。由於我已經練就看字不必出聲的本領，讀再多也不覺得累。阿岳還教我倫理道德，特地帶我去佛寺看地獄與極樂世界的繪畫。在畫裡，生前縱火的人背上背著燒著紅火的鐵籠，納妾的人被雙頭青蛇纏身，看起來相當悽慘。血池、針山、一口名為「無間奈落」，冒著白煙的無底深坑，還有盤據各個角落，微微張著嘴哭泣吶喊，蒼白瘦弱的人們。當我聽到說謊的人，下了地獄會被鬼差這樣拔掉舌頭，便害怕到嚎啕大哭。

佛寺後的高坡正好是墓地，一大片棣棠[6]花叢的後面，插著密密麻麻的舍利塔型木牌，有的塔牌上面還附著一個滿月大小的黑鐵輪環，阿岳告訴我，伸手卡拉卡拉地轉動鐵環，只要鐵環保持滾動不停下來，表示轉動鐵環的人可以往生極樂世界；如果鐵環快要停下來卻往反方向轉，就會墮入地獄。當阿岳轉動鐵環，鐵環發出順耳的聲音轉了一陣子，才靜靜地停止轉動，但我去轉，常常往反方向轉動。我記得在秋天的某一天，我一個人去那間佛寺，伸手旋轉每一面牌子上的鐵環，全都像人們所說，卡拉卡拉地往反方向旋轉。我忍著快要炸開的脾氣，偏執地一直轉動那些鐵環，試了幾十次。天色逐漸暗了下來，我才心灰意冷地離開那片墓地。

我的爸媽當時才搬去東京住，所以阿姨帶著我前往東京。雖然在東京待了好一陣子，但

6 棣棠（山吹）：薔薇亞科棣棠花屬唯一一種，開黃色花，在俳句季語中象徵春天。

沒留下什麼印象，有的話也只記得有一個老太婆常常來這東京的別莊探望。我很討厭那個老太婆，只要她一來我一定大哭。她送過我一台紅色的玩具郵務車，但我一點都不感興趣。

後來我進了家鄉的小學，回憶也隨之一變。阿岳不知何時消失不見，據說是嫁到某個漁村去了，擔心我跑去找她，所以才不告而別，大概一年後的盂蘭盆節[7]，阿岳雖然到我們家拜訪，彼此卻像陌生人一樣疏遠。她問我在學校的學業如何，我沒有回答，當時好像是別人告訴她的。阿岳只交代別粗心大意，沒說什麼其他誇獎的話。

也在同一時期，我不得不與阿姨分開了。當時阿姨的二女兒嫁人，三女兒過世，大女兒招了一個牙醫師當女婿。阿姨帶著老大夫婦與老么，離開老家搬到遠地，而我也跟著過去。某個冬天，我與阿姨一起窩在雪橇貨斗的角落，我三哥趁著雪橇還沒出發前，在貨篷外一面罵我「養子！養子！」一邊用樹枝猛戳我的屁股。我緊咬牙關忍受這股屈辱。我原本以為自己已經被阿姨收養，不過到了上小學的時候，我還是被送回家鄉。

我進了學校，就不再是小孩子了。老家後院的空房外長了一堆雜草，某個晴朗的夏日，弟弟的專屬保母，讓我在這片草地上經歷一場令人呼吸困難的惡夢。當時我大概八歲，弟弟的保母年紀也不過十四五歲。我們家鄉稱苜蓿草叫「母草」，保母就叫我與小我三歲的弟弟，去找出四片葉子的母草，藉此為由把我抱住，在後院草地上打滾。我們還在後院的倉庫、房間的衣

7 盂蘭盆節：陽曆八月十五日，相當於中元節，近代日本由於民眾返鄉掃墓需要，發展成重要連假。

櫥裡玩起捉迷藏。弟弟很麻煩，只要把他一個人留在壁櫥外面一定會哭起來，有時候會直接被三哥抓到。他問了弟弟，並拉開壁櫥的門。這時保母故作鎮定地說，有錢掉到壁櫥裡。

後來我學會了說謊。大約小學二或三年級，在過女兒節[8]的時候，我曾經騙過老師，假稱自己家裡要布置女兒節人偶，那天到了學校，連一節課都還沒上就直接回家了。回到家以後又說，今天因為過桃花節，學校放假一天，接著開始幹一些與自己無關的活，從箱子裡拿出女兒節的人偶。這時候我還很喜歡收集鳥蛋，只要掀開倉庫屋瓦，可以輕易找到很多麻雀蛋；竹雀或烏鴉的蛋，就不會出現在我家屋頂。於是我把家裡的藏書五本十本為一捆，向學校的同學換來藍綠色的蛋，或是帶著奇怪斑點的蛋。我把收來的鳥蛋用棉絮包起來，塞滿整個抽屜。三哥似乎發現我的祕密交易，有一天晚上故意問我，可不可以借他兩本書，一本是西洋童話集，另一本我忘了書名，我恨透他的壞心眼。那兩本書早就被我投資到鳥蛋上了，篤定不會留在家裡。他一聽到我說沒有，更打算找出書的下落，所以我就告訴他，如果你覺得找得到那本書，你就找找看。我找遍自己房間，還提著油燈找遍家裡每一個角落。小哥哥跟著我找來找去，冷笑著問我：一定沒有吧？我堅持一定找得到，還爬到廚房的碗櫃上去找。小哥哥最後終於放棄，對我說：「算了。」

我在學校裡寫的作文，每篇都可說是率爾操觚而來。為了讓自己看起來像一個不同凡響的

8 女兒節：又稱「桃花節」，陽曆三月三日，至今流傳供奉「雛祭」人偶的習俗。

乖孩子，我努力書寫作文，才能常常得到大家讚賞。為此，我甚至連剽竊都幹得出來。當時曾被老師們讚賞為傑作的作文〈弟弟的剪影畫〉，就是我抄襲某一本少年雜誌上的首獎作文而來，老師還叫我用毛筆把文章再抄寫一遍。拿到展覽會上展出。後來有一個愛讀書的學生揭穿這件事情，我心底詛咒這個學生最好去死。當時所寫的一篇小品〈秋夜〉雖然也得到諸位老師的好評，內容描寫的卻是：有一天我在讀課本的時候，頭突然疼了起來，離開房間走至簷廊眺望院子的景色。我在月光明亮的夜色中看著魚池裡的錦鯉與金魚游來游去，正沉迷於院子裡寧靜的光景時，隔壁房裡突然傳出母親與別人的嘻笑聲，我一回過神來，發現頭突然就不痛了。文章裡毫無真實的事物。對院子的描寫，好像也是從姊姊的作文抄來用的，而最主要的一點還是我根本不曾用功讀書到頭疼地步。我討厭上學，根本不想認真讀學校的課本，讀的盡是一些閒書。我的家人覺得我只要拿起書來讀，就是一種學習。

然而只要我把事實寫進作文裡，一定會發生不好的結果。某次我在作文裡抱怨父母不愛我，結果被級任導師叫去辦公室大罵一番。另外一次，老師給我們一個題目〈如果發生戰爭〉，我就寫：如果發生了比「地震、閃電、火災、老爹發脾氣」四件事更可怕的戰爭，我會第一個躲到山裡，順便叫老師一起逃，畢竟老師你也是人，我也是人，大家都一樣怕打仗不是嗎？當時校長與副班導把我叫去訓話，這樣寫是什麼態度？我只隨便用「半開玩笑」一句話就敷衍過去了。副班導師在自己的小筆記本上寫了「好奇心」三個字，後來我就與那位副班導師起了一點爭執。他問我，如果我說「老師是人，我也是人」，那麼每個人都是一樣的嗎？我只能溫溫吞吞地說是。總而言之，我不是一個擅長言詞的人。他接著問，那麼如果我與校長都是人，又為什麼酬勞不一樣？我先想了一下，回答：那是因為工作不一樣的關係。臉蛋瘦削帶著銀框眼鏡的副班導，又把我剛說的話記在小筆記本上。我向來對這個老師帶著好印象。後來他又來問我，你的爸爸與我們是一樣的人嗎？我一時無法回答。

我的父親是一個工作非常繁忙的人，平時很少在家，就算在家也很少與子女一起。我很害怕自己的父親，想要他的自來水筆，卻難以啟齒，絞盡腦汁想了又想，才在一個晚上躺在床上閉著眼睛，假裝說夢話「鋼筆，鋼筆」想讓在隔壁房裡與來客談話的父親聽到。當然這些夢話好像沒有傳到父親耳裡，更不用說他的心裡。我與弟弟某次在米倉成堆的米袋間嬉鬧，玩到一半父親突然出現在米倉門口，對倉內叫罵：「小鬼，出來！出來！」他背光站立，身影顯得龐大，現在想起來還是有點害怕。

我對母親也沒什麼親切感。對於喝奶媽的奶水、在阿姨的懷中長大的我，在小學二、三年級的時候，才真正見到自己的生母。有一次，有兩個男傭人私下告訴我那個硬起來了怎麼辦，到了另一個晚上，睡在我旁邊的母親，看我的身體在被子底下上上下下，於是好奇問我在幹什麼？我一時著急就只回答，我腰在疼，正在按摩呢。母親帶著睡意回答，那就繼續揉吧，別只用拍的。我只能默默地來回搓揉自己的腰。對母親的記憶，仍以傷感成分居多。又有一次，我從儲藏室裡翻出一套哥哥的西裝，穿在身上到後院的花圃來回踱步，嘴裡隨興哼著哀愁的旋律，不知不覺紅了眼眶。我想要穿著這身西裝，去與帳房的工讀生一起玩，叫女傭去找他，但那個工讀生卻遲遲不來。我在後院以皮鞋鞋尖輕輕抵著竹籬笆卡卡作響，等著他的到來，最後還是失去耐心，兩手插在褲子口袋哭出聲來。母親看到我在哭，先問我怎麼了，又把我的褲子扯下來啪啪啪地猛打我的屁股。我感受到一種切身的奇恥大辱。

我很早就對穿著打扮感到興趣，袖口沒有扣子的襯衫，我絕對不會穿上身。我尤其喜歡法蘭絨材質的襯衫，貼身和服的領子也必須是一片白，穿在身上的時候最好可以有一分兩分露在外面。八月十五日晚上，全村的學生都會穿著節慶服裝到校，我每年必定都穿淺棕色粗條紋的法蘭絨和服過去，並且模仿女孩子的樣子，試著在學校狹窄的走廊小跑步，體驗那種感覺。我一直都如此偷偷打扮自己不為人知。因為家人總是說我是兄弟姊妹中最醜的那一個，如果讓大家知道長相最醜的傢伙，竟然也愛打扮自己，豈不笑掉別人大牙？我表面上裝著不重視打扮的邋遢樣子，實際上已經達到某種程度的成功。從別人眼中看來，我就是一個愚蠢遲鈍不修邊幅的男生。我與兄弟一起坐在餐桌前，祖母與母親都會毫不顧慮地直說我長得真醜，即使我聽慣了，當下還是會覺得心底毛毛的。我相信自己一表人才，如果經過了女傭的房間，也會故作鎮定地問她們，兄弟之中誰最帥？女傭們通常會說大哥第一帥，我其次。這時候我一定會羞紅著臉，但心裡多少還是有點不滿，只因為我希望她們會說我比大哥帥。

我對祖母與母親的不滿，不僅是她們嫌我醜，還包括她們會嫌我笨手笨腳。每次拿筷子吃飯，都會被祖母罵拿法不對，叫我快改；她們還說我行禮的時候屁股會翹起來，看起來很不雅。我被迫跪坐在祖母面前，一而再再而三地彎腰行禮，但不論怎麼做，她總是不滿意。

我也很怕祖母。記得村裡的小戲院開張的時候，找了東京的雀三郎劇團來表演，我每場必到，從不缺席；因為這棟房子是父親出錢蓋的，我才能不花一毛錢就坐到大位。只要學校一放學，我馬上換上柔軟的和服，把夾著一枝小鉛筆的銀鎖鏈夾在衣帶的一端，三步併兩步衝向小戲院。這是我人生頭一遭知道歌舞伎這種玩意，感到喜出望外，在台上正在演出狂言[9]的時候，我總是不由自主地流下眼淚。演出結束後，我便把弟弟與親戚的孩子們叫來，組成自己的劇團演自己的戲。我從以前就很喜歡看表演，常會把家裡的男女傭人找來，說故事給他們聽，有時放幻燈片或電影片給他們看。那時候我們的小劇團，總共演出了《山中鹿之助[10]》、《鴿子之家[11]》與《活惚舞[12]》三齣狂言劇。《山中鹿之助》是我從一本少年雜誌上看到的文章改編而成，

9 狂言：原本是在能劇幕間演出的即興喜劇，演員不戴面具不化妝。在江戶歌舞伎興盛之後，也形成獨立的表演節目。

10《山中鹿之助》：戰國、安土桃山時代「尼子十勇士」之首——山中幸盛（西元一五四五？至一五七八？年），後來在江戶時代被塑造成悲劇英雄，除了產生許多新創作，還被收錄進教科書。

11《鴿子之家》（鳩の家，西元一九一五年）：青森縣弘前市出身的俳句家、作家佐藤紅綠（西元一八七四至一九四九年）所著之兒童小說。

12 活惚舞（かっぽれ）：明治時代後，由街頭演藝發展而來的滑稽舞蹈，不僅發展成為宴會助興節目，也成為神社祭典團體舞蹈、歌舞伎與落語知名段子以及管樂隊演奏曲目。

故事描述主角山中鹿之助在山谷河流邊的一間茶屋，得到一位家僕早川鮎之助的故事。改編過程中最難的部分，是把一大段台詞「在下山中鹿之助……」用歌舞伎的七五調[13]表現出來。《鴿子之家》是我每讀必哭的長篇小說，我把其中最為悲戚的段落改編成兩幕劇。《活惚舞》是雀三郎劇團在每場演出結束的時候，所有演員都上台跳的一種舞，所以我也排進自己的節目裡。經過五六天的彩排，到了演出那天，我以書齋外的簷廊為舞台，前面掛上一張布簾。白天就開始準備，卻沒想到布幕的鐵鉤卻刺傷祖母的下巴。祖母痛罵我們一頓：存心用這個鐵鉤殺死我不成？不要給我學那些河堤乞丐的臭玩意兒！但是我們那天晚上還是找來了家裡十幾個男女傭人，演給他們看。但是一想到祖母的話，心頭還是相當沉重。我扮演山中鹿之助和《鴿子之家》的小男孩，最後也和大家一起跳活惚舞，但總是感受不到興奮，心頭反而還有點落寞。後來我們陸續演了《盜牛賊[14]》、《小盤屋[15]》與《俊德丸[16]》，祖母還是理都不理。

儘管我不喜歡祖母，有時候晚上睡不著，我卻為了祖母的存在感到慶幸。我差不多從小學三四年級的時候開始出現失眠症狀，有時候到半夜兩點三點還是睡不著，常常在被窩裡哭泣。家人為我想盡各種辦法，要我睡前含一點白砂糖，要我一邊聽時鐘的秒針一邊數數，要我用冷

13 七五調：日本韻文格律之一，一句歌詞由七音節加上五音節組成。
14《盜牛賊》（牛盜人）：和泉流狂言劇目之一。
15《小盤屋》（皿屋敷）：江戶時代流傳的怪談。本書收錄短篇〈瞽者之書〉數盤子女鬼的典故。
16《俊德丸》：又名信德丸，故事主角名。說經淨琉璃五大曲目之一。

水泡腳，要我把合歡樹葉壓在枕頭底下[17]……，很多人提供各式各樣的偏方，卻似乎一點用處都沒有。我個性上容易為無謂小事擔心，什麼事都可以鑽牛角尖，讓我的失眠更加嚴重。我曾偷偷拿出父親的夾鼻眼鏡把玩，卻不小心打破鏡片，緊張得連續幾個晚上都睡不好覺。在我家隔壁的隔壁有一家小雜貨店，裡頭陳列了少數的書刊，我有一天在店裡看到一本婦女雜誌，某頁的插畫是一條用水彩畫成的黃色人魚，我實在太喜歡了，偷偷上前把那一頁撕下來，不料老闆一發現，就「阿治！阿治！」地大聲叫罵，嚇得我把雜誌往地上用力一摔就連忙跑回家，結果雪上加霜，我又更難睡著了。此外，我躺在被窩裡，也常常毫無理由地擔心失火，想到這屋子被燒掉，就會害怕得睡不著。有一天晚上，我睡前自己去廁所，在廁所正對面，是一片漆黑的帳房，中間隔著一條走廊，一個工讀生正在帳房裡看著電影，火柴盒大小的畫面投影在壁櫃門上，畫面中一頭白熊從冰山跳進海裡。眼前的情景讓我聯想到那個工讀生當下的心情，一下又心裡又一陣感傷。回到被窩裡，我又想起那電影的畫面，心裡又難受得怦怦亂跳。有時我想到那個工讀生的情況，有時又擔心電影膠捲一燒起來會很嚴重。那天晚上我失眠直到天亮。像這樣的夜晚，我就慶幸祖母的存在。

通常到了晚上八點，女傭先讓我在床上躺好，她自己也會躺在旁邊等我睡著，但我覺得女傭這樣太可憐，所以一躺進被窩就假裝自己睡著。我可以感覺得出她已經從我被窩偷偷離開，

17 取「合歡」（日文訓讀為「ねむ」）與「睡眠」（ねむる）之諧音。

心底卻還是默默想著自己可以睡著。翻來覆去到了十點鐘，我才抽抽噎噎地哭起來。到這個時候家裡的人全都去睡了，只有祖母醒著。她與巡夜打更的老公公，正在廚房灶旁的火爐台話家常。我就披上厚棉襖走進廚房，一聲不吭地聽著他們說話。兩人聊的話題，不外乎村子裡傳出的東家長西家短。某年秋天的深夜裡，當我聚精會神地聽著他們的對話，突然間從遠方傳來了越來越接近的「送蟲鬼[18]」鼓聲，我一聽到就心想，唉呀，原來還有這麼多人沒睡呢！記得那時候人也變得精神抖擻了起來。

提到聲音，我還想起另一件事。我的大哥那時候在讀東京的大學，每次暑假回到家裡，就會把一些音樂或文學方面的新玩意帶進家鄉。大哥專攻戲劇，在某本鄉土雜誌上發表的獨幕劇劇本《爭奪》，在村子的年輕讀者間博得不少佳評。當大哥完成這本劇本，還讀給他的一大群弟弟妹妹們聽。雖然大家都說「聽不懂、聽不懂」，卻只有我聽出意思來，連最後結尾那句「好黑暗的夜呀」蘊含的詩意都聽得出來。我建議劇名應該從「爭奪」改成「薊草」，後來還用小小的字把建議寫在大哥作廢的稿紙一角，然而大哥似乎沒有發現，最後這部劇本以原來的標題發表。如果我家要招待賓客，父親一定從遠地城鎮請來藝旦表演助興。我記得自己五六歲的時候，常常被那些藝旦輪流抱在懷中。我記得她們還一面唱著「很久，很久，很久以前」或「那

18 送蟲鬼（虫送り）：在農藥不普遍的時代，日本許多農業聚落鳴鉦擊鼓繞境，焚燒象徵病蟲害的草人，以祈求秋天能豐收的傳統儀式。通常於初夏晚上舉行。

就是紀伊國的蜜柑船[19]」一面跳舞。與大哥收藏唱片的西洋音樂相比，我更習慣日本歌曲。有一天晚上，當我剛躺平，大哥的房裡就傳來了優美的音樂，於是我就從枕頭上抬起頭來靜靜地傾聽。隔天，我早早爬起來走進大哥的房間，信手拿起唱片一張一張地播放。我最後總算找出昨晚令我興奮到失眠的那張唱片：〈蘭蝶[20]〉。

不過比起大哥，我與二哥還是比較親一點。二哥以優等成績從東京的商專畢業以後就直接回鄉，在家裡開的銀行工作。二哥在家裡算是被冷落的一類，我曾聽過祖母與母親說，家裡最難看的男生是我，其次二哥。二哥不討喜的根源，我想應該還是外表。我一直記得，二哥曾經半開玩笑悄聲對我說：「只要我有了大丈夫風範，其他什麼都可以不要，就可以活得好好的，對不對，阿治？」但是我從來沒有覺得二哥長得難看，也覺得他的頭腦在兄弟中算好的。二哥每天喝酒，與祖母吵架。每當兩人吵架，我心裡都暗自恨著祖母。

三哥和我反目成仇，我有很多祕密都握在這個小哥哥的手中，使我對他又氣又怕。此外，小哥哥長得與我的弟弟很像，人人都說他長得帥，於是我就被夾在兄弟兩人中間，累得喘不過氣。自從我這三哥到東京的中學就讀，我才總算能喘一口氣。弟弟是家中最小的兒子，長得相當討喜，深得父母親疼愛。我很嫉妒我的弟弟，有時候出手揍他，就會被母親罵，所以我也恨

19紀伊國的蜜柑船：江戶時期十七世紀末至十八世紀初的傳說富商紀伊國屋文左衛門，年輕時冒著大風大浪將紀州（今和歌山縣）滯銷的蜜柑運到蜜柑不足的江戶，一舉成為江戶的風雲人物。兩段歌詞都引用自活惚舞歌曲。
20〈蘭蝶〉：十八世紀淨琉璃名曲，「新內」派的代表作之一，內容描述兩女一男的三角關係。

我的母親。大約我十歲或十一歲的時候，我的襯衫與內衣的縫線間長滿蝨子，像黑芝麻一樣密集，就因為弟弟看到了笑出來，而把他揍倒在地上。看到弟弟的頭冒出幾個腫包，我又有些於心不忍，所以就把一種叫「不可飲[21]」的藥水塗在他的頭上。

至於姊姊們，就很疼我。最大的姊姊過世，二姊嫁人，另外兩個姊姊分別去了不同鎮上的女子學校就讀。我們的村子沒有火車，要前往三里外可以搭火車的小鎮，夏天必須開馬車，冬天要坐雪橇，春天雪融化或是秋天下冰雨的時候，就只能靠自己走了。姊姊們只要坐上雪橇就會頭暈，年末放假的時候也會走路回家。我每次都會跑到村子堆木柴的地方迎接她們回來，即使太陽下山，積雪也會讓路面看起來很亮。只要從隔壁村的林蔭間，隱約看到姊姊們手上提著的燈籠搖搖晃晃，就會大力揮動雙手，大叫「嘿！」迎接她們。

三姊去的學校所在的地方比四姊去的地方還小，每次回來帶的禮物也總是比四姊寒酸一些。還記得某次三姊面帶慚愧地說她沒帶什麼禮物，就從籃子裡拿出五六捆仙女棒給我，當時覺得一陣心酸。家裡也一而再、再而三地數落三姊長得不別緻。

大姊在進入女校前，一直與曾祖母一起住在邊間裡，我幾乎一直以為她是曾祖母的女兒。曾祖母在我小學畢業那年過世，看著她穿著白色壽衣入殮的身體看起來變得很小，還一度擔心這個形象會烙印在我的心底。

21 不可飲：福井對關堂藥廠製造發售的藥水，以寶藍色小玻璃瓶盛裝，主治神經痛、瘀傷、痠痛、搔癢、香港腳、牙痛、痔瘡等。

不久我從小學畢業，家人卻因為我身體太虛弱，只打算讓我就讀一年高等小學[22]。父親又說要等我身體比較健康以後再復學，但像哥哥一樣去東京上學對我身體不好，會讓我進入更偏遠鄉下的中學。即使我不是那麼想讀中學，但還是在作文裡寫，對自己體弱多病感到遺憾，以博得老師們的同情。

大約這陣子[23]，我的村子升格為鎮，我就讀的高等小學是我們的鎮與附近五六個村子合資建立而來，校區座落在離鎮區半里路的一片松林裡。我因為生病，常常沒去上學，但又因為我代表了原來就讀的小學，來自不同村鎮的優等生，都努力在這間高小成為校內第一名，但我進了那裡，還是不思長進。一度自負地認為，自己是成為中學生的料，所以到這間高小上學顯得有失形象。在課堂上我總是畫連環漫畫書，畫好後在下課時間一人多角，一頁一頁演給同學看。這樣的漫畫本子，我總共畫了四五本。有時候我兩手托腮，望著教室窗外的景色，看著看著也就過了一個鐘頭。我的位子靠玻璃窗，窗玻璃上黏著一隻壓扁的蒼蠅，在我的視野中越變越大，會讓我以為是雉雞還是斑鳩俯衝而來，幾度讓我嚇破膽子。我還與五六個要好的同學一起蹺課，一起躺在松林深處的泥塘邊，聊一些女同學的話題，還各自掀開和服的下擺，比誰的陰毛比較長。

22 高等小學：當時日本的義務教育為尋常小學六年，尋常小學畢業後，可就讀兩年制高等小學或五年制中學，戰後西元一九四七（昭和十六）年才改為小學六年、中學六年的學制。

23 西元一九二〇（大正九）年。

那間學校是男女共學，但我從不主動接近女同學。因為我性欲很強，更努力壓抑自己，視女同學如洪水猛獸。以前也曾經有兩三個女同學對我有意思，但我一律裝作不知道。我會偷偷從父親的書櫥上拿出帝展[24]入選作品的畫冊，翻開內頁的裸女圖看得臉紅心跳，也時常讓自己養的一對兔子交配，在一旁盯著雄兔拱起來的背，讓我心跳加速。我透過這些事壓抑心底的躁動。我是一個愛惜面子的人，所以沒有告訴任何人我自己「按摩」的事情。自從我從書上看到幹這種事的害處，就努力想戒除這種壞習慣，但到頭來一無所獲。又因為我每天都要走很遠的路上學，身體逐漸強壯起來。我的前額髮際線開始長出小米大小的痘痘，覺得很丟人現眼，於是用一種叫「寶丹膏[25]」的藥把額頭上的痘子塗成一片朱紅。那一年大哥結了婚，在婚禮那晚，我和小弟偷偷溜進新進門嫂嫂的房間，這時大嫂正背對門口，坐在鏡台前盤著頭髮。我一看到鏡中大嫂雪白臉孔的笑容，急忙拉著弟弟逃走。這時我死撐起面子辯稱：「這也沒什麼嘛！」一臉藥膏的我已經顯得自卑，讓我的反彈心理更為激烈。

冬天的腳步接近，我也到了該準備中學入學考的時候。我看了雜誌的郵購廣告，從東京買了各種參考書，結果一個字都沒有看，一直擺在放書的箱子裡。我報考的中學位於全縣的最

24 帝展：明治四十（西元一九〇七）年以來，文部省每年舉辦「文部省美術展覽會」（簡稱「文展」），後來「帝國美術院」成立後，自大正八（西元一九一九）年至昭和十二（西元一九三七）年舉辦年展「帝國美術院展覽會」。昭和二十一（西元一九四六）年GHQ統治期間，曾經舉辦三屆「日本美術展覽會」（「日展」）。

25 寶丹膏：江戶上野守田治兵衛商店製造發售的內服紅褐色膏劑（昭和末期才改成散劑），由薄荷、高麗參、丁香、蜂蜜等原料製成，可用於頭痛、止暈止吐、胃脹氣。

大市，報考生超過預定錄取名額的兩三倍。我常常擔心會落榜，這時候我就會開始用功讀書。連續用功了一星期以後，又產生了會考上的自信。只要一開始用功，我就會熬夜到十二點，早上通常四點就爬起來。在我讀書的時候，都會有一個名叫阿民的女傭在旁邊伺候，隨時燒開水泡茶給我喝。晚上不論我讀到多晚，到了凌晨四點都會準時把我叫醒。當我為了數學科的老鼠繁殖應用題焦頭爛額，阿民也靜靜地在旁邊讀著小說。後來阿民被一個上了年紀的肥胖女傭取代，當我知道這是母親的詭計，對她的打算更感到憤怒不已。

隔年春天，當地面還殘留著厚厚的積雪，我的父親在東京的醫院裡咯血死了。鄰近的報社以號外報導父親的死訊，社會上的熱烈反應，比父親的死給我更大的刺激。我的名字居然出現在報紙死者家屬的名單上！父親的遺體被裝進靈柩，用雪橇運回故鄉。我混在許多鎮民之中，一起到隔壁村迎接他。不久後，幾台雪橇從林間現蹤，頂篷在月光下熠熠生輝，我看了覺得很美。

第二天，我們全家人聚集在父親停靈的佛堂裡，棺蓋一打開大家哭成一片。父親看起來像熟睡一樣，高挺的鼻梁蒼白無血色。聽到眾人的哭聲，我不禁跟著潸然淚下。

在那一個月之間，我家像是經歷一場大火。在一片混亂之中，我無心應付考試。高等小學的畢業考卷，幾乎亂寫一通，結果考出全校第三成績，這個結果顯然是班導師看在我家面子上給的特別通融。從那時開始，我開始感到記憶力大不如前，如果沒有事先複習，考試的時候什麼也答不出來。這種情形，我還是第一次遇到。

第二章——

儘管成績不盡理想，那年春天我還是考上了中學。我穿上了全新和服褲裙、黑襪與長靴，把向來穿在身上的毛織披風，換成一件呢絨布料，還刻意敞開胸前的扣子，春風得意地前往那座位在海邊的城鎮。我們家的一個遠房親戚，就在那裡開了一家小和服店，我一抵達就先放下行李。爾後就得一直依賴這戶門口掛著破舊暖簾的人家，供我日常的吃穿生計了。

我是個遇事容易得意忘形的人，剛剛入學的時候，我連去大眾澡堂洗個澡都會頭戴學生帽，身穿和服褲裙，只要看到路上窗玻璃映出自己的倒影，還會向自己的倒影微笑頷首示意。

然而學校還是無法勾起我絲毫的興趣。學校坐落在市鎮的邊緣，校舍的外牆上塗滿白漆，校舍後面是一大片可以看到海峽的公園，在上課的時候就能聽得到海浪與海風吹拂松樹的聲音；校舍的走廊很寬，教室的天花板也很高，氣氛使我覺得相當舒服，但是這裡的老師們都不斷迫害著我。

從入學式那天，我就被一位體育老師打了一巴掌，因為我沒大沒小。在我入學考的時候，這位老師就參加了我的面試，見我一副無精打采的樣子，曾經問我會不會因為爸爸過世，就無心讀書呢？他這一巴掌更傷透了我的心。我時常被不同老師打巴掌，據說我在課堂上經常對老師冷笑或不斷打呵欠，而我打呵欠的動作誇張，在教師辦公室裡惡名昭彰。我覺得他們在教師辦公室聊這種蠢話題，才顯得唐突可笑。

某天，一個同鄉的同學把我叫到校園的沙丘後對我說，我看起來實在太放肆了，再這樣挨老師打，以後考試恐怕會落榜。我聽了相當錯愕。那天放學後，我一個人沿著海岸匆匆地飛奔回家。我的靴子一步一步踏在浪花上，一邊嘆氣一邊跑著。我用襯衫袖子拭去額頭的汗水，突然出現一艘巨大的灰色帆船在我眼前搖搖晃晃地航行通過。

我是一片即將凋落的花瓣。即使一點點風吹來，都會讓我不斷顫抖。他人的些許輕蔑，都會讓我生不如死。我一直相信自己就要揚名立萬，為了維護身為英雄的聲譽，即使前來羞辱的是大人，我也無法原諒，所以考試不及格這種奇恥大辱，對我而言是一大致命傷。那次開始，我不再掉以輕心，每天專心上課如臨大敵。在課堂上，只要一想到教室裡藏著一百個無形之敵，就不敢顯出一絲絲的懈怠。早上出門上學前，我都會把撲克牌攤在桌上，預測當天運氣。紅心是大吉，方塊是中吉，梅花是中凶，黑桃是大凶。那陣子我每次翻到的花色，盡是黑桃。

過了不久就要月考，我努力把文史、地理與品德教科書一字不漏地記誦下來。或許這種用功法是基於我不成功便成仁的先天潔癖，然而也為我帶來不好的結果。課本太無聊所以我無法好好讀，考試的時候腦袋也轉不過來，有的題目作答近乎完美，有的卻因為思路紊亂、字句不連貫，淪於無意義的答案填滿試卷。

然而我第一學期在班上的成績是第三名。操行成績也是甲等。一度被不及格焦慮折磨的我，一手抓著成績單，一手拎著鞋子，在學校後面的海邊赤腳奔跑。我太高興了。

經過一個學期，第一次返鄉放假的時候，為了向家鄉的弟弟們盡可能炫耀自己短暫中學生活的多采多姿，就把自己三四個月間穿過的制服都放進行李，連坐墊都不放過。

馬車一路搖搖晃晃穿越隔壁村的森林之後，映入眼簾的是方圓幾里的翠綠稻浪，我家的紅木大屋頂就矗立在稻浪的另一邊。我以一種十年沒看過的心情，眺望那座大房子。

這一個月的假期讓我感到前所未有的快意奔放。我誇大其辭地向弟弟們說著中學裡發生的大小事，又把那座小都會描述得像志怪演義一樣離奇。

這段時間，我穿梭於田野山谷之間，醉心於風景寫生與昆蟲採集。我要完成五幅水彩畫，交出十種罕見昆蟲的標本，這些都是老師指定的假期作業。我肩膀擔著捕蟲網，讓弟弟帶著裝有鑷子、毒瓶[26]之類小工具的採集包，在原野追著紋白蝶與蚱蜢，度過夏日的一天又一天。晚上我們在院子裡堆柴生火，用捕蟲網與竹掃帚把飛來的蟲子都打下來。我三哥就讀美術學校的雕塑組，每天都在院子裡的大栗樹下捏黏土。他還為我剛從女校畢業的四姊做了一尊胸像。我

26 毒瓶：塞滿福馬林棉球，用來收集昆蟲的玻璃容器。

同時在旁邊為四姊畫下幾張臉部速寫，與三哥互相嘲笑。即使四姊一本正經地成為我們的模特兒，在創作成果上，通常站在我的水彩畫這一邊。我這個哥哥常對我說，小時候大家都說他是天才，藉此貶低我的各種才華，連我寫的文章都被他嘲笑像是小學生寫的一樣。我那時也大剌剌地瞧不起三哥的藝術才華。

有一天晚上，三哥偷偷跑進我房裡，悄悄告訴我：「小治，給你稀有種。」並從蚊帳下傳來一團用草紙包著的物體。原來這哥哥知道我在收集罕見昆蟲。草紙裡傳出蟲子掙扎的沙沙聲，我從這些微弱的聲音裡，感受到手足間的真情。我迫不及待地要打開草紙，哥哥就一直憋著聲音說：「喂喂喂，會逃走的！」打開一看是一隻普通的鍬形蟲。我後來把這隻鞘翅目昆蟲當成十種罕見昆蟲標本之一交給老師。

休假結束的時候，我感到一陣悲傷。我又離開家鄉，重回那座小城鎮，在和服店二樓獨自打開包袱的時候，差點要哭出聲來。我在這種孤寂的時候，總會產生去書店的念頭，所以就進了書店。只要看到書店裡的各種出版品，心頭的憂傷就會不翼而飛。書店最內側的書櫃上，擺著五六本我想要卻下不了手的書，每次靠近都故作雲淡風輕，兩腳顫抖地拿起那些書翻看幾頁。然而我上書店，不只為了要看那些偏醫學的文章，對當時的我來說，不論是哪種書，都能帶給我心靈的紓解與撫慰。

學校的課業一天比一天更加無聊，尤其是在無色地圖上用水彩為山脈、港灣與河川著色的作業，更令我厭惡。因為我是凡事容易入神的人，為地圖著色，往往要耗上三四個小時。上歷史課的時候，老師也刻意叫我們準備筆記簿，記下他的課程重點，結果他只是照著課本讀一遍，我們也只是把課文抄下來而已。然而我還在執著要考出好一點的成績，所以每天只能專心寫出那些作業。到了秋天，城鎮各中學之間開始進行各種體育競賽。來自鄉下地方的我，根本沒看過什麼棒球比賽，頂多在小說裡看過「滿壘」「游擊手」「中外野」之類的名詞，後來略懂比賽規則，卻興奮不起來。不只是棒球，連板球或柔道之類校際比賽，必須要以應援團成員的身分去加油助陣，反而為我的中學生活帶來不愉快的回憶。學校的應援團長，都會一身邋遢打扮，手持日之丸小扇，站在校園的小山丘上訓話，同學一看到他的德性，起鬨大喊：「髒兮兮！髒兮兮！」比賽中場休息的時候，團長會揮舞兩手的板扇，下令全體起立。我們就全部站起來揮舞手上的紫色小旗，高唱校隊的應援歌〈敵人很強，我軍更強〉。我對此情景深感丟臉，一找到可乘之機，就會逃離觀眾席直接溜回家。

但我也不是完全沒做過運動。我的臉色發青欠氣血，覺得一定是那種按摩做太多所致，只要別人問我為什麼氣色這麼差，就會像祕密被揭穿一樣緊張得心跳加速。我是因為想做點什麼讓氣色看起來比較健康，才開始做運動的。

從很早以前，我就為自己的氣色不佳煩惱。小學四、五年級的時候，我就從三哥那邊聽到「民主」這種思想，連母親也聽客人們抱怨民主制度害他們被徵收重稅，每戶人家收穫的稻米，幾乎都被課稅，於是我就開始對這種思想產生畏懼。為了改善氣色，夏天我幫男傭割除院子裡的雜草，冬天幫他們清除屋頂的積雪，並且教導他們民主思想。到了後來我才明白，男傭們其實不樂意讓我幫助他們，因為他們得把我割過的草地重新割過一遍。我假借幫忙的名義，想要改善氣色，經過這麼多的勞動，卻沒有任何成果。

進了中學之後，我又想透過體育活動改善自己的氣色，熱天一放學，一定下海游泳。我喜歡蛙式，兩腳像青蛙一樣不斷往後蹬。因為頭部一直都浮出水面，波浪起伏產生的微小漣漪、岸邊的翠綠樹葉、天邊的浮雲，全都映入眼簾。我像一隻烏龜一樣，死命地伸長脖子，盡可能接近太陽，以利自己早點晒黑。

此外，我住的地方後面還有一片墓地，我在那裡劃出一條百米直線跑道，獨自努力練習。墓地周圍被繁茂的白楊樹林圍繞，我只要跑累了，就會一邊閒晃，一邊看著舍利塔牌上的題字。那些像是「月穿潭底」或是「三界唯一心」之類的字句，到現在還記憶猶新。有一天在一面長滿地錢苔癬，潮溼發黑的墓碑上，發現「寂性清寥居士」這名號，頓時感到心有戚戚焉。於是我就在墳前最近供奉的紙蓮花白色葉子上，用沾了泥巴的食指，如鬼魂一般在花瓣上似有若無地寫下一行受到某位法蘭西詩人啟發而來的句子「我在泥土下與蛆蟲嬉戲」。隔天傍晚我回到原地，趁開始跑步前回頭看了昨天那面墓碑，卻沒想到在亡者親屬還來不及哭泣弔喪的時候，早晨的一場驟雨，把我昨天留下的文字沖刷得不見蹤跡，連紙蓮花的花瓣也被摧殘成一團泥濘。

做那些事情令我感到有趣，而我跑起來也越來越快，兩腿的肌肉也開始隆起，唯獨臉上的氣色一成不變，在晒黑表皮的底下，沉澱著令人不舒服的混濁鐵青。

我對自己的臉充滿興趣，讀不下書的時候總是拿出小鏡子對自己微笑，有時皺起眉頭，有時一手托腮故作沉思，各種表情百看不厭。我一定是領略了逗人發笑的祕訣。只要我瞇起眼睛，皺起眉間再嘟起嘴來，就變得像小熊寶寶一樣討人喜愛。當我不滿或無計可施，就會露出這種表情。當我四姊住進縣立醫院的內科病房，我去探病的時候就做出這種表情，結果她被逗笑得在床上捧腹大笑。姊姊與家裡派的一個中年女傭一起住在病房裡，生活相當寂寞，只要聽到我的腳步聲出現在醫院的長廊裡，就不由得興奮起來。因為我的腳步特別大聲。如果我超過一星期沒有去探望她，四姊就會叫女傭到外面接我。如果我不去，女傭就會一本正經地告訴我，四姊病情惡化，常會沒來由地發燒。

那時候我已經十五六歲，手背上的藍色靜脈隱約可見，身體感到異於往常的沉重。我偷偷喜歡上同班一個皮膚有點黑，個頭小小的同學，放學的時候一定兩人並著肩走，即使偶然碰到對方的小指頭，兩邊都會臉紅。記得有一次，我倆沿著學校後面的小路走，那同學突然從一片長滿嫩綠水芹與繁蔞草的田溝裡，發現一條浮在水上的小蠑螈，她默默撈起來送給我。本來我很討厭小蠑螈，這時反而喜孜孜地掏出手帕包起來。一回家我就把牠放進院子的小池塘裡，小蠑螈搖晃著短脖子在水中不斷游泳，然而隔天早上再回去看，早已不見蹤跡。

因為我的自尊心很強，對別人絕不會主動告白。我與那同學平時很少說話，同一時期對於一個住在隔壁的瘦瘦女學生，也抱著好感，然而即使在路上遇到她，也故意別過頭去好像瞧不起人家。某一個秋天的夜晚，外面失火，我從床上爬起來往外看，只看到附近神社後面已經燒得火花四散。矗立在神社周圍的杉林也顯出一大片黑影，烏群從火光裡倉皇逃出，如落葉一般漫天飛舞。我明白那住在隔壁的女生，正穿著白色睡衣，站在她家門口朝著我的方向張望，所以刻意轉過頭去讓她看到側臉，靜靜地看著大火。我覺得她看到我在火光照耀下的側影，一定覺得很英俊。在這種情況下，不論是與小個子同學還是這個女生之間，都沒有絲毫進展。但只要我獨自一人的時候，就變得十分大膽，有時會對著鏡中的自己瞇起一眼，露出詭異笑容，在桌上以小刀刻出兩片薄唇的形狀，再將自己的嘴唇湊上去。後來我把這片嘴唇塗上紅墨水，這嘴唇卻突然變成黑色，我看了不舒服，於是用小刀把它刨掉了。

後來我上了三年級，在一個春天的早晨，我經過一座上學必經的小橋，倚靠在朱紅色的欄杆上，一時渾然忘我。橋下的河流像隅田川一樣寬闊，河水從我腳下緩緩流過。我過去從未有過這種渾然忘我的經驗。這是因為過去總是不時提防有人從後面盯著我看，所以假裝自己在做某件事。那個盯著我的人，正在一旁為我的一舉一動下註解：他正在看著自己的手掌。他一邊摳著自己的耳朵背，一邊自言自語……對我而言，像「突然」「不知不覺地」之類的動作狀態，不可能出現在我的身上，所以從橋上回過神來，我的孤獨感不斷湧上心頭。這種感覺使我又開始回首來時路，並擔憂起前途，再度進入白日夢的世界。最後長嘆了一口氣，心想自己真的能成為一個頂天立地的人嗎？經過這段時期，我內心焦躁不安了起來。我對所有事物都無法滿足，總是在空虛之中奮力掙扎。我臉上帶著十幾二十張不同的面具，哪張表現出哪種程度的悲傷，已經無法分辨清楚。最後，我總算找到一個慚愧不已的排遣方式——創作。在這裡，有許許多多的同類，似乎都和我一樣，面對這種莫名的恐懼。我暗自對天發誓，我一定要成為作家，我一定要成為作家！這年弟弟也進了中學，與我同住一間房間，我與弟弟打了商量，在夏天開始的時候，我們召集五六個同好，創辦了一本同人雜誌，我們住處路口有一間大印刷廠，雜誌就在那裡印製。雜誌的封面用了石版印刷，看起來相當精美。我們發放給班上的同學。我堅持的是每月新發行一定要發表一篇創作，剛開始的文章多半是用哲學家筆觸寫成的道德小說，我也擅長一行兩行的片段式隨筆文。這部雜誌持續發行了一年左右時間，為了辦雜誌，我還和大哥發生了不愉快。

大哥對我沉迷文學創作感到擔心，從家鄉寄來一封長長的信。他一本正經地告訴我，化學有方程式，幾何學有定理，要理解這些學問，都有完整的鎖鑰可以用，唯獨文學之中不存在這種鎖鑰。還沒有達到被許可的年齡與環境條件，不可能正當地掌握文學。其實我也有同感，更何況我相信自己就是被許可的人之一。於是我馬上回信給大哥：聞大兄所言，弟甚有同感，有兄長如是，弟甚幸也。然弟從未鎮日嬉於文學而荒疏學習，故發憤讀書益甚。我刻意用更帶感情的文字回給大哥。

不論如何，大哥用警告的語氣要求我，一定要比其他同學更優秀才行，事實上我很用功讀書，升上三年級以後，成績一直是全班第一。成為全班第一很難不被說成是考試機器，我不但沒遭受到這種揶揄，甚至還學會如何擺平學校同學。連班上一個綽號叫「章魚」的柔道主將，都對我百依百順。教室裡有一個裝廢字紙的大甕，有時候我只要手指那個甕說：「章魚該鑽進甕裡了吧？」章魚就會一頭鑽進那口甕裡大笑。從甕裡傳出的笑聲，聽起來很不尋常。班上的那些美少年多半與我親近，因為我在整臉的痘疤上貼滿剪成三角形、六角形與花朵形狀的膠布，幾乎到了沒人會取笑的程度。

這些痘子讓我無比心煩。當時臉上的痘子越來越多，每天一醒來，都要用手擦一擦臉，確認是否又有新的冒出來。買來各式各樣的藥物，卻都看不到效果。我去藥房之前，只能事先在紙條上寫好藥名，假裝幫別人買藥一樣地問店員：你們有沒有這種藥？這些痘子像一種性欲的象徵，令我羞愧到眼前發黑，有時候巴不得馬上一死了之。我家人對我長相的冷嘲熱諷，也達到了高峰，連我嫁到別人家的大姊，好像也說過「阿治如果不把臉醫好，就不會有人願意嫁給他」之類的話。所以，我只能乖乖地擦藥。

弟弟也關心我臉上的痘子，為了買藥幫我跑了好幾次腿。我與弟弟的關係從小就很差，連他考中學的時候，我都詛咒他落榜；不過我與他一起住在家鄉很遠的地方以後，我便逐漸從弟弟的身上看出他的優點。隨著年齡增長，弟弟逐漸變得內向且沉默寡言。他也時常在我們的同人雜誌上刊載小品，不過每篇文章看起來都軟趴趴的。和我比起來，他在學校的成績並不好，他為此苦惱不已，一安慰他，反而讓他更不高興。他認為自己額頭富士山三角錐形的髮際線看起來像娘們似的，所以很忌諱提起，他固執地覺得，自己的額頭太窄，才會這麼笨。我對這個弟弟，一再包容。當時我在他人面前，不是隱藏自己，就是毫不保留，但面對弟弟，一向無話不談。

在秋天剛開始的一個新月夜，我們到港口的一面棧橋，一邊迎著吹過海峽的清爽海風，一邊討論著那條看不見的紅線。這是學校的國文老師在課堂上說給學生聽的故事，老師告訴我們，每個人右腳的小腳趾，都綁了一條肉眼看不見的紅線，紅線另一端，肯定就綁在某個女孩的同一部位上；不論兩人相隔多遠，這條紅線都不會斷掉，但無論兩人距離多近，即使走在路上見了面，這條紅線也不會糾結成團。我們必須把那個女孩子迎進門。我頭一次聽到這個故事，迫不及待地想一回住處就轉述給弟弟聽。那天晚上我們一邊聽著浪花與海鷗鳴叫聲，一邊說這話題。我問弟弟：「你的 wife 現在正在幹什麼呢？」弟弟先兩手抓著棧橋側邊的欄杆搖了兩三下，才靦腆地回答：「她正在院子裡散步……」他猶豫不決地說著。少女踩著木屐，在寬闊的院子裡走著，手上拿著團扇，凝視院子裡的待霄草，我覺得這樣的女孩子與弟弟還真登對。輪我說的時候，我望著黑漆漆的大海，才開口說出「一個綁著紅色腰帶……」就說不下去了。一艘來自海峽另一邊的渡輪，船身閃著艙房窗戶透出的點點黃光，緩緩冒出海平面。

只有這件事，我隱瞞弟弟沒說出口。那年暑假我回到老家，有一個個頭嬌小，浴衣綁著紅色腰帶的新來女傭，為我脫下襯衫的動作很粗魯。她名叫「美代」。

我習慣睡前偷偷拿出一根菸起來抽，思考一下小說的開頭，而美代不知何時發現了我的這種癖好，有天晚上在鋪床的時候，在我床頭放了一口菸灰缸。隔天早上我趁美代來打掃房間的時候，交代她自己不想讓家人知道抽菸的事，所以別放菸灰缸在房裡。美代只是板著一張臉，應了一聲「是」。同一個假期的另一天，有人來鎮上巡演「浪花節[27]」，家裡的傭人幾乎全都跑出去戲院看了，我和弟弟被要求一起去，但這種鄉下表演我們根本看不上眼，於是就跑去田裡抓螢火蟲。我們還跑到隔壁村的樹林，但因為晚上的露水實在太多，只抓了大概二十隻，塞進籠裡就回家了。這時去看浪花節的人們也差不多回來，美代幫我們鋪好了床，掛上蚊帳以後，我和弟弟就關了電燈，讓螢火蟲在蚊帳裡飛來飛去，美代在蚊帳外看著螢火蟲，我和弟弟則並肩躺在床鋪上看。在黃綠的螢光飛舞之間，我更著迷於美代的白色身影。我用有點生澀的語氣問她：「浪花節，好看嗎？」過去我對女傭開口，從來不曾提到家事以外的事情。美代只是冷冷地回答：「不好看。」我聽了不禁大笑。弟弟則在一旁，默默地用團扇啪啪啪地驅趕一隻緊

27 浪花節：江戶末期由大阪發祥的單口說書「浪曲」，由三味線伴奏。

抓蚊帳邊沿的螢火蟲，這時我只覺得有點尷尬。

從這時起，我就一直把美代放在心上。如果一聽到「紅線」，腦海也馬上浮現美代的身影。

第三章——

升上中四以後，班上兩三個同學幾乎每天都來我房間玩，我用紅葡萄酒與烤魷魚招待他們，信口開河捏造很多故事給他們聽。我告訴他們有一本書專門介紹各種點燃木炭的方法，我在一本新進作家寫的《野獸的機械》單行本上塗滿黏黏滑滑的針車油，告訴他們這本書一上市看起來就是這樣子，書本裝幀是不是很特別呢？還有一本翻譯書《美貌之友》在出版審查的時候被刪除許多內容，我就拜託一間認識的印刷廠，在書本內頁的空白處都印上我胡謅的文章，然後把這本書拿給他們看，告訴他們這是一本奇書，他們都嚇得說不出話來。

我對美代的思念也隨時光逐漸淡去，在同一屋簷下的相思相愛，令我產生一種奇異的愧疚感。對於向來說盡女人壞話的我而言，也顯得掛不住面子，偶爾甚至會因為美代一點小事擾亂我的心思，不禁生起氣來。關於美代這件事，沒有告訴弟弟並不在話下，在這兩三個同學面前我也沒開口提過。

然而在我讀過一部由俄羅斯作家寫成的知名長篇小說之後，想法上有了改變。那部小說的故事是從一個女囚犯的經歷發展而成，那女人的人生歧途，便是從她抗拒不了主人的外甥——一個貴族大學生——的勾引開始。小說更引人入勝之處我沒有特別記得，只在描寫兩人在洋丁香盛開的樹下初吻的那一頁上，夾了一片枯葉當書籤用。我在讀到了不起的小說時，常常會變成書中的角色，我感覺這兩人很像美代與我的狀況。我想，如果我膽子再大一點，就會變得像那名貴族青年一樣。想到這裡，我就為自己的膽小感到難過，之所以能一路混到現在沒有發生什麼大問題，就是因為這種怯頭怯尾、凡事唯唯諾諾的個性。從他人看來，我一定像是在自己的人生，營造出一股偉大受難者的感覺。

我先告訴弟弟，那是晚上我們在床上躺平以後的事，原本想要一本正經地說，但我刻意擺好的姿勢，反而妨礙了告白，到頭來也無法認真。我一下摸摸自己頸項、一下搓搓手，最後還是和盤托出，我為這種不輕佻就說不出話的壞習慣感到難過。弟弟以舌頭舔了舔自己薄薄的上唇，身子也不翻，只是靜靜地聆聽。他突然問了一句：「你們會結婚嗎？」我聽了嚇一大跳，故意裝出沮喪的樣子回答：「能不能結婚，我也不知道耶。」不料弟弟卻以成熟的語氣，婉轉地對我表達恐怕不行。我聽了反而發現自己真正的態度，內心鬱悶忍不住叫了出來，堅定地用悄悄話對他說：「所以我才要努力！要努力！」弟弟蜷曲在花布棉被裡，似乎想說些什麼。他偷偷看了我一眼，露出微笑，我也跟著笑起來。我向弟弟伸出手說：「我要出門打天下。」弟弟也羞赧地把右手伸出被窩。我一邊悄悄笑著，一邊抓住弟弟軟軟的手指搖了兩三下。

然而在告訴朋友自己的決定之時，卻沒花上太多心思在上面。朋友們一邊聽著我說，一邊作勢要幫我想辦法。我心裡明白他們只是為了要在我說完話後表示認同，事實上也是如此。

中四那年的暑假[28]，我帶了其中兩個朋友來到老家。表面上說是三個人一起讀書準備高中入學考，其實也想讓他們看一下美代本人，才硬把他們拉來老家。我在心底暗自祈願，希望家裡的人不要嫌棄我的朋友們。我兄長們結交的朋友，盡是地方豪紳的子弟，沒有一個像我認識的朋友一樣，全身上下顯眼的只有制服上衣最上面的兩顆金鈕扣。

我家後院的一間空屋，那時造了一間很大的雞舍，我們每天上午就在雞舍旁邊的管理室自習。管理室外面的木板漆上白色與綠色的油漆，屋裡擺了塗著亮光漆的原木桌椅，隔間只有約兩坪大小。小房間的東側與北側各有一扇大門，南側也開了一面西洋對開玻璃窗，當這些門窗都打開時，不斷吹進屋裡的風，就會唰唰唰地吹動桌上的書頁。小屋周圍雜草叢生一如往昔，幾十隻黃色的小雞在雜草之間穿梭嬉戲。

我們三人每天最期待的是午餐時間。我們最感興趣的事情，就是今天會是哪一個女傭來叫我們去吃飯。如果來的女傭不是美代，我們就會砰砰砰地捶打桌子、嘖嘖嘖地抱怨起鬨。如果來的是美代，我們就會鴉雀無聲，只要她一離開，我們就放聲大笑。一個艷陽高照的上午，弟

28 日本學年始於四月，暑假從七月下旬放到八月下旬。

弟也來和我們一起自習，到了中午，照例猜測起今天輪到誰通知我們。只有弟弟無視我們的談笑，兀自在窗邊來回踱步背誦英文單字。我們繼續開各種玩笑，拿課本互扔，還大力跺著地板，鬧得有些過頭。我那時想把弟弟拉進來，輕咬下唇瞪著他問，為什麼剛剛一直都不說話？看我怎麼對付你！弟弟看到只舉起右手短短說了一聲「不要」，手上的單字卡之中，有兩三張掉到地上。我驚訝地移開目光，一瞬間下了一個困難的決斷。從今以後，不要再提起美代。一回神，我又若無其事地捧腹大笑。

結果那天中午來通知吃飯的，很幸運地不是美代。通往主屋的路上會經過一條兩邊種豆子的小徑，大家井然有序地走成一列，我跟在最後嬉鬧，隨手摘下幾片圓圓的豆樹葉。

我打一開始就沒想過自己會犧牲，只是覺得心裡很不舒服，感覺像盛開的洋丁香被潑灑了汙泥。更何況惡作劇的元凶就是自己的手足，讓我心頭更加不好受。

後來的兩三天，我整天胡思亂想。美代應該也會經過院子吧？弟弟和我握手的時候，好像顯得心不甘情不願？總而言之，我的情況還稱得上可喜可賀吧？對我而言，再也沒有事比這種可喜可賀帶給我更大的羞辱。

而值此時期，接二連三地發生各種衰事。一天我吃午飯的時候，我與弟弟、朋友們坐在餐桌邊，美代在旁陪侍，用一面畫著紅猴子臉的團扇為我們搧風。我從風量的強弱，暗自揣測美代的心思。我發現美代對弟弟搧的風比給我的大，我絕望地把叉子噹一聲用力放在裝炸豬排的盤子裡。

我心裡頑固地想著，是大家講好一起在欺負我。我蠻橫地想著，朋友們一定早就知道了。以後不要再想美代了。我打心底下定決心。

再過了兩三天，這早上我離開房間前往小屋自習的時候，把前晚偷抽，還有大約五六根的一盒菸忘在房裡，一跑回房間，房裡已經被收拾得一塵不染，菸盒也不見蹤跡，我馬上起了警覺。我叫來了美代，以罵人的語氣質問她：「菸呢？妳發現了吧？」美代只是嚴肅地搖搖頭，走到房間牆壁兩柱中間，踮起腳來從橫梁內側掏出一只綠色小紙盒，上面印著兩隻金色的蝙蝠飛舞的圖案[29]。

這事令我尋回了一百倍的勇氣，過去的決心起死回生。但是一想到弟弟，還是覺得芒刺在背。現在我與朋友們已經避免為了美代胡亂起鬨，在弟弟面前也盡量避免提到關於女人的問題。我決定不主動誘惑美代，而是等她來向我告白。我便一直為美代製造這種機會，雞毛蒜皮的小事也把她叫來房間，一次又一次趁她進房的時候，擺出一副雲淡風輕的樣子。為了讓美代心動，我更留意自己的臉蛋。當時我臉上的痘疤已經好得差不多，但還是習慣在臉上塗點什麼。我有一只很漂亮的銀製小粉盒，蓋子上刻滿爬牆虎般盤根錯節的藤蔓，我不時拿出粉餅遮掩臉上疤痕，為了美代，就更努力遮掩了。

29 太宰治生前愛抽的日本菸「金蝙蝠」（ゴールデンバット）。

現在只看美代怎麼決定了。然而，機會一直沒有來。我在小屋裡自習時，也會三不五時偷溜到主屋偷看美代一眼。每次看到她，總是拿著掃具啪啪啪地打掃房間，我只能無奈地緊咬下脣，遠遠看著她的背影。

暑假在不知不覺間結束，我、弟弟與朋友們也要離開家鄉回學校了。本希望在下一個休假來臨之前，至少能在美代心中留下一些永難忘懷的回憶，但到頭來心願還是落空。

出發那天，坐上家裡的黑廂馬車。美代也與家中所有的人一起聚集在屋子玄關口為我們送行。她沒看我，也沒望向弟弟，一直低著頭像是數念珠一般，搓著手中黃綠色的束袖帶，到馬車出發的時候，也沒有抬起頭來。我就這樣帶著絕大的遺憾離開家鄉。

入秋後，我帶著弟弟從小城鎮搭三十分鐘火車，到海邊的溫泉度假區[30]，我的母親與剛生過大病的四姊，在那裡租了房子方便泡溫泉調養身體。我一直住在那裡準備高中入學考。不論如何，我都要從中四考進高中，以保全我高材生的名譽。從那時候開始，我變得更不想上學，又礙於某些壓力，被迫發憤讀書。我每天從那地方搭火車上學，每到星期天，朋友們都會來找我。我們似乎已經把美代的事拋在腦後，總是出門野餐，在海邊平坦的岩石上起鍋煮牛肉，大喝葡萄酒。弟弟歌喉好，又知道很多新歌，所以我們都叫弟弟教大家唱歌，然後一起高唱，累了就躺在大石頭上睡覺，醒來才發現原本與陸地相連的岩石，已經因為漲潮變成一座孤島。我

30 位於青森市夏泊半島，面臨陸奧灣的「淺蟲溫泉」，又稱「東北的熱海」。據說津島家人下榻處為溫泉旅社「椿館」。

們以為自己還在作夢，沒有醒來。

我和這群朋友相當要好，一日不見如隔三秋。當時曾經發生過一起事件，某個秋風蕭瑟的日子，我在學校裡被一個老師打了好幾巴掌，我偶然的見義勇為，結果激怒了我這群朋友。那天的放學時間之後，所有的四年級生聚集在自然科教室，決議要把那個老師趕出學校，有的同學還喊出「罷課！罷課！」的口號。我狼狽地向同學們說情：如果只為了我一個人發動罷課，不如就此打住吧！我並不恨那個老師，其實沒什麼大不了，沒什麼大不了……。朋友們都說我無膽又不把大家放在眼裡，我感到痛不欲生，於是衝出教室。回到溫泉屋，我馬上衝進溫泉浴池。兩三片被強勁秋風吹落的芭蕉葉，從院子一角投射出藍色的影子。我坐在浴池邊陷入沉思，覺得自己像死人一般提不起勁。

只要有不堪的回憶湧上心頭，為了擺脫這些念頭，我會自言自語：怎麼辦？我一邊想著自己徬徨地嘀咕的樣子，沒什麼，沒什麼，兩手不斷捧起溫泉水，反反覆覆地說著：「怎麼辦？怎麼辦？」

第二天，那個老師向同學道歉，最後罷課沒有發動，我與朋友們也很快就言歸於好了。不過這場災難使我變得更加消沉，我不時想到美代，甚至覺得如果不去見美代，可能會就此墮落沉淪下去。

這時母親與四姊正好要離開溫泉別墅回家鄉，出發那天恰好又是星期六，所以我藉口要為她們送行，趁機回老家一趟。這次回家我沒有讓朋友知道，也沒把理由告訴弟弟。

我們三人一起離開溫泉，先到一直照顧我們的和服店稍作休息，我就與母親姊姊三人一起往家鄉出發。當列車駛離月台，來送行的弟弟頂著富士山頭一樣的額頭，透過車窗對我說了一聲「加油」，我聽了當下只有開心地點點頭，對他一再說「好，好」。

馬車經過隔壁村子，眼看離家鄉越來越近了，我也忐忑不安了起來。太陽下山後，天空與山巒都變得一片漆黑，秋風吹過稻穗沙沙作響，仔細傾聽卻響徹我的胸膛。我一再望著窗外的一片黑暗，突然被路邊白白的芒草叢掃過鼻尖，嚇得差點整個人往後仰。

家裡的人都在門口昏暗的燈火下迎接我們。當馬車一停下來，美代也從玄關啪答啪答地跑到門口，兩手摟著手臂，看起來好像很冷。

那天晚上我在二樓的一間房裡躺平以後，一直思考著「庸俗」這個觀念，一直孤獨地苦惱。莫非自從發生美代這件事以後，我就變成一個庸俗的渾蛋了嗎？只要生而為人都會思念女人，不過我不一樣，一言難盡，總之和普通人不一樣。我在各種意義上，都不是下等貨色。然而只要是人，不都會出現整天只想著女人的情況嗎？然而……我被一口菸嗆到，然而，我還逞強地認為，在我的狀況下，還能保有自己的思想立場！

我那晚一直想著，只要與美代結婚，不可避免一定會與家人產生意見衝突，心中突然湧現了令我打寒顫的勇氣。我一切所作所為都不庸俗，仍然堅信著自己在這個世間仍有一定地位。

然而我還是相當地孤獨，卻找不出孤獨從何而來。翻來覆去總睡不著，於是我按摩了一番。美代的身影完全從我的腦海中消失無蹤了。當然，我並沒有玷汙美代的意圖。

當我早上一睜開眼睛，外面晴朗無雲，秋高氣爽。我趁早爬起來，到老家對面的葡萄園摘葡萄。我叫美代提一口大竹簍陪我過去。我故作雲淡風輕地對美代說話，沒有引起任何人懷疑。葡萄園在旱田的東南邊，面積大約十坪。當葡萄進入成熟期，四周就會用竹簾整個圍起來。我們打開角落的小門鑽進葡萄園，裡頭很溫暖。兩三隻黃色長腳蜂在我們身邊盤旋。晨光穿過葡萄葉與竹簾，把棚裡照得通明，美代的身影看起來已經變成黃綠色。走到葡萄園的路上，我還做了各種打算，這時不禁嘴角微微一翹；但一想到這樣就變成孤男寡女共處一室，反而使我不舒服到近乎喘不過氣。為此，我甚至讓那扇小門保持敞開。

我的個子比較高，不必站上高台，就可以把葡萄一串一串剪下來。然後，把葡萄一串一串地交給美代。美代以身上穿著的白圍裙擦拭葡萄上的露水，再放進腳邊的簍子裡。我們一句話都沒說，時間過得很慢，我不禁失去耐心。當簍子就要裝滿時，美代突然把本來要接葡萄的手又縮了回去。我把葡萄再往美代手邊塞，不禁叫了她一聲「喂！」還嘖了一聲。

美代以左手緊握自己的右手腕。我問：「被鉤到了嗎？」美代皺眉瞇眼說了一聲：「是。」我不禁罵了一聲：「笨蛋！」美代沒出聲，只露出笑容。「既然如此，我也不能繼續待在這裡。我幫妳擦藥！」我帶著美代從葡萄棚衝回主屋，從帳房的藥櫃找出一瓶阿摩尼亞。我僅僅把那只紫色的玻璃瓶，故意粗魯地拿給美代，沒有親手為她塗藥。

那天下午，我到隔壁村鎮搭上新開通的灰色軟篷簡易公共汽車，經由顛顛簸簸的路面離開家鄉。我家人叫我搭家裡的馬車去，但我不想搭那輛上面有家徽，還黑黑亮亮的硬包廂馬車，因為坐上去讓我看起來像個少爺。我把一串凌晨與美代一起採收的葡萄放在大腿上，一邊看著落葉掩蓋的鄉村道路，一邊沉思。我很滿足。儘管能讓美代留下印象的只有這一點回憶，我想這也是我盡最大努力的結果。美代已經屬於我，想到這裡我就放心了。

那一年的跨年假是我中學的最後一個假期。隨著返家日期一天一天接近，我與弟弟彼此都感受到幾分不妙。

最後我們都回到老家，先在廚房的石灶旁盤腿坐著，再環顧四周。沒看到美代。我們不安地對看了兩三次。那天晚餐結束後，二哥叫我們去他房間，三人把腳伸進暖桌的被子底下玩撲克牌。我眼中的每一張牌面，看來都漆黑一片。兄弟話題百無禁忌，我趁機鼓起勇氣問了二哥：「家裡女傭好像少一個？」我開口的時候用手上的五六張牌遮臉，用語氣表現出不在乎的態度。我心想，即使二哥逼問我也不怕了，幸虧弟弟在旁邊，我不如直接說出來。

二哥低頭又抬起來，低頭又抬起來，看看手上的牌想了一想，一邊念念有詞：「是美代，美代與奶奶大吵一架之後就回去了。她未免也太牛脾氣了呀。」說完就扔出一張牌，我跟著甩出一張，弟弟也默默扔出一張。

四五天後，我走到雞舍，雞舍的管理員是一個愛看小說的年輕人，我從他那裡打聽來更進一步的消息。美代被一個男傭人玷汙，後來被其他女傭知道，就無法繼續留在我們家裡。那男人還幹了不少壞勾當，當時也已經被我們家趕出門，不過這年輕人又說了一段沒必要的話：「那男的還向別人炫耀，美代在被幹之後，還一直小小聲地說『不要呀，不要呀』。」

過完元旦，這假也放得差不多了，我和弟弟兩人跑進藏書室翻閱各種藏書與字畫軸，抬頭看看屋頂的天窗，可以看到雪花從天上飄落。自從大哥繼承家業，從每一間房間的裝飾風格，到藏書室裡的藏書骨董，都在一點一滴地變化。每次回家，我都會仔細品賞這些變化。我打開了大哥最新收藏的一幅畫軸，畫中描繪了棣棠花瓣飄落水面的樣子。弟弟搬來一箱照片，總共幾百張。弟弟一邊搓手呼出白霧，一邊迅速翻閱這些照片。弟弟看了一下，突然給我看一張底下襯紙看起來還很新的手札判尺寸照片。我拿過來一看，原來是美代前陣子陪我母親去阿姨家的時候，三人留下的合影。照片裡的母親一人坐在矮沙發上，阿姨與美代並排站在後面，兩人幾乎一樣高，背景是院子裡一整面盛開的玫瑰花。我和弟弟兩人靠著對方的頭，盯著這張照片看了好一會。我早已在心中與弟弟達成和解。至於美代那件事，我猶豫不決，還是沒告訴他。這時我已經可以心平氣和地看著這張照片。照片中的美代，從臉到胸的輪廓，似乎因為她移動而顯得模糊。阿姨兩手抱胸，看起來容光煥發。我覺得她們兩人很像。

變魚記

一

在本州最北端，有一片名叫「梵珠」的山脈。這裡是一片不過海拔三四百米的丘陵地，一般地圖上並沒有記載。這一帶過去曾是一望無際的大海，義經[1]當時帶著他的家臣們，原本打算一路向北往遙遠的蝦夷[2]地逃亡，當他們搭船經過時，卻撞上這片山脈，而當年撞山的痕跡，至今依然留存，具體的位置在山脈正中央小丘中間，那裡有一片一畝步[3]大小的紅土峭壁，就是當年的遺址。

那座山丘被稱為「馬禿山」，據說從山腳下的村子遠眺，那堵峭壁像一匹奔馳的駿馬。實際上，看起來更像一名遲暮老人的側面樣貌。

馬禿山背風景優美，使得此地名聲更為遠播。山腳下的村子只有二三十戶人家，名副其實的窮鄉僻壤，但沿著貫穿村內的小溪流往上走兩里路，可以到達馬禿山的背面，此處有一條大

1　源義經：源義經：西元一一五九—至一一八九年，平安時代武家「源家」後人，鎌倉幕府第一代將軍源賴朝（西元一一四七至一一九九年）異母弟，與哥哥一同對抗「平家」，史稱「源平合戰」（治承壽永之亂）。在檀之浦之戰（西元一一八五年）消滅平家，並令七歲的安德天皇自殺後即恃眾而驕，導致親信盡失，逃到奧州（東北岩手縣）藩鎮藤原家切腹自殺。

2　蝦夷：北海道與東北未受幕府侵略的動亂區，居民包括倭人、愛努人以及許多突厥語系民族。

3　一畝步：明治尺貫法面積單位，一畝即三十「步」，為避免單位混淆，步又稱「坪」。

約十丈[4]高的瀑布垂簾而下。整個山谷從夏末開始，進入一片火紅的秋天。到了這個季節，附近城鎮的居民就會造訪此地，為山上增添幾分熱鬧。瀑布腳下的潭邊，甚至開著一家給遊客歇腳的小小茶屋。

約略今年夏末，瀑布腳下的潭淹死一個人。他不是蓄意跳水，是意外落水而死。他是一個從首都遠道而來，膚色白皙的學生，此地處處可發現罕見蕨類植物，所以許多這類採集者慕名而來。

瀑布的三面山谷都是峭壁，只有西側狹長而平坦，溪水從岩縫間涓涓流出，水花四濺使峭壁永保溼潤。蕨類植物生長在那些峭壁上，在瀑布滔滔不絕的巨響中不斷顫動著枝葉。

那名學生爬上了峭壁。剛過中午時分，初秋的太陽還殘留在懸崖邊。那學生才爬到一半高度，腳下一顆腦袋瓜大小的石頭突然鬆脫掉落，他從峭壁上往下掉，雖然掉到老樹枝上，但樹枝一斷，他發出淒厲的慘叫，掉入瀑布下的深潭。

正好在瀑布附近的四五個人目擊這場災難，然而看得最清楚的，是一名當時在深潭邊茶屋裡的十五歲少女。

那名學生一開始深深地掉進潭中，從水面中浮出上半身。他緊閉雙眼，嘴唇微開，藍色襯衫多處被劃破，採集用的背包還掛在肩上。然後又被水流拉回水底，從此不見蹤影。

4 約三十點三公尺。

二

在春之土用到秋之土用之間[5]，如果天氣夠好，即使從極遠處都可以看見從馬禿山上冒出的幾條白煙，在這段期間，山上的樹木茂盛，最適合拿來做成木炭，正是製炭師傅最忙碌的時期。

馬禿山有十餘間開窯燒炭的小屋，瀑布旁邊也有一間，只有這間小屋不與其他小屋蓋在一起，因為屋主來自外地。茶屋的少女是老闆的女兒，名叫諏訪，父女兩人在小屋裡相依為命。諏訪十三歲那年，父親在瀑布邊用圓木與竹簾搭起一間小茶屋，店裡擺著彈珠汽水、鹹烤米餅與麥芽糖，以及其他兩三種零食。

時序進入夏天，山谷遊客變多，父親每早都提著一簍當天賣的貨品進店裡，諏訪也打著赤腳趴搭趴搭地跟在後面。父親一放下竹簍便走進小屋顧炭窯，留下諏訪獨自顧店。當眼前出現遊客身影，諏訪就會大聲招呼遊客：裡面坐喝一杯再走喔！這是父親的要求。但是諏訪甜美的聲音，卻被瀑布的轟然巨響掩蓋，往來遊客通常看都不看一眼，小店每天的收入不到五十錢。

5 春（秋）土用：立春（立秋）十八天前的吉日，土用為「適合動土」之意。日本廢除陰曆後，僅推算夏季土用（立秋）前十八天的丑日（約陽曆七月下旬至八月初），如十八天內有兩個丑日，則分別稱為「一之丑」、「二之丑」，吃鰻魚飯的習俗源自「鰻魚（うなぎ／unagi）」與十二地支「卯」（う／u）同音。

到了黃昏，父親一身炭黑地走出炭窯小屋，帶諏訪一起回家。

「今天賣多少？」

「什麼都沒有。」

「算了算了。」

父親一邊不在乎地說著，一邊抬頭看著瀑布。說罷兩人就一起把貨架上的零嘴收回竹簍，提回炭窯小屋。

如此生活反反覆覆，直到外面開始結霜的時候。

諏訪即使一個人顧茶屋，也沒人會擔心。她是從小在山上長大的野丫頭，並不擔心自己會從岩石上一腳踩空還是掉進深潭。在晴朗的天氣裡，諏訪就會脫光衣服游到深潭附近，看到有遊客經過，便探頭掀起紅褐色短髮招呼客人：裡面坐、喝一杯再走喔！

遇到下雨天，諏訪就在茶屋一角蓋上草蓆午睡。茶屋正上方，正好有一棵枝葉繁茂的青剛櫟為她擋雨。

諏訪看著奔流不止的瀑布，有時會想到這瀑布的水流總有乾枯的一天，有時也會心生疑惑，為什麼瀑布總是保持一樣的形狀呢？

到了這一陣子，她又有了新的體會。

她發現瀑布的形狀並非一成不變，不管是水花四散的樣子、水流的寬度，無時無刻不在變化。最後她還想通，瀑布其實不是水做的，而是雲。她看到水從山頂落下的時候，會冒出一團一團的白霧，才得到這種論點，她覺得水不可能一下就變得那麼白。

諏訪這天又忘我地站在瀑布腳的深潭邊，這天是陰天，秋風幾乎要把諏訪通紅的兩頰吹裂。

她想起一件往事。有一天，父親在顧炭窯的時候，對著抱在懷裡的諏訪說了一則故事。很久很久以前，有一對兄弟以砍柴維生，哥哥名叫三郎，弟弟名叫八郎，有一天，弟弟八郎從小溪抓到幾條山女魚[6]，帶回家後趁哥哥三郎不在，先烤了一條來吃。因為實在太好吃了，忍不住又烤了第二條、第三條來吃，結果把魚全部吃完了。八郎吃了魚覺得口渴得受不了，就把井裡的水全部喝光，又跑去村邊的小溪一直喝水。喝著喝著，他的身上長出一塊一塊的鱗片。當三郎趕過來一看，八郎已經變成一條大蛇，在溪中游來游去。當三郎大喊：「八郎呀！」溪裡的大蛇也含著淚抬頭回應：「三郎呀！」哥哥在溪邊，弟弟在溪裡，兩人邊哭邊喊：「八郎呀！三郎呀！」但束手無策。

諏訪聽了這篇故事，難過地咬著父親沾滿炭末的大拇指哭了起來。

諏訪突然從回憶返回現實，充滿疑惑地眨了眨眼，在瀑布湍流間，彷彿聽到了些微的呼喚聲。八郎呀！三郎呀！八郎呀！

6 山女魚：櫻鱒的亞種，體長約三十公分，終生只活在河流裡。

父親撥開峭壁上的紅色藤蔓走來。

「諏訪，今天賣了多少？」

諏訪沒有回答，只是用力擦去鼻尖上閃亮的水珠。父親一聲不吭地整理起店內陳設。

諏訪與父親踩著山白竹的落葉，走著不到三町[7]距離的山路前往炭窯小屋。

「我們把店收起來吧。」

父親把竹簍從右手換到左手，彈珠汽水的玻璃瓶發出喀喇喀喇的碰撞聲。

「過了秋土用丑日就沒人上山了。」

太陽才要下山，山上就只聽得到山風的聲音了。櫟樹與冷杉的枯葉，如同鵝毛雪般不斷打在父女倆的身上。

「阿爸。」

諏訪從父親背後叫他。

「為什麼爸爸活著？」

父親聳起他寬厚的雙肩，回頭仔細端詳諏訪嚴肅的表情，低聲地說：「不知道。」

諏訪一邊咬著手上拿著的芒草葉一邊說：「死一死不是比較好嗎？」

父親高舉右手，準備打下去。猶豫片刻，還是把手放了下來父親已經怒不可遏，他已經看

7 約三二七點二七公尺。

在眼裡，但是他又想到，諏訪已經差不多是大閨女的年紀，才忍住衝動。

「對啦，對啦。」

諏訪覺得父親這種順水推舟的回答，聽起來實在好笨好笨，便把嘴裡嚼碎的芒草葉呸呸呸地吐出來，破口大罵：「笨蛋！笨蛋！」

三——

過了盂蘭盆節，就進入諏訪一年中最討厭的季節。

從這陣子開始，父親每隔四五天就要背起木炭下山賣給村民。雖然可以請人代賣，每次總會被人抽頭十五、二十錢，他寧可把諏訪一個人留在山谷，自己到山腳的村裡去做生意。

只要天氣好，看家的諏訪就會出門採野菇。假設父親造的木炭一捆可以賺得到五六錢，就算好價格，光靠這點錢是不夠，父親才叫她去摘一些野菇，自己帶去村裡賣。

一種叫做滑子蘑，表面黏滑的小頭蕈類，可以賣到非常好的價格。這種蕈類主要長在蕨類茂密的朽木上。諏訪只要看到苔蘚，就會想起自己唯一的好友。諏訪喜歡在裝滿滑子蘑的簍子上撒點青苔以後，再一起背回家。

是木炭也好，蘑菇也好，只要賣得出好價錢，父親回來時一定渾身酒臭。有時候也會為諏訪買些附小鏡子的紙錢包之類的小東西。

有一天早上，山頂吹起凜冽的秋風，小屋窗邊的竹簾不斷敲打窗框，父親很早就到山下的村子裡做生意了。

諏訪一整天都留在家裡沒有出門。今天她難得盤起頭髮。在髮髻綁上父親送給她的一條波浪形花紋寬髮帶。她升起一爐火，等著父親回來。在秋風吹拂森林的窸窣聲中，她幾度聽見疑似野獸的叫聲。

天色快要變暗的時候，她一個人吃了晚餐。她把黑米飯拌烤過的味噌吃。

到了晚上，秋風停了，但寒氣逼人。在這異常安靜的夜晚，山上一定發生什麼不可思議的事。有時候可以聽見天狗[8]把樹砍倒，發出嘎吱嘎吱的聲音，或在小屋門口附近，聽到有人洗紅豆仁發出沙沙沙的聲音，甚至可以聽到山上樵夫的談笑聲從遠處傳來。

裹著稻草被單等著父親回來的諏訪，終於忍不住睡意在爐火邊睡著了。才要睡著，卻又不時盯著門口的竹簾。她覺得一定是山上樵夫在偷看自己，於是一直假裝睡著。

在爐火的餘燼照耀下，諏訪隱約看到有白點飄落門口的地板。是初雪！在半睡半醒間，她不免感到興奮。

8 天狗：日本民間傳說中帶來自然災害的妖怪或山神，眼大鼻長，有翅膀會飛，形象可能是白眉老人、老僧或兒童。

好痛！諏訪突然覺得身體被壓到動彈不得，隨即聞到一股酒氣。
「笨蛋！」諏訪大罵。
她不管三七二十一地衝出屋外。
大風雪！雪花迎面而來，諏訪一屁股跌在地上，雪花不多久就掩蓋了她的頭髮與衣服。
諏訪起身聳肩，大口喘氣一步一步踏著雪堆前進。狂風像是要奪走她的外衣一般吹著，她只是一直往前走。
瀑布聲越來越大，諏訪三步作兩步走。她屢屢抹去流下的鼻涕，瀑布彷彿就在腳下作響。發出怒號的枯樹林間微弱的縫隙，傳出一道微弱的呼喚：「爸！」
瘦小的身影一躍而下。

四

當她回過神來，發現四周已經一片漆黑，隱約可以聽到瀑布隆隆作響，而聲音是從頭頂傳來。她的身體隨著巨響震動搖晃，寒意刺骨。
唉呀，原來我在水底呀。當她明白這個事實之後，又感到無比舒暢。真爽快。

她一伸直兩腳，卻咻地一聲往前挺進，鼻尖差點撞到岸邊的岩石。

大蛇！

她以為自己變成一條大蛇。真好，我可以不必再回小屋去了！她自言自語，並且擺動嘴邊的鬚。

其實她只是一條小小的鯽仔魚，剛剛不過是嘴巴一張一合時，鼻頭的突起跟著動了一下而已。

這魚在瀑布下的深潭裡自在地來回泅泳，擺動胸鰭本想浮出水面，卻因為用力擺動尾鰭，潛入更深水底。

牠一下追逐水中的小蝦，一下藏進岸邊茂密的蘆葦根，一下舔舐岩石上的青苔，玩到忘懷。

後來，這條鯽仔魚就靜下來一動也不動了，頂多擺動一下胸鰭。牠看起來似乎在想些什麼，一直在原地不動。

不久後，牠突然擺動身體，直接衝向深潭，剎那間就像樹葉一樣被捲進漩渦裡。

列車

一台由梅鉢工廠製造，一九二五年出廠的C－五一型蒸汽機車，拉著同工廠同時期生產的三等客車三節，餐車、二等客車、二等臥鋪車各一節，裝載郵政與行李車的貨車三節，運送約兩百名乘客與超過十萬封的信件，以及歷來的各種悲歡離合，每天下午兩點半風雨無阻地準時鼓動活塞，從上野車站開往青森。月台上常常會看到高呼萬歲相送[1]的人，依依不捨揮舞手帕的人，以及觸霉頭地泣不成聲送別的人們。這一班列車的番號是一〇三。

從番號看來，就令人感到噁心。一九二五年通車至今，也已經過了八年，八年之間，這班列車不知活活拆散了多少萬對情侶。事實上，我就在這班列車上，遭遇過極為痛苦的折磨。

這是去年冬天，汐田送天川小姐回鄉的時候發生的事。

天川小姐與汐田是同鄉的青梅竹馬，而我和汐田在高中時住在宿舍的同一間房，每天一起作息。只要逮到機會，汐田一定對我說起他們兩人的愛情故事。天川是貧寒人家的女兒，所以有點小康的汐田家，便堅決反對兩人的婚事，汐田也因此和家人大吵了好幾次。他們第一次吵架的時候，由於汐田過度激動，還流出鼻血。連這樣的小插曲，都震撼了我年輕的心靈。

高中畢業之後，我與汐田一起進入東京的大學就讀，這樣過了三年。這段日子對我而言，相當艱苦，汐田卻混得不錯，每天遊手好閒。我一開始租的房間離學校非常近，汐田在剛入學的時候還來過兩三次，但隨著大環境與思想立場上的變化，我們已經無法像以前一樣談天說

1 高呼萬歲相送：通常是新兵徵召入伍、社員升遷或新婚夫婦蜜月時容易見到。

地。這也許出自我的偏見，不過我認為當時如果不是天川小姐來到東京，汐田可能就永遠不會理我。

汐田與我音信不通之後又過了三年，某天他突然跑來我在郊外的住所，告訴我天川小姐來東京了。天川小姐等不及汐田畢業，一個人偷偷跑來東京。

那時候我已經娶了一個大字不識幾個的鄉下閨女，逐漸失去青春時代那種一聽到汐田的故事就激動不已的多愁善感特質，即使對於汐田的不請自來覺得有點出乎意料，卻還是看穿了他的來意。他來是為了向好友炫耀一個少女為了他而離家出走，能使自己的自尊心得到多大滿足？他興高采烈的神情使我感到不愉快，我甚至懷疑他對天川小姐有幾分真情。我的疑惑果然殘忍地成真，在他一陣興奮感激之後，緊皺眉頭，低聲問我：我該怎麼辦？我早已對於這種乏味的遊戲不抱一絲同情，於是斬釘截鐵地告訴他：你也變聰明了呢，假如你已經不再像以前那樣愛天川，只有跟她分手了。汐田嘴角直接浮現出微笑，同時卻又陷入沉思。

過了四五天後，我收到汐田寄來的限時信。這張明信片上大致寫著：廣徵友人忠告，為兩方前途著想，決定送天川回鄉，如無其他問題，可望搭乘明日午後二時半火車。雖然他對我沒有特別請求，我還是決定明天下午去送天川小姐一程。我就是改不了這種容易隨便答應人家的可悲毛病。

隔天，從一早就一直下雨。

我拖著心不甘情不願的妻子一起前往上野車站。

一〇三次列車在冰冷的雨中，一邊冒著黑煙，一邊等待離站。我們沿著列車的每一扇車窗仔細尋找，最後發現天川小姐坐在緊靠火車頭的三等車廂裡。在三四年前，汐田曾經介紹我們見過面，她的臉比初見當時更白，下巴附近也多了不少肉。天川小姐沒忘記我的長相，我叫了她一聲，她立刻從車窗探出半個身子，神情愉悅地向我打招呼。我向天川小姐介紹了妻子。我特地把妻子帶來，是因為我的妻子就像天川小姐一樣，來自窮苦人家。我獨斷地以為由妻子出面安慰天川小姐，一定能拿出合適的態度與字眼，結果適得其反。天川小姐與妻子只是像貴婦人一樣，互相禮貌性地默默深深鞠躬，沒有說出半句話。我在旁邊覺得有點尷尬，只好拿著手上西洋傘柄，敲打車廂邊以白漆繪製的一行小字「スハフ　１３４２７３」[2]

天川小姐與妻子只就天氣聊了幾句，沒再繼續下去，場面變得更加尷尬。天川小姐兩手倚靠在窗沿，圓圓的十指整齊併攏，一下子彎起來，一下子又放開，視線盯著同一地方。這種場面實在讓我看不下去，便偷偷走離天川小姐的窗邊，在長長的月台上來回踱步。列車輪子下冒出的蒸氣凝結成冰冷的水霧，白茫茫地在我的腳下迴盪。

2 スハフ１３４２７３：依照當時鐵道省車輛形式分類，「ス（su）」為淨重三七點五至四二點五噸間的鋼製車體，「ハ（ha）フ（hu）」為三等普通車。後面數字共五位數，是梅鉢鐵工所昭和五（西元一九三〇）年出產四台車體之一，第六位數「１」實際上不存在。

我佇足在電動掛鐘底下，看著眼前的列車。車廂被雨淋溼，又黑又亮。

在第三節三等車上，又有一個乘客從窗內大大地探出頭來，向月台上五六個為他送行的人不斷點頭致意，他的臉看起來黝黑但疲憊。那時日本正在與某個國家打仗，那男人應該是接受徵召的士兵。我發現似乎看見了不該看的事情，胸口鬱悶得快要窒息。

幾年前我曾經與某個思想團體產生過一點關聯，過了不久便用一個見不得人的藉口與那團體斷絕往來；如今看看眼前的士兵，再看看帶著恥辱不光彩地回家的天川小姐，我想起當時使用的藉口，本身就已經見不得人。

我又抬頭看看頭頂的電動掛鐘，距離發車還剩下三分鐘，我等得不耐煩了。可能所有人都會有這種情況，只要是到月台送行，在列車出發前的三分鐘，該說的話都已經說盡，只能虛無地互看，是最難堪的時光。更何況現在這場面，我連一句得體的話都想不出口。如果妻子有那點口才，我可能還過得比較輕鬆，但是，你看看，我的妻子就隔窗站在天川小姐旁邊，從剛才開始就板著一張臉，一句話也沒說。我只好大步走向天川小姐的窗邊。

火車要發車了。列車將一路奔向四百五十英里外的目標，月台上也熱鬧起來。我心中已經沒有時間再管別人怎麼想。安慰天川小姐的時候，甚至無心說出「災難」兩字，然而，此時我愚鈍的妻子卻開始憑自己的聰明，低聲並斷斷續續地念出她才學來不久，滿是水滴的車廂藍色鐵皮掛牌上的英文字母「FOR A—O—MO—RI[3]」。

3「往青森」。

世界地圖

「若望樹」是伴天連[1]若望．巴提斯塔．思多齊[2]的墓地，這棵樹種在切支丹拘留所[3]後門進去的右手邊。距今大約兩百年前，思多齊就死在這間房子的牢裡。他的遺體被埋在院子的角落，有一個風雅的奉行[4]在那邊種下一顆朴樹。朴樹扎根茁壯，久而久之長成一棵大樹，後人便稱之為若望樹。

若望．巴提斯塔．思多齊是羅馬（ROMAN）國人士，家世顯赫。他從小信受天主法教，求學二十二年之間，共拜師十六人。三十六歲那年，恩師克勉十二世[5]命令他去日本傳道，時為西元一千七百年。

思多齊首先學習日本的風俗語言，費時三年。他精讀兩本書，一本是記載日本風土民情的

1 伴天連（葡文 Padre「神父」）：日本幕府時代對傳教士的稱謂。

2 若望．巴提斯塔．思多齊（Giovanni Battista Sidotte，西元一六六八至一七一四年）：義大利耶穌會傳教士，無任所主教，出身於西西里貴族。

3 切支丹拘留所（切支丹屋敷）：專門拘禁懲罰西洋教士與教徒的監獄，由高岡藩主井上政重（西元一五八五至一六六一年，江戶幕府監察首席，禁教政策中心人物）別邸改建，位於小石川小日向（東京文京區，茗荷谷附近）山丘上。「切支丹（一作吉利支丹、鬼理死丹等）」源自葡文 Cristão（Christian），是當時對於天主教徒的蔑稱。思多齊死後即清空，享保九（西元一七二四年）年毀於大火。

4 奉行：幕府的文武公職人員，江戶時期後發展成幕府與各藩官僚體系的主要骨幹，官衙稱為「奉行所」。

5 克勉十二世（Clemens XII，一作克雷芒十二世，西元一六五二至一七四〇年）：西元一七三〇年成為第二四七任教宗前，曾擔任教廷行政職。西元一七〇〇年教宗克勉十一世（西元一六四九－一七二一年，史實上實際命令思多齊至日本者）在位時，掌管聖天使城堡（Castel Sant' Angelo）。

小書《喜塔桑特魯姆》[6]，內頁安插了相當多漂亮的插畫，另一本是將日本語單字一個字一個字翻譯成羅馬文的教本《德碁蕭那略姆》[7]。

鑽研三年累積相當自信之後，他奉其恩師的命令，與一位名叫湯瑪士．帖特農之人士各自搭乘一艘槳帆船朝北京前進。船隊經過加那利後，兩人換乘佛蘭西國船隻，終於抵達呂宋島。並在呂宋海岸下錨登陸。湯瑪士．帖特農馬上向思多齊告別，準備前往北京，思多齊留在呂宋，開始積極準備，日本已經不遠了。

呂宋島上的日本人後裔達三千人之譜，對思多齊而言再方便不過，便把身上所持貨幣全部換成黃金，因為聽說黃金在日本非常珍貴。他訂做了日本人的服裝，是一件帶有棋盤格線圖樣的淺黃色木棉布外衣。他也買了一把刀，刀身長兩尺四寸餘。

後來，思多齊終於從呂宋出發前往日本。不料，海面突然間風浪大作，使得航行相當困難。船隻有三次差點翻覆。這是他離開羅馬的第三年。

到了寶永五年[8]夏末秋初，漁民在距離大隅國[9]屋久島大約三里外的海面上，發現了一艘陌生大船。在那天傍晚，同島南部尾野間村外海，出現一艘裝了很多帆的大船拖著一艘小船往東

6《喜塔桑特魯姆》：拉丁文，疑似植物圖鑑。
7《德碁蕭那略姆》：拉丁文 dictionarium（字典）。
8 西元一七〇八年。
9 大隅國：鹿兒島縣南部大隅半島。

快速航行。村民見狀紛紛湧至岸邊鼓譟大罵，但是隨著海面漸暗，帆船也在黑暗中消失無蹤。翌晨，在距離尾野村西方約兩里的湯泊村外海上，出現一艘疑似昨天出現的不明帆船，但那艘打滿帆的船藉著強勁的北風，便一路向南遠離。

就在這天，在屋久島戀泊村，有一名叫藤兵衛的居民，在一處名為松下的地方砍樹準備造炭之時，突然發現背後傳出人聲，回頭一看，是一個佩刀的武士站在林蔭日光下。此人正是思多齊。他把髮型剃成月代[10]頭，穿那件淺黃色的和服，腰間佩刀，帶著哀傷的眼神，在原地站著不動。

思多齊向藤兵衛不斷招手，並吟詠出他從《德碁蕭那略姆》學來的兩三句日本話，不過聽起來卻變成奇特的語言。原來是那本《德碁蕭那略姆》的內容不完整。藤兵衛看不懂，只能搖搖頭。語言究竟不如動作直接。思多齊不斷反覆誇張作出兩手掬水的姿勢，藤兵衛便用隨身攜帶的容器裝滿水放在草地上，然後迅速折返原地。思多齊拿起水一飲而盡，又向藤兵衛不斷招手。藤兵衛看到思多齊身上的佩刀，不敢靠近。思多齊馬上看出藤兵衛的恐懼，便把佩刀從刀鞘拔出要拿給他，並且說出奇特的語言。藤兵衛害怕得掉頭就跑。他明白，此人必定來自昨天

10 月代：頭頂剃光，後腦杓綁一個髮髻的髮型，十二世紀已經出現，據說最早是為了避免頭盔底下的頭皮悶熱。進入江戶時代後，武家與平民多半留此髮型，直到明治斷髮令施行後才消失。

那艘大船。他衝向海邊左看右看，就是找不到那艘大帆船，也不見其他人的蹤影。他衝回村裡，拜託一位名叫安兵衛之人通知全村，說是發現一個奇怪的人，大家趕快來看。

就這樣，思多齊才踏上日本土地沒多久，身上的裝扮就被識破，並且被島上的差人抓住。他在羅馬國努力鑽研三年的日本風土民情與日語，全無用武之地。

思多齊不久後被護送到長崎。由於他看起來太像伴天連，就把他關進長崎的地牢。然而長崎的奉行們卻對思多齊束手無策，連忙叫來多位荷蘭人通詞[11]詢問思多齊來日本有何目的，但思多齊操的語言聽起來像日語，發音與腔調上卻又不一樣，大家只聽得懂「江戶（EDO）」、「長崎（NAGASAKI）」、「基督教徒（CHRISTIAN）」幾個單字。或許是那些荷人都屬於叛教者的關係，便擺出極為惡劣的態度，荷蘭人也就無法直接與思多齊對談，讓奉行們更為頭大。有一個奉行提出一策，建議讓一個肥胖的荷蘭人藏在法庭最後面的屏風裡，對思多齊提問。其他奉行也認為這種方法是主意，期待能順利執行。接著奉行與思多齊之間，展開了八竿子打不著的問答。思多齊看起來充滿了想極力表達自身抱負卻徒勞無功的苦悶。當審問告一段落，奉行們便隔著屏風問荷蘭人聽得懂幾分，荷蘭人回答一點都聽不懂。事實上荷蘭人根本聽不懂

11 荷蘭人通詞：長崎為日本鎖國期間主要對外通商口岸，主要與明清、葡萄牙、荷蘭交易，故通詞（通譯官，原文記為「通事」）居多。也有荷蘭人學習日語擔任此職。

羅馬國人的語言，更何況這人的供詞夾雜著半生不熟的日語字詞，便更難理解他的語意了。

長崎的奉行所完全放棄審問，便將此事上呈給江戶。此案在江戶的經辦人是新井白石[12]。長崎的奉行所審問思多齊失敗，是寶永五年冬天的事件，隔年六年正月將軍死去，換成新的將軍。時代的動盪不安，讓思多齊被淡忘。直到那年十一月初，思多齊才被傳喚到江戶。思多齊跪在籠轎裡，被轎夫抬著從長崎一路折騰，大老遠來到江戶。在旅程上，差人每天都給他四顆烤栗子、兩顆蜜柑、五枚乾柿餅、兩顆新鮮柿子，以及一枚洋麵包，他只能忍痛吃下。

新井白石滿心期待著與思多齊的見面，唯獨擔心語言不通。他認為在地名與人名，以及切支丹法教上的術語等方面，一定會特別費心。白石便向江戶小日向的切支丹拘留所借來南蠻語文的相關文獻，事先作了研究功課。

思多齊不久後也被送到江戶，並被關進切支丹拘留所。審訊將於十一月二十二日開始進行。當時的切支丹奉行，由橫田備中守[13]與柳澤八郎右衛門擔任。白石事先知會兩人，當天一大清早便抵達切支丹拘留所，並與兩位奉行一起檢視思多齊帶來的洋袈裟、貨幣、佩刀與其他

12　新井白石（西元一六五七至一七二五年）：政治家，朱子學家，漢文詩人。六代將軍德川家宣旗本（師爺），廢除五代將軍綱吉「生類憐憫令」，輔佐七代將軍家繼（在位三年即夭折）。八代將軍吉宗上任後，退隱並從事著述，除了以精研朱熹理學，還旁通史地與文學。本小說主要改編自他從思多齊聽來的西洋史地而成之《采覽異言》（西元一七一三年）、《西洋紀聞》（西元一七一五年）

13　備中守：備中國（岡山縣西部）首長。

物品，又叫來押送思多齊隊伍中幾位同行通詞問他們：身為長崎子弟，有一天突然聽到陸奧[14]方言，十句話應該可以聽得懂七八句吧？我根據《萬國圖》[15]，發現義大利國與荷蘭國之間的距離，與長崎與陸奧之間的距離相去不遠，那麼以荷蘭語的語意去推敲義大利國語言，應該不會難到哪裡去。正因為如此，我會更用心聽，就算各位是用矇的，也請各位把各自推測的結果告訴我，即使猜錯也不會責怪各位，畢竟奉行不會因為翻錯意思懲罰你們。通詞表示已經明白，便前往審問席上就坐。當日的通詞主任為今村源右衛門[16]，見習通詞為品川兵次郎與喜福喜藏兩人。

過了當天中午，白石終於與思多齊見到了面。場所在切支丹拘留所內，法庭南側有一道高起的簷廊，奉行官員們坐在各自席位上，白石坐在略為後方的位子。通詞長直接在簷廊上朝西跪坐，見習通詞兩人朝東跪坐。離簷廊三尺的土間[17]中間擺設一面榻榻米，作為思多齊的聽訊席。不久後思多齊從監牢被兩人用籠轎抬進場。路途遙遠已使思多齊兩腳麻木無法自立，由獄

14 陸奧：又稱「奧州」，本州北部包括現今青森、岩手、宮城、福島縣全境與秋田縣東北鹿角郡之總稱。

15《萬國圖》：耶穌會傳教士艾儒略（Giulio Aleni，西元一五八二至一六四九年）根據利瑪竇（Matteo Ricci，西元一五五二至一六一〇年）《坤輿萬國全圖》（明萬曆三十（西元一六〇二）年由其弟子太僕寺少卿李之藻發行版本）上色增補成《萬國全圖》，刊載利本沒有的新地名。本圖完成於天啟三年（西元一六二三）年，流入日本的版本多為後人摹本，包括白石使用的版本在內。

16 今村源右衛門英生（西元一六七一至一七三六年）：幕府大通詞，曾在出島（長崎港外國人居留區）擔任德國醫師助理，通曉葡、荷文、醫藥學、博物學，後來成為白石與八代將軍吉宗的洋學顧問。

17 土間：日本傳統家屋室內，玄關脱鞋處與廚房地面不鋪榻榻米，僅鋪以夯土或（近現代）水泥、地磚。

吏一左一右扶持他坐上榻榻米。

思多齊頭頂上的頭髮已經長到不像月代頭。儘管身上穿的還是薩州國[18]守贈送的茶色厚裡和服，但看起來仍然很冷。他一坐定，便靜靜地以右手劃了一個十字。

白石要求通詞向思多齊詢問故鄉何處，自己也仔細傾聽思多齊的回答。思多齊開口說得確實是日本語，夾雜了畿內[19]、山陰[20]、西南海道[21]等地的各種方言，十分難以理解，卻比白石想像中容易理解。這是因為思多齊在日本國的牢獄待過一年，日本話也變得流利一點。在聽過他與通詞之間大約一小時的問答之後，白石自己也參與審問，對於對話產生了一點信心。他拿出萬國圖，問思多齊家鄉在何處。思多齊努力探頭，以仔細端詳鋪平在簷廊地板上的地圖，突然大笑，說這張地圖是明人所繪，毫無可取之處。地圖的中間是一個薔薇花形狀的大國，上面還印著「大明」兩字[22]。

這一天的審問就此結束，思多齊為無法趁機宣傳切支丹的教義感到焦躁不安，但白石不知為何，擺出充耳不聞的樣子。

18 土間：日本傳統家屋室內，玄關脱鞋處與廚房地面不鋪榻榻米，僅鋪以夯土或（近現代）水泥、地磚。
19 薩州國：薩摩國，位於現今鹿兒島縣西部。
20 畿內：王城（京都）附近的山城、大和、河內、攝津四國，相當於現今的京都府南部、奈良、大阪府與兵庫縣東部。
21 山陰：舊制日本七道之一。丹波（京都府中部與兵庫縣中部以東）、丹後（京都府北部）、但馬（兵庫縣北部）、因幡、伯耆（鳥取縣東、西部）、出雲、隱岐、石見（島根縣東、北、西部）八國。
22 當時明已被清取代。

第二天的晚上，白石把所有通詞叫到自己的宅邸，一起重新整理白天思多齊的供詞。白石一直掛在心頭的，是萬國圖讓他顏面盡失那件事。他從奉行們那裡聽說，切支丹拘留所裡收藏了荷蘭國鏤刻的古地圖[23]，便決定下次審問的時候拿給思多齊看，說完即宣布散會。

隔了一天，二十五日一早，白石已經抵達審訊處。大約上午十點鐘，奉行所的官員們全數就座。不久後，思多齊也被人以籠轎抬入大堂。

今天一升堂，把荷蘭國鏤刻的古地圖整面攤開在簷廊地板上，以問他來自何處。這面地圖殘破不堪，處處充滿蟲蛀痕跡。思多齊仔細看了一陣子，便讚嘆這張七十多年前作成的古董，現在如果拿到那邊，也會是一張珍貴的好地圖。白石也不禁探頭出來問：羅馬國在何處？思多齊又問：有沒有「齊爾基特斯（CIRCITUS）」？眾通詞紛紛回答：沒有。白石問通詞那是什麼，一名通詞便回答：這種東西荷蘭語稱為「帕斯（PASSER）爾」，義大利語稱之為「孔帕斯（COMPASSO）」。白石說：雖然不知此為何物，應為用於地圖上的工具，乃先前在館內拾得之物。並從懷中拿出一支老舊圓規。思多齊拿過圓規把弄一陣子後表示：這也是圓規，只是螺絲鬆了，用來恐怕不順手，但聊勝於無。於是他要來筆墨，坐在榻榻米上，先算出測量點，又以兩手在地圖上來回移動，在蜘蛛網般密密麻麻的曲線間標出測量點。並以圓規轉來轉去，

23 荷蘭古地圖：荷蘭製圖家約安．布勞（Joan Blaeu，西元一五九六至一六七三年）為紀念荷蘭獨立發行的《新世界地圖》（Theatrum orbis terrarum, atlas novus，西元一六三五年）。

最後停在一處，向堂上說：應該是這裡，各位請看。說完，他就把圓規扎在地圖上。眾人上前一看，圓規的針尖插在一個針眼大小的圓點上。一名通詞讀出圓點旁的蕃字：羅馬。白石接著問了思多齊荷蘭與日本各藩國的所在位置，思多齊又用同樣方式計算，沒有絲毫錯誤。日本面積比想像中更狹小，江戶被蟲蛀掉，連所在位置都無從確認。

思多齊一邊用圓規兩腳在地圖上旋轉飛舞，一邊介紹萬國珍奇軼事。有一國盛產黃金。有一國種植淡巴菰（TOBACCO）[24]。鯨魚棲息的大洋。居民全身漆黑，住在樹洞裡的黑人國。巨人國、小人國、沒有白天的國、沒有夜晚的國。一片百萬大軍血戰的荒野。一百八十艘戰船交火，砲聲隆隆的海峽。思多齊就這樣一直說到天黑。

天黑後，審問也跟著結束。白石前往思多齊的囚牢。廣大的監牢被厚木板隔成三間，思多齊被拘禁在西側。黑暗中依稀看到，他把紅紙剪成十字形狀，貼在牢房西側的牆上。思多齊對著紅色十字，低聲朗讀著某種經文。

白石回到宅邸，趁自己還記得，將今日從思多齊得到的知識全部記在劄記本上。

……大地與海水相連，形成的圓型猶如皮球，穹蒼在渾圓中心，如雞卵仁之於卵清之中。地球之周圍凡九萬里長，上下四周均有人居。地球上分為五大洲……云云。

24 淡巴菰：菸草。

就這樣過了十天，到了十二月初四日，白石又傳喚思多齊，問他為什麼要來日本，要在日本宣說何種教法。那天從一早就下著雪。思多齊站在紛飛雪花中難掩欣喜之情：我從六年前便接受恩師要我出使日本的旨意，冒著萬里風浪，千辛萬苦來到貴國國都，而今天正是我國新年的第一天，每個人都會相互賀喜。值此大喜之日，能向在座諸位宣揚我們的教法，我感到榮幸之至。思多齊亢奮顫抖著訴說自身的喜悅，並且滔滔不絕地講述自己的宗門大意。

他從上帝（DEUS）建立樂園（PARADISUS），並置入無量無數天使（ANGELUS）說起，說到亞當（ADAM）與夏娃（EVA）的創生與墮落，他說起挪亞方舟與摩西十誡的故事。然後說到耶穌基督誕生、受難與復活的來龍去脈。思多齊的故事沒有止盡。

白石不時左顧右盼，他從一開始就沒有興趣，獨斷地認為那些都是抄襲佛教而成。

白石對思多齊的所有審訊，在那一天全部結束。他將對於思多齊處置方面的意見上報給將軍時表示，本案之異人乃來自萬里之遙之外國人，同行另一人正於唐土，念及唐土亦有其處置方式，我國更應慎重判決。他提出了三個方策。

第一，送之返回本國，此乃上策也（此策似難，實則易哉）

第二，囚之而不理，此乃中策也（此事似易，實則最難）

第三，誅之，此乃下策也（此事易命易行）

將軍決定採取中策，一直將思多齊囚禁在切支丹拘留所的牢獄裡。然而最後他還是把法教傳授給牢中的僕人長助與波流夫婦，於是遭到更嚴厲的處罰。思多齊飽受酷刑折磨，卻仍然每天呼喊著長助與波流兩人的名字，大聲鼓勵兩人應該堅定信念，至死不變。

不久之後，思多齊就死在獄中[25]，與下策沒什麼兩樣。

25 西元二〇一四年，一住宅建案在切支丹拘留所原址地下發現三具骸骨，經過基因檢測確認為義大利人，據信就是思多齊的遺骸。

猿之島

想起了我越過遙遠大海，抵達這座小島時的憂愁。這座小島在濃霧籠罩沉沉睡去，讓人分不清是夜晚還是白晝。我不斷眨著眼，努力想看到整座島的全貌。陡峭的巨石緊密相連，其間隱約可見一片漆黑的洞穴。這就是山嗎？我連一根草都沒看到。

沿著岩石的海岸慢慢地走，我聽到四周發出的奇怪叫聲。這些聲音也不像是遠處傳來。是野狼嗎？還是大熊？但因為旅程上太累了，我反而更加大膽。我不顧那些吼叫聲，繼續環島走著。

我對小島的單調乏味感到驚訝。不論怎麼走，腳下都是硬梆梆的碎石子路。右手邊是石頭山，左手邊是粗糙的花崗岩壁。我腳下的路徑寬六尺，平坦地往前延伸。不如就順著這條路一直走到沒路為止吧。有口難言的混亂與疲憊，帶給我天不怕地不怕的勇氣。

大約走了半里路，我卻又回到出發的地方。我明白腳下的路其實是繞著石頭山在轉的，我恐怕已經繞著山走了兩圈有餘。這座小島比我想像的小得很多。

大霧逐漸消散，山頂就在我的頭上出現。眼前有三座山峰，正中間的山峰是圓形，約有三四丈高。各種顏色的扁平岩石層層疊疊，其中一邊比較緩的山坡，一直延伸到相鄰的小山峰上，在另外一邊的斜坡則形成了險峻的斷崖，斷崖直立到山峰的中段，往下又是連綿不絕的起伏，形成一片廣大的丘陵。在斷崖與丘陵之間的峽谷，冒出一條細細的瀑布。不僅是瀑布周圍的岩石，整座小島也在經年累月的濃霧籠罩下，顯得黑亮而潮溼。我看到兩棵樹。一棵在瀑布口，看起來像是櫟木。在山丘上，還有一棵。我不知道那是什麼樹。不論哪一棵，都是枯木。

我眺望著這片環堵蕭然，一時驚嚇到說不出話來。大霧越來越薄，太陽照耀著中央的峰頂。這是朝陽。我可以憑氣味分辨天上的太陽是朝陽是夕陽。這麼說，現在是黎明嗎？

我感到氣爽神清，便爬往山頂。岩壁看起來很險峻，爬上去才發現已經有踏腳的地方，爬起來才這麼輕鬆。我終於來到瀑布口。

這裡可以直接晒到朝陽，清風迎面而來吹拂兩頰。我前往那棵看似櫟木的樹邊俯身坐下。這棵樹真的是櫟木嗎？是橡樹還是冷杉？我一直抬頭看著遠處的樹梢。五六根維繫的枯枝指向天空，離我最近的一根樹枝已經折斷。我是不是應該爬上去看看？

水花潺潺
在呼喚我

這應該是風吹過的聲音吧？我開始往樹上爬呀爬。

在呼喚著
不自由的我

是不是我太疲勞，才會聽到這些歌聲？我爬到樹頂，樹梢的枯枝搖擺了兩三下。

生命的燭光

在呼喚我

腳下的枯枝應聲斷裂。我無意間抓著樹幹一直往下滑。

「樹枝斷了呢。」

聲音清晰地從我的頭頂傳來。我扶著樹幹起身，找尋著聲音的來源。唉呀！我毛骨悚然。朝陽照耀下泛著金光的斷崖上，爬下一隻猴子。我心中一直沉睡的某種物體，一瞬間突然發出耀眼光芒。

「下來！樹枝是我折斷的。」

「那是我的樹。」

他一邊說著一邊走下峭壁，往瀑布口走來。我擺出警戒的姿勢。他瞇著眼，額頭上滿是皺紋，上下打探著我，最後露出雪白的牙齒對我笑。他的笑容令我焦躁。

「有什麼好笑的？」

「可笑。」他說，「你從海上來的吧？」

「嗯。」我看著瀑布下方湧出水波的模樣對他點點頭。同時也回想起擠在狹小木箱裡的漫長旅程。

「我不清楚你是怎麼來的，我想你是從大海來的吧？」

「嗯。」我又點點頭。

「果然，和我一樣。」

語畢，他伸手捧了瀑布流下的水來喝。曾幾何時，我已經與他比肩而坐。

「我們是同一個地方來的。我一眼就看得出來。我們是同一個老家出來的，耳朵都油油亮亮的。」

他用力捏住我的耳朵。我生氣地支開他的手，之後我們互看一眼，然後大笑。不知為何我覺得鬆了一口氣。

附近又突然響起一陣淒厲的叫聲。只看到一群尾巴長著粗毛的猴子聚集在山丘上朝我們吼叫。於是我站起身來。

「算了啦，算了啦。他們不是對我們叫，他們是『吼猴』，每天早上都會這樣朝著太陽大吼大叫的。」

我呆立在原地不動。不管哪一座峰頂，都聚集著一群猴子，躬著身子沐浴在朝陽下。

「那些，全都是猴子嗎？」

我好像在夢裡一樣。

「對。不過他們和我們是不一樣的猴子，老家就不一樣。」

我仔細地看著每一隻猴子。有的全身披著蓬鬆的白毛，在早晨的風中為小猴子哺乳。有的將紅色的大鼻子朝向天空唱著某種歌。有的搖曳著屁股上美麗的條紋，在太陽下交合。有的緊皺著兩眉，四處踱步停不下來。

我悄悄地問他：「這是哪裡？」

他眼神中帶著悲憐，回答我：「我也不知道，總之不是日本。」

「這樣呀？」我嘆了一口氣，「但是，這棵樹好像是木曾[1]的櫟木呢。」

他說完又啪啪啪地拍打枯木的樹幹，並一直抬頭看著樹梢。

「根本不是呀。首先樹枝的樣子就不一樣，其次樹皮上太陽的反光也不清楚。只要這棵樹不發芽，我們根本就看不出來。」

我走向枯木邊問他：「為什麼不發芽？」

「因為春天就枯死了。我到這裡的時候就已經開始枯萎了。然後過了四月、五月、六月，經過三個月，又一直在枯萎。看起來這棵樹一定是直接插在地上的，這棵樹沒有根。一定是這樣沒錯的。那邊那棵樹更慘，上面滿滿都是那些傢伙的屎。」

他指著那一群吼猴說。那群吼猴已經停止鳴叫，島上顯得平靜。

「你坐吧，我們談談。」

我照他的話，在他旁邊坐下。

1 木曾：「日本萊茵河」木曾川上游，介於木曾山脈（長野縣西南部）與飛驒山脈（岐阜縣東南部）間的山谷，檜木種植有成，被譽為日本三大美林之一。

「這裡是不是很舒服呢？島上就這個位子最舒服了！既晒得到太陽，周圍有樹，也聽得到水聲。」他滿足地俯視腳下的小瀑布說道。「我出生在日本北方一個靠近海峽的地方，到了晚上，可以隱隱約約聽到海浪的聲音。海浪的聲音真悅耳，總是讓我心裡興奮不已。」

我聽了也想要分享自己老家的故事。

「和水聲比起來，我更懷念樹木的聲音。因為我出生在日本中部深山的最裡面，樹葉的香氣很棒喔！」

「那是當然的囉。大家都喜歡大樹，這個島上的每一隻猴子也一樣，看到樹就想靠在旁邊坐下。」他一邊說，一邊撥開大腿上的毛，讓我看大腿上的幾道暗紅色的傷疤。「這就是我為了得到這塊地盤付出的代價。」

我想離開這裡。「我還不知道這回事。」

「這點事，沒關係的。我一隻猴子在這裡很孤單的。從今以後，這裡就是我們的地盤，不過不要再折樹枝了。」

霧散了以後，天上萬里無雲。首先映入眼簾的異樣景色是一片綠樹。我一眼就從這強烈的景象中看出這裡的季節。在我的老家，正是一年當中錐木嫩葉最美的時節。我左顧右盼一覽眼前一整排綠葉。然而一時的陶醉，一瞬間卻被破壞了。我又驚愕地瞠視眼前的景象。綠蔭下是一片灑過水的砂石路，身穿白衣，藍色眼睛的人們在路上來來往往。有的女人頭上還插著耀眼的彩色羽毛。也看到一個男人揮舞著包覆蛇皮的粗棍子，向穿梭的人群微笑示意。

他緊緊摟住我發抖不已的身體，急促地告訴我：「別慌，每天都是這樣的。」

「這又是怎麼回事？每個人類都想抓我們。」我又回憶起自己過去在山中被抓來這座島上的悲慘經歷，不禁緊咬下唇。

「給人看的展示品！他們都是展示品。你只要靜靜地看，一定可以看到好玩的東西喔。」

他速速說著，一隻手還攬在我身上，另一隻手往眼前的人們東指西指，悄悄說著每一個人的故事。他說，這個人類是有夫之婦，只知道兩種人生，一種是成為丈夫的玩物，另一種是成為丈夫的支配者，或許人類的肚臍就是那種形狀吧？這個人類是學者，靠著為已故天才追加煩人的註腳，以及制約別人與生俱來的天賦度日，我只要看到他來，馬上變得很睏。這個阿婆是一個女演員，不化妝的時候演戲演得比在舞台上更好。唉呀，我的臼齒的蛀牙又在痛了。這個膽小鬼是一個地主，一天到晚辯解自己正在參與勞動生產，我只要看到他，就覺得好像有一隻虱子在鼻子上爬一樣煩。還有，坐在那張長椅上，手上戴著白手套的傢伙，是我最討厭的人類。看好了，只要他一出現在這裡，天上就會颳起臭翻天的黃色大便龍捲風。

我無心聽著他的長篇大論，眼睛看著其他地方。我看著四隻燃燒的眼睛。那是人類幼崽蒼藍清澈的眼睛。這兩個小孩從剛才就一直從小島外圍花崗岩壁後面不斷探頭，好奇地窺探島裡的樣子。兩個看起來應該都是男孩子。兩人的金色短髮，在早晨的風中飛舞。一個男孩的鼻子上長滿雀斑，看起來黑黑的。另一個男孩兩頰泛紅，像是盛開的桃花。

「他們在說什麼？這兩個小孩子在說什麼？快告訴我！」

他看起來好像嚇到，一時無言，轉頭看看我，再看看對面的兩個孩子。他低頭陷入沉思，口中念念有詞。我看出他似乎有些不知所措的樣子。孩子們突然對著島上大罵了一句什麼，便一溜煙地從石壁後消失，他一會伸手摳摳額頭，一會抓抓自己的屁股，看起來一副猶豫不決的樣子。不久後，他面帶惡意的表情說：「他們在抱怨每次來都一成不變呢。」

一成不變！我突然想通了。完全與我的懷疑一致。一成不變！這是一句評語。原來我們才是展示品。

「是這樣呀？到頭來是你在騙我！」我巴不得把他當場殺了。

他伸出一隻手緊緊摟住我，毅然決然地說：「因為我不忍心說實話。」

我不禁把頭靠進他寬厚的胸膛。比起他那種可恨的體貼，更令我憤怒的毋寧是對自己無知的惱羞。

「別哭了，一切只是白費工夫。」他輕輕拍我的背，喃喃地說。「你有沒有看到石壁上面那些細細長長的木板？我們只看得到木條背後又髒又泛紅的木頭紋路，可是你想過正面寫什麼嗎？那些木板是給人類看的。上面寫的是：耳朵發亮的是日本獼猴。不，說不定上面寫的是更侮辱的話喔！」

我已經不想再聽下去。我甩開他的手，衝向枯樹，爬上樹幹，坐在樹梢上，環顧著小島的全貌。太陽已經高掛在天頂，小島處處冒著白霧。上百隻猴子正在晴空照耀下悠閒地嬉戲。我一動也不動，張口向蹲在瀑布口旁的他大喊：「難道大家都不知道嗎？」

他背著我，頭也不回：「怎麼會知道？知道的恐怕只有我跟你兩個而已。」

「那又為什麼不逃跑？」

「你打算逃出去嗎？」

「對。」

綠葉，碎石子路，人來人往。

「你不怕嗎？」

我緊閉雙眼。他說了不該說的話。

風聲咻咻咻地從兩耳掠過，低沉的歌聲伴隨著清風而來。這是他唱的歌嗎？我的眼眶熱了起來。剛才我就是聽到這首歌，才從樹上摔下來。我兩眼緊閉，靜靜地傾聽。

「夠了夠了，下來吧！這裡是不是很舒服呢？既晒得到太陽，周圍有樹，也聽得到水聲。最重要的是，不用擔心沒飯可吃。」

他的聲音聽起來彷彿從遠方傳來，連那陣低沉的笑聲也一樣。

唉呀。這種誘惑很像真實，說不定就是真的。我感受到心底產生很大的動搖。可是，可是我身上流動的熱血，在山上生長頑固的熱血，還是發出了偏執的怒吼。

——不要！

一八九六年六月中旬，倫敦博物館附設動物園辦事處發表公告，園內日本獼猴逃逸。肇事獼猴下落不明。而且逃跑的不是一隻，是兩隻。

小麻雀

以津輕話寫成。獻給井伏鱒二。

這一篇長長的故事，你可曾聽過？
很久很久以前，山裡有一棵大大的日本七葉樹。
天邊飛來一隻烏鴉，停在樹上。
烏鴉叫了一聲，樹上就掉下一顆樹籽。
再叫一聲，又掉一顆樹籽。
再叫一聲，又掉一顆樹籽。
……………………

在野外的廣大空地上，一群孩童興高采烈地玩著火。春天一到，冰雪消融，原野枯黃的野草叢下，冒出嫩綠的新芽，在我們家鄉的孩子之間，流行在枯黃舊草上點火的遊戲，並且稱之為「燒野火」。孩子們點完火後會分成兩邊，互相大聲叫嚷。

——麻雀麻雀，我要小麻雀。

另一邊的孩子們高喊：

——你要哪一隻？

高喊要小麻雀的一方，便自己圍成一圈，你來我往地討論起來。

——要哪一個好呢？

——黃泥巴阿壽好不好？

——那傢伙一直在流鼻涕，看起來好髒喔。

——帶阿瀧也不錯。

——那個臭女生看起來好奇怪喔。

——阿瀧不錯呀。

——說得也是呢。

所以大家決定要抓走阿瀧，大家一起高喊：

——我要最右邊的麻雀。

與阿瀧一起的孩子們開始討價還價。

——牠沒有翅膀，不能給你。

——翅膀給你，讓牠飛過來。

一邊喊完，另一邊就自亂陣腳，接著高喊：

——杉林大火，飛不過去。

一聽到這回答，這一邊就變得更想要，於是接著喊：

——避開大火飛過來。

另一邊接不下去，只好讓自己的麻雀交給對方。阿瀧模仿小麻雀，像張開翅膀一樣平舉雙臂，嘴裡不斷發出啪啪啪的振翅聲，繞過野火堆飛過來。

這就是我老家孩子們會玩的遊戲。兩邊就這樣互相要麻雀，直到剩下最後一隻小麻雀，那個人就必須重新帶頭喊：

——麻雀麻雀，我要小麻雀。

不由分說，這是一種唱遊。第一個被選到的小麻雀會笑不攏嘴，到最後也沒人挑的小麻雀，則會哭得呼天搶地。

阿瀧總是成為第一個被選上的小麻雀，而麻呂大人每次都是最後留下的小麻雀。

阿瀧是村子雜貨店的獨生女，從小就是個霸氣凌人的野丫頭，從來不曾服過輸。在冬天的時候，不管下了多大的雪，她只穿著薄薄的棉襖，臉頰紅通通就像千成[1]蘋果一樣紅。麻呂大人則是一個佛寺住持的兒子[2]，個子瘦小，天性懦弱，大家都以欺負他為樂。

回到剛才的遊戲場面，最後只剩下穿著貼身和服單衣的麻呂大人，在原地大喊：

1 千成：蘋果品種「紅玉」（Jonathan）別名，又名「滿紅」，明治時代自美國引進，在青森縣產量僅次於富士蘋果。果實形狀渾圓，每年十月上旬至十一月上旬採收，日本主要用於蘋果派等糕點類食品。

2 日本第一個娶妻生子的出家僧為淨土真宗祖師親鸞（西元一一七三至一二六三年）。明治五（西元一八七二）年政府為推動國家神道而貶抑佛教信仰，公告佛教其他宗門的出家僧也可以「肉食妻帶畜（蓄）髮」，日本許多僧職即成為世襲。「麻呂」為古代男性常見名字，在此引申為當時佛菩薩僅為神社「客神」（神社的次要神明）。

——麻雀麻雀，我要小麻雀。麻雀麻雀，我要小麻雀。

可憐的他，已經第二次當鬼了。

——你要哪一隻？

——我要中間的麻雀。

他要的是阿瀧。站在中間的小麻雀阿瀧，隔著黃色的火堆，靜靜地看著麻呂大人。

麻呂大人以冷靜的語調繼續喊著：

——我要中間的麻雀。

這時阿瀧與同伴們交頭接耳，說了什麼悄悄話。一夥人聽了大笑，又一起大聲應和。

——牠沒有翅膀，不能給你。

——翅膀給你，讓牠飛過來。

——杉林失火，飛不過去。

——避開大火飛過來。

麻呂大人巴不得阿瀧能馬上飛過來。然而，對面卻又傳來不疾不徐的呼喊。

——河水暴漲，飛不過去。

麻呂大人歪著頭，心想該用什麼話接回去，想著想著他終於開了口：

——蓋一座橋，飛過來。

阿瀧的眼中燃燒著火光，一個人喊著：
——大水沖走橋，過不去。
麻呂大人又歪著頭左思右想，卻什麼答案也想不出來，結果就開始放聲大哭，而且非常傷心。
——南無阿彌陀佛！
所有孩子都大笑起來。
——和尚念經，果然就下起雨來了。
——這個愛哭鬼！
——西邊開始變陰了，就開始下雨。雨一下，雪就融化了。
這時候，雜貨店獨生女阿瀧突然大叫：
——可愛的麻呂大人，竟然不懂我的心，就只知道念佛！可憐的笨蛋！
說完，阿瀧就抓起一把雪，抔成雪球往麻呂大人拋去。雪球在麻呂大人的右肩散開，變成一粒一粒的碎冰。麻呂大人大吃一驚，也忘了哭泣，急忙沿著冰雪初融的枯黃原野逃逸無蹤。
到了晚上。原野一片黑暗而更加寒冷，孩子們各自返家，與他們的奶奶共享一張暖桌。就如同過往的每一晚，聽著同樣的民間故事。

這一篇長長的故事，你可曾聽過？

很久很久以前，山裡有一棵大大的日本七葉樹。

天邊飛來一隻烏鴉，停在樹上。

烏鴉叫了一聲，樹上就掉下一顆樹籽。

再叫一聲，又掉一顆樹籽。

再叫一聲，又掉一顆樹籽。

……………………

戲謔之花

「過此即往悲慘之城[1]。」

朋友們都離我遠去，以悲傷的眼神眺望我。朋友們，和我說話，笑一笑我吧！哀哉，朋友只會無奈地別過頭去。朋友們，問我問題吧！我什麼都會回答你。我曾經以這雙手把小園沉入水中。我曾經以惡魔般的傲慢，祈求著當我醒來的時候，小園就會死去。要我再說下去嗎？哀哉，朋友們卻只以悲傷的眼神眺望著我。

大庭葉藏[2]坐在床上看著海。海上一片濛濛細雨。

夢裡醒來，我重讀了這幾行文字，文字的醜陋與卑劣，巴不得想動筆刪去。唉呀，我說得太過頭了。話說從頭，大庭葉藏這號人物是什麼來頭？我被異於美酒的某種更強烈的傢伙迷醉，為了大庭葉藏這東西拍手叫好。這名字極為適合成為我的主角。「大庭」不偏不倚象徵了主角非比尋常氣魄，「葉藏」看起來何其新鮮，名字組合在古樸之中湧現出全新的質感。更何況，「大庭葉藏」四個字排列起來無比調和。光從這姓名看來，已經是劃時代之舉。而這個大庭葉藏，正坐在床上看著煙雨濛濛的海面，不就更顯他的劃時代特質嗎？

算了吧。我的自嘲何其百無聊賴，一切都來自不斷碰壁的自尊心。如同我不想受他人批評，才會先下手為強，把釘子釘在自己的身上。這種事才叫卑劣，但我必須應該更加坦誠地面對一

1 過此即往悲慘之城：出自義大利詩人但丁・阿利吉耶里（Dante Alighieri，西元一二六五至一三二一年）代表作《神曲》（Divina Commedia）。

2 大庭葉藏：即《人間失格》主角。

切。唉呀，還要謙虛。

大庭葉藏。

別人要笑就由他去。我是畫虎不成反類犬，看得穿的人一眼就看穿。也許會有更好的名字，我卻覺得好像挺麻煩的。直接以「我」作為主角應該也不錯，但我已經在今年春天，才寫完一部以「我」為主角的小說，連續兩篇這樣寫，有點說不過去。如果我明天突然死了，就會有一個樣子詭異的男人冒出來，一臉得意洋洋地宣稱：這傢伙，如果不以「我」為主角，就寫不出小說。光是這種理由，我還是會堅持使用大庭葉藏這個名字。你覺得奇怪嗎？別來這一套，其實你也是。

一九二九年十二月底，「青松園」這間位在海邊的療養院，因為葉藏的入院，鬧出一點風波。青松園收容了三十六名結核病患，其中重症患者兩人，輕症患者十一人，其餘二十三名患者則在康復中。在葉藏住的東一館算是特等病房，館內共隔成六間。葉藏住的病房左右兩側都是空房，最西側的「己」房，則住著一個身材很高，鼻子也長的大學生。東側的「甲」與「乙」兩間病房裡，各住了一個年輕女孩，三人都是正在康復的病患。前一個晚上，在袂之浦[3]海邊發生一起殉情事件。男女兩人一起沉到水裡，男的被回航的漁船救起撿回一命，女的卻不見蹤

3 袂之浦（袂ヶ浦）：神奈川縣藤澤市片瀨川左岸以東地帶。

跡。為了尋找女孩下落，警鐘響聲不絕於耳，消防員們登上幾艘漁船，在海上呼喊著女孩的名字。病房裡的三人都聽得心驚膽跳。漁船上的紅色火把，整晚在江之島[4]的海岸徬徨。大學生與兩個女孩徹夜不曾闔眼，到了早晨，人們才總算在袂之浦的海岸邊發現那女子的屍體。她的短髮還泛著光澤，慘白的臉都浮腫起來。

葉藏明白小園已死，在漁船緩緩地把小園送上岸的時候就已明白。當他在星空下恢復意識，便問旁邊的漁夫：女的死了嗎？其中一個漁夫回答：還沒還沒，你甭擔心了吧。漁夫的語氣聽起來充滿了慈悲。他在昏沉之中想著想著，突然又昏倒。當他睜開眼睛，人已經躺在療養院裡了。在白色木板圍成，令人喘不過氣的狹窄房間裡，擠了許多人。有人問及葉藏的身分，葉藏清楚地逐一回答。天亮後葉藏被搬至另一間更寬敞的病房去住。因為葉藏老家一聽到消息，為了處理他的狀況，專程打了一通長途電話給青松園。葉藏的老家，離此也有兩百里之遠。

東一館的三名患者，對於這個新來的病人躺在自己旁邊，感到難以想像的滿足，對於今後的醫院生活也產生期待，在天空與海面都變亮的時候，他們總算得以安眠。

然而葉藏沒有睡。他不時緩慢地轉動腦袋。他的臉上處處貼著白色紗布。當他被海浪推向海邊各處礁岩的時候，身上留下多處傷口。一位名叫真野，年約二十的護士單獨負責照顧他。在她左眼的眼瞼上方，有一道比較深的傷疤，所以左眼看起來比右眼稍稍大了一點。然而，她

4 江之島：神奈川縣藤澤市面臨相模灣的陸繫島。

並不醜。她不自覺地噘起朱紅上唇，兩頰顏色略深。她坐在病床旁的椅子上，眺望著陰沉天空下的海面。她努力不看到葉藏的臉，因為覺得太過可憐不忍卒睹。

接近正午的時候，警察局來了兩個人來探視葉藏。真野暫時離開病房。

兩人看起來都是西裝筆挺的紳士。一人嘴邊留著小鬍子，另一人戴著一副鑲鐵邊的眼鏡。小鬍子低聲詢問著他與小園的關係，葉藏便和盤托出。小鬍子在小小的記事本上一一記下。把該問的都問過一輪之後，小鬍子像是要壓住病床一樣地問：「女的已經死了喔。你那時候有尋死的打算嗎？」

葉藏沒有說話。

鑲鐵邊眼鏡的刑事，多肉的額頭上擠出三條皺紋，一邊微笑一邊拍了拍小鬍子的肩膀。「算了算了。他夠可憐了，下次再說吧。」

小鬍子直直瞪著葉藏的眼睛，心不甘情不願地闔上小筆記本，收進西裝外套的口袋。

在兩個刑事離去之後，真野便急忙回到葉藏的病房。不過當她一打開房門，卻看到嗚咽的葉藏。她便輕輕把門關上，在走廊上佇立了一會。

到了午後，開始下起雨來。葉藏的體力，已經恢復到可以獨自起身如廁的程度。

他的朋友飛驒，顧不得身上的外套已經被淋得溼透，直接衝進病房。葉藏假裝睡著。

飛驒悄悄地問真野：「他還好吧？」

「對，快好了。」

「我嚇了一大跳呢。」

他扭動肥胖的身軀以脫下那件帶著黏土腥臭味的外套，遞給真野。

飛驒是一個名不見經傳的雕塑家，與同樣缺乏名氣的西洋畫家葉藏，從中學時代起就是莫逆之交。只要是一個心靈誠懇的人，在那麼小的年紀，多半會把身邊的某個人當成偶像崇拜，而飛驒就是這種類型。他一進中學就讀，一直以仰慕的眼光看著班上排名第一的同學。第一名就是葉藏。葉藏在課堂上的一顰一笑，對於飛驒而言都顯得不凡。另外，在校園裡的沙堆後面。看到葉藏孤單而帶著老成的身影，又不禁偷偷地發出嘆息。唉呀，還有與葉藏頭一次交談那天心底的歡愉。飛驒樣樣都學起葉藏。他抽起菸，嘲笑起老師，兩手托著後腦杓，在校園內忽悠忽悠地走著。都是學自葉藏。他也明白藝術家之所以最了不起的道理。葉藏進了美術學校，過了一年以後，飛驒也想辦法進入葉藏的同一間美術學校。葉藏主修西畫，飛驒則刻意選了雕塑科。他總是說受到羅丹的巴爾札克雕像[5]感召，才會走上此途，然而事實上只是一種為了有朝一日功成名就，讓自己的經歷有那一回事，才憑空想出來的說法，充其量只是對葉藏主修西畫的一種顧忌。從那時候開始，兩人才開始漸行漸遠。葉藏一天比一天消瘦，飛驒反而越來越肥。

5 羅丹的巴爾札克雕像：雕塑家奧古斯都・羅丹（Auguste Rodin，西元一八四〇至一九一七年）為現實主義小說大師歐諾黑・德・巴爾札克（Honoré de Balzac，西元一七九九至一八五〇年）塑造的雕像，創作於西元一八九二至九七年，刻意呈現出作家晚年窮愁潦倒的身影。

兩人的落差不只如此，葉藏開始耽於某種直截了當的哲學，對藝術產生輕慢之心。飛驒對藝術卻產生多餘的熱情，開口閉口總是藝術來藝術去。他不斷想要創造出傑作，卻怠忽學業。最後兩人都以不理想的成績畢業。葉藏幾乎丟光了畫筆，他認為繪畫不外乎是一種廣告海報，這句話讓飛驒備受打擊。葉藏還胡扯了一堆似是而非的詭辯：所有藝術都是社會的經濟組織放的屁，不過是生活力的形式之一；任何傑作都不過是商品，跟襪子沒兩樣……儘管飛驒聽得一頭霧水，他還是像以前一樣仰慕葉藏，對於葉藏這陣子的思想產生一種面目模糊的敬畏之心；在飛驒的心底，那種創造出傑作的衝動，確實益發強烈。他心想必須馬上、馬上完成，不停捏著手上的黏土。換言之，這兩人與其稱為藝術家，不如稱為藝術品。不，反而因為如此，我才能輕而易舉地描述出來，假如各位讀者真正看到當今市面上的藝術家，想必讀不到三行就會反胃吧？話說回來，如果是你，難道不會想嘗試描寫出那種感覺的小說？怎麼樣呀？

飛驒還是沒有看葉藏的臉。他盡可能輕輕踮著腳靠近葉藏的枕邊，但還是目不轉睛地看著玻璃窗外的雨。

葉藏睜眼一笑：「你也嚇了一跳吧？」

飛驒抖了一下，低頭看了葉藏一眼，馬上又瞇著眼回答：「嗯。」

「你怎麼知道的？」

飛驒猶豫了一下，右手從西裝褲口袋伸出，搓了搓自己渾圓的臉，朝真野看了一看，看看她同不同意。真野緊張地輕輕搖搖頭。

「上報了？」

「嗯。」事實上，他是從廣播電台新聞聽來的。

葉藏最討厭的就是飛驒這種講話吞吞吐吐的樣子。如果他能說出真心話，自己必能接受。僅只一個晚上的時間，就發生這麼劇烈的變化，這個十年老友，如今卻形同陌路，實在太可恨了。葉藏繼續裝睡。

飛驒百無聊賴地拿起腳上的拖鞋趴答趴答地拍打著地板，又站在葉藏的床頭。

病房的門悄悄地打開，一個穿著學生服的矮小大學生，悄悄探出英俊的臉蛋。飛驒一看到他就長嘆一口氣，馬上整頓嘴角掩飾剛才嘴角的微笑，故作鎮定地緩緩走向房門口。

「你剛到？」

「對。」小菅仔細看著葉藏的儀態，一邊咳嗽一邊回答。

這人名叫小菅，是葉藏的親戚，就讀於大學的法律系。雖然小葉藏三歲，卻與葉藏無話不談。新時代的年輕人，不在乎年齡的差距。他原本回家放寒假，一聽到葉藏的消息，馬上搭上特快車趕來。兩人便走到房外走廊聊起來。

「你身上還有煤灰。」

飛驒大笑，指著小菅的人中。火車頭的煤煙，在他鼻孔下方留下薄薄一層灰色。

「是嗎？」小菅立刻從左胸口袋拉出手帕，速速擦拭人中。「怎樣了？現在情況怎樣？」
「大庭？看起來沒什麼大礙。」
「這樣啊？……弄掉了嗎？」小菅抬頭拉長人中給飛驒看。
「掉了，掉了。你們家一定雞犬不寧吧？」
小菅把手帕塞回左胸口袋，回答：「嗯，鬧很大，跟辦喪事一樣慘。」
「你家裡會有誰過來處理？」
「大哥。爸爸還說，管他去死。」
「看來是大麻煩呀。」飛驒隻手摩擦狹窄的額頭嘀咕著。
「阿葉真的沒事嗎？」
「想不到還真的沒事。這傢伙，每次都這樣。」
小菅不禁露出微笑，將頭往旁邊一歪。「不知道他現在的心情怎樣？」
「我也不知道。……不如你直接問大庭試試？」
「算了，就算見面也沒什麼好說的，而且我……很害怕。」
兩人不禁竊笑。
這時，真野從病房走出。
「房裡都聽得到了，不要在這裡聊天好不好？」

「啊。真不好意思……」

飛驒羞愧地想把自己的龐大身軀縮成一團，小菅則神情訝異地盯著真野。

「請問兩位，中午吃過了嗎？」

「還沒。」兩人異口同聲回答。

真野臉紅，忍不住噗嗤笑出聲來。

在三人前往食堂時，葉藏自己爬起來，眺望海面上的濛濛細雨。

「過此即是空濛之淵。」

然後，又回到小說的開頭，事實上，我也覺得以自己而言，寫得不好。主要是因為我不大喜歡這種利用時間的把戲，但即使不喜歡，總還是要寫寫看。過此即往悲慘之城。我只是一直想把平時一直掛在嘴邊這句地獄大門的詠嘆詞，用一種光榮的方式放在文章的開頭，沒有別的理由。如果這一行字會導致我小說的失敗，我也不會心虛地將之刪去。為了撐個場面，我還要再說一句。要是真刪去那行字，就是刪去了我至今的生活歷程。

「因為思想呀！我跟你說，都是馬克思主義害的！」

這句話沒頭沒尾，不過也沒什麼差。這句話出自小菅之口。他一臉得意地說著，又拿起了盛著牛奶的碗。

由夾板圍住四面而成的牆，被漆成一片雪白；東邊的牆上掛著一幅院長的畫像，院長的胸前掛著三個硬幣大小的勳章，一張細長的十腳桌，整齊地擺在畫像的正下方。食堂空空蕩蕩，飛驒與小菅坐在東南邊的小桌邊用餐。

「他搞得可凶了！」小菅壓低聲音說。「他身體這麼虛弱，哪禁得起這樣東奔西跑？搞下去不死才怪！」

「他是行動隊的頭頭吧？我知道的。」飛驒嚼著嘴裡的麵包說。飛驒不打算炫耀自己的博學。至少左翼的術語，當時的年輕人都聽得懂。「不過，……不只這樣而已。藝術家這種東西才沒有這麼簡單。」

食堂變暗，因為外面的雨勢越來越激烈。

小菅喝了一口牛奶後說：「你總是在主觀思考問題，這是行不通的！基本上……我說基本上，一個人的自殺背後，通常隱藏著連自己都未曾察覺的某一種客觀的重要原因。我家的人都覺得原因出在那個女人身上，我卻告訴他們事實並非如此。那女的只是陪著送死。事情背後一定有更大的原因，只是我們家那些人不知道而已。現在連你也在鬼扯，這樣不好喔！」

飛驒看著腳邊暖爐的爐火嘀咕：「可是，那女的其實是有夫之婦。」

小菅放下手上的牛奶碗。「我明白，那也沒什麼了。對阿葉而言，連響屁都不如。女人因為自己已婚，就決定要跟別人殉情，你想得未免太簡單了。」語罷，他瞇起一眼抬頭看了頭上的肖像畫一眼。「他是這邊的院長嗎？」

「大概是吧。不過……事實如何，只要大庭不說，也沒人會知道。」

「那當然。」小菅應了一句，同時四下張望。「還挺冷的。你今天要在這過夜嗎？」

飛驒急忙吞下嘴裡的麵包點點頭：「我會。」

年輕人不會認真進行討論，只會盡可能留意不要互觸敏感神經，同時小心翼翼地保護自己的敏感神經。因為他們不想遭受到無謂的侮辱。更何況他們一旦遭受傷害想得到的反應不是殺人，一定就是自殺，所以他們才會記得這麼多打圓場的話。就算一句否定句，也有十種不同的分類。在展開議論之前，已經用眼神交換妥協的意見了。到了最後，還露出微笑握手，心中暗自嘀咕著：你這低能兒！

話說我的小說也開始越寫越失去方向。我應該從這裡開始，轉變成幾個全景描寫的場面嗎？我要說的不是這些場面的壯闊，而是什麼事都做不好的你。唉。我心底只求一切順利。

第二天早晨，露出和煦的陽光，海面上風平浪靜，大島噴火的濃煙，在水平線上半部形成了白色的雲霧。不好，我討厭畫風景畫。

甲病房的病患只要從床上睜開眼鏡，就可以看到室內充滿了春日和煦的陽光。她向值班護士道過早安之後，便測量晨間的體溫，量出來是三十六度四。量過體溫後，她趁早餐之前來一個小小的日光浴。她偷偷看著丁病房的陽台，在護士輕拍她的腰背之前，她已經偷窺起丁病房的陽台。昨天進來的新患者，穿著藏青色底白色碎花紋和服外衣，坐在藤椅上遠眺著大海。陽光照得他皺起眉頭，看起來沒有那麼英俊。他不時以手背碰著自己臉上的紗布。她躺在日光浴用的床上，瞇著眼仔細端詳一陣，才叫護士把書拿來。《包法利夫人》。她平時覺得這本書太沉悶，看個五六頁就丟到一邊去，今天卻想要認真地逐字閱讀。現在正是最適合讀這本書的時機。她嘩嘩嘩地翻起書頁，從第一百頁左右開始讀起，她看到一行寫得很好的句子：「艾瑪想在火光照耀下，於半夜嫁人。」

乙病房的病患也醒來，她走到陽台也打算晒晒太陽，突然見到葉藏的身影，嚇得衝回病床。陪病的母親笑著為她蓋上毛毯。乙病房的女孩以毛毯蓋住頭，又在黑暗中睜大眼睛，靜靜聽著隔壁房的談話聲。

「好像是美女喔。」隨後傳來竊笑。

飛驒與小菅昨晚在病房過夜，兩人一起擠在隔壁病房的病床上睡。小菅先醒來，吃力地睜開細長的雙眼，起身走向陽台。他以眼角餘光瞥見葉藏刻意地做出一些姿勢，轉頭向左端詳為什麼他要擺出這些姿勢。原來是最外側陽台上，有一個年輕的女孩正在讀書。那女孩所在的床背後，是長滿一整片苔蘚的潮溼石壁。小菅像洋人一樣聳聳肩，又回到房裡搖醒還在睡的飛驒。

「起來！事件發生！」他們就愛捏造事件。「阿葉擺了個大姿勢。」

他們不時在對話裡加上「大」這種形容詞，想必是活在這無聊至極的世界，急需一個可以指望的對象。

飛驒從床上彈起來。「什麼？」

小菅邊笑邊說明。

「那邊有一個女生，阿葉正在對人家展示自己的側臉呢！」

飛驒馬上興奮不已，兩條眉毛也誇張地舉高。「是美女嗎？」

「好像是美女喔！正在假裝看書。」

飛驒爆笑，坐在床上套上外套，穿上長褲後大叫：

「好！我們來給他好看！」其實他也沒有真的要整人的意思，只是暗地說說壞話。他們可以輕易地在親友背後指指點點，只看當時的心情與場面。「大庭這傢伙巴不得吃盡天下女人。」

不多久，葉藏病房傳出大笑，笑聲傳遍整棟房子。甲房病患啪地把書闔上，狐疑地看向葉藏病房的陽台，只見陽台空無一人，只有朝陽照耀下的白色藤椅。她看著藤椅，又閉上眼睛睡著。乙病房的患者被笑聲吵醒，從毛毯裡探出頭來，與站在枕邊的母親相視而笑。己病房的大學生也被笑聲吵醒，這大學生沒人陪床，病房就像是出租雅房，一個人倒也悠哉。他發現笑聲是從昨天來的新病患房裡傳來，發黑的臉泛紅起來。他不覺得這裡出現笑聲顯得失禮，只要康復期的患者能以自己特有的雅量，對於葉藏的活力充沛反而感到安心。

我該不是三流作家吧？看起來我太過於自我陶醉了。打算以自己無法掌握的全景式手法描寫，寫出來還一副自鳴得意的樣子。不，你等等。我考量到這種失敗，早已準備好一套說詞。人懷著美好的情感，寫出壞心腸的文學。換言之，我這麼自溺，也就是自問內心是否也如此無邪。唉呀，希望幸福時常圍繞想出這種話的人身邊！這是多麼彌足珍貴的一句話呀！不過，據說一個作家在一生之中，不論如何大致上只能用一次。第一次用，大家還覺得可愛。如果你一而再、再而三地以這句話當盾牌護身，到頭來你似乎將面臨淒涼的下場。

「出洋相囉！」

與飛驒擠在病床邊沙發上的小菅，為當下的事態下了結論。他依序以目光掃過飛驒的臉、葉藏的臉，以及倚門站立的真野，見到人人臉上都帶著笑容，才心滿意足地把頭靠在飛驒圓圓的右肩上。他們時常笑。即使是無足輕重的事情，也讓他們捧腹大笑、人仰馬翻。面帶笑容對青年人而言，就如嘆氣一樣易如反掌。這種不笑出來就會吃虧的習性，到底從何時開始形成的呢？只要是可以取笑的對象，即使是不起眼的事物也不放過。唉呀，難道這不就是那貪婪的美食主義[6]難以捉摸的冰山一角嗎？然而可悲之處，又在於他們笑起來無法發自內心。他們笑得誇大，事實上很在乎自己的形象。而且，他們也常常嘲笑別人。他們想要引人發笑，不惜傷害

6 原文意指人身上體無完膚的美食主義優越感。

到自己。這些行為或許全都出自前述那種虛無心理，然而，在他們心中更深之處，說不定又可推測出一種不見黃河心不死的決心。一種犧牲之靈魂。在此之中有幾分自暴自棄，又是一種欠缺明確目標的犧牲之靈魂。從至今為止的道德觀看來，他們有時候會完成堪稱美談的驚人舉動，全都源自這種不為人知的靈魂。以上所述均屬於我的獨斷，更何況並不是從書齋中摸索而來，全部都是從我自己肉身聽來的見解。

葉藏仍然在笑。他坐在病床上，兩腳翹起來搖來搖去，笑到岔氣的時候，還顧慮著臉上的紗布。小菅的話真的有這麼好笑嗎？為了說明他們平時都在扯什麼淡，下面以幾行篇幅安插一段故事為例。小菅在前陣子休假期間，前往距離老家三里遠，一處位於深山裡的著名溫泉鄉滑雪，並在一處旅社住了一晚。當他在深夜要去如廁的時候，在走廊與一個同旅社住宿的年輕女孩擦肩而過。事情也就不過如此。然而這又是一起重大事件。對小菅而言，那怕是稍微擦肩而過而已，也務必要為對方帶來無法抹滅的美好印象。即使他並不指望演變成什麼奇蹟，就在擦肩而過的瞬間，他竭盡畢生所能，擺出一個決定性的姿勢。他對於人生，由衷地抱持某種期待。在兩人接近的瞬間，他想像著與那女孩接下來會發生的各種畫面，內心激昂不已。這種令人喘不過氣的瞬間，他們每天至少都會經歷一次。所以不能掉以輕心，即使孤身一人，也格外在意打扮。小菅說他即使在深夜時分起來上廁所，也會穿好新訂做的深藍外套，才步向走廊。在小菅與那年輕女孩擦肩而過之後，對自己的表現感到頗為滿意，能穿那件外套出門實在太好了。

他鬆了一口氣，走到走廊盡頭的落地鏡看了一眼，才發現自己出了洋相。因為外套下面，露出兩支裹著泛黃七分棉褲，毛茸茸的小腿。

「真不得了，」他輕輕地笑著自嘲，「我的褲腳捲起來，黑碌碌的腿毛都給人家看到了。而且我的臉也睡到腫起來。」

葉藏心底並沒有笑得那麼激烈，只覺得那些都是小菅捏造出來的故事。不過他還是哈哈大笑。面對一個昨天才發生重大變故的朋友，想要打開葉藏的心結，而願意盡這麼大的努力，葉藏打算報答這麼大的恩惠，笑得更加開心。因為葉藏的笑，飛驒與真野也跟著一起笑。

飛驒整個放下心來，心想可以無所不說，然而又帶著顧忌，欲言又止。

在興頭上的小菅卻順勢脫口而出。

「我們都在追女生上面一敗塗地。阿葉不也這樣過嗎？」

葉藏笑著笑著，低了一下頭。

「大概吧？」

「對呀，可別死喔！」

「算失敗吧？」

飛驒高興不已，心頭小路亂撞。心頭最難攻克的一道城牆，竟在微笑之中瓦解。這次成功的奇蹟，應該要歸功於小菅坦蕩的人格，他差點就忍不住一把抱住這年輕的朋友。

飛驒鬆開眉毛稀薄的眉頭，支支吾吾地說：「我覺得呀，算不算失敗，還不能一口咬定喔。一開始，我們就不知道原因。」他說完，突然發現苗頭不對。

小菅馬上搭腔。「我知道。我才跟飛驒認真討論了一下。我覺得是思想上的走投無路所導致的。只是飛驒居然覺得還有別的原因。」飛驒馬上接口：「是有這種可能，不過不只這樣。我覺得一定是感情方面的因素。他不可能和自己不喜歡的女人一起死。」

飛驒擔心葉藏被別人捕風捉影，才不假思索信口開河，自己聽起來卻又感到如此天真。他心想：成功了。

葉藏闔上長長的睫毛。虛偽。傲慢。懶惰。阿諛。狡猾。悖德的巢穴。疲勞。憤怒。殺意。自私自利。脆弱。欺瞞。瘴癘之氣。一再擾亂著他的內心。他正猶豫要不要把事實和盤托出，便刻意用沮喪的語氣嘟囔著：「其實我也不知道啦。我覺得一切似乎都可能是原因。」

「我懂我懂。」小菅等不及葉藏說完，便不斷點頭說。「這種情況確實存在。我說呀，護士不見了耶。是不是發現什麼了呢？」

我剛才還沒說完，他們的議題與其說是思想的交流，主要目的更應看成是緩和現場氣氛，使人舒服，討論裡完全沒有提到一句實話。不過聽一聽，偶爾可以得到意想不到的收穫。在他們矯作的言談之中，有時可以聽出令人吃驚的直率想法。不經意脫口而出的話，才有可能包含真實的內容。葉藏剛才說出「一切」兩字，難道是不經意之間吐露的心聲嗎？在他們的心中，只存在著混沌與無謂的反抗。或許，稱之只是自尊心作祟更為貼切，而且是一種極脆弱的自尊心，那怕是一陣微風也會使之戰慄，一旦認為自己受到屈辱，甚至陷入生不如死的苦悶。葉藏被問到為什麼自殺，自然也會困惑一下子。——一切。

這天過了中午時分，葉藏的長兄抵達青松園。外貌一點也不像葉藏，身相魁梧。他穿著整套和服長衫。

院長將他帶進葉藏病房外的時候，病房內還傳出開朗的笑聲，長兄卻故作不知情。

「就是這兒嗎？」

「是的。已經完全康復了。」院長一邊說著，一邊推開房門。

小菅大吃一驚，從床上跳起來。剛剛他才與葉藏換了位子躺在床上。葉藏與飛驒一起擠在沙發上玩牌，也嚇得馬上站起來。真野坐在床頭的椅子上編織，看到院長巡房也狼狽地草草收拾棒針與毛線。

「他朋友們都來看他，所以很熱鬧。」院長回頭向長兄悄聲說完，走近葉藏身邊。「你沒問題了吧？」

「對。」葉藏說完，突然感到心虛。

隔著眼鏡，院長的眼中露出笑意。

「要不要體驗一下療養院的生活，你意下如何？」

葉藏第一次體驗到如同罪人的愧疚感，卻只能以微笑回應。

長兄已經趁剛才短暫的時間，一本正經地向飛驒與真野鞠躬道謝，感謝他們這陣子的照顧，隨即又板著臉問小菅：「你們昨天晚上在這兒過夜？」

「是的。」小菅抓著頭回答。「因為隔壁病房空著，我才跟飛驒哥一起在那裡過夜。」

「那不如從今晚開始，到我住的旅館過夜。飛驒先生，你也過來。」

「是。」飛驒語氣變得拘謹，回答的時候在手上還拿著三張牌。

長兄又故作什麼都未曾發生似地對著葉藏問：「葉藏，你都好吧？」

「嗯。」葉藏吞忍下千百個不甘願，點了點頭。

長兄突然滔滔不絕起來。

「飛驒先生，不如我們一起陪院長去外面吃個飯吧？我也還沒逛過江之島，想請院長帶路。我們現在就出發吧！我的車在外面等著呢。今天天氣這麼好。」

我正在後悔中。只加入這兩個世故的大人角色，就搞砸一切。葉藏、小菅、飛驒與我四人好不容易營造出來的清新氣氛，因為兩個大人的攪局，變得支離破碎。我原本想為這篇小說營造出一股羅曼蒂克的氣氛，於是在開頭的幾頁安排像漩渦般纏繞的情節，並希望能在後面一步步地解開這些謎團。儘管我的筆法拙劣，到頭來還是扯到現在。然而，現在一切都粉碎瓦解了。

請原諒我！我說了謊，我在裝傻。一切都是故意的。在寫作過程當中，諸如羅曼蒂克的氣氛之類的描寫，益發令我感到不堪，我就越要刻意去破壞。如果真的能成功將之粉碎瓦解，反而正中下懷地達成我的心願！這是我的壞品味。寫到這裡，這句話一直在折磨著我。假如以此稱呼一種無理取鬧加害於他人的壞習慣。也許我的態度也是一種壞品味吧？我並不想輸，也不想被人看穿心思。然而一切努力都是枉然。唉！難道作家連從實招來都要以詞藻修飾嗎？我就禽獸不如嗎？我過得了有點人樣的生活吧？寫著寫著，我依舊在意著自己的文章。

我要坦白招出一切。事實上我在這篇小說的每一個情節之間，都要以第一人稱登場進行一段討論，是我的詭計。我打算在讀者不知不覺間，以文中第一人稱的身分偷天換日，為作品帶來一股特異的韻味。我自誇這是日本前所未有的時髦作風，然而以失敗收場。不，連我坦白承認失敗，也算是小說寫作計畫的一部分。假若行有餘力，我本來想拖晚一點才說出來。不，連上面這句話都覺得自己是刻意準備好的。不，不要再相信我了。隻字片語都不要相信。

那我又為什麼要寫小說？是想圖一個新進作家的光彩？還是想賺幾個錢？別逢場作戲，從實招來，要的是哪一個，不要的又是哪一個！唉，我又在睜眼說瞎話了。這種謊言，人們總是輕易上鉤，在謊言之中也算是卑鄙的那種。我為什麼要寫小說？這是我難以啟齒的問題，但我也沒辦法。我討厭用拐彎抹角的方法說，如果一句話說明白，就是「復仇」兩字。

現在進入下一個場面。我是一個市場指向的藝術家，不是藝術品。我那些讓人反感的告白，如果也能為這一篇小說帶來某一種韻味，純屬偶然的僥倖。

葉藏與真野兩人被留在病房裡。葉藏窩回床上，兩眼眨呀眨，若有所思。真野坐在沙發上收拾撲克牌，把牌卡全部收回紫色的紙盒裡，她開口問：「那是您的哥哥嗎？」

「對，」葉藏看著眼前挑高的白色天花板回答。「我們很像吧？」

作家一旦對於筆下的描寫對象失去情感，就會馬上遭到報應，寫出這麼破的文章，算了算了，這麼不入流的次等文章，我不想再寫下去了。

「像，尤其鼻子。」

葉藏放聲大笑。葉藏的家人，都長著像祖母一樣長長的鼻子。

真野也笑了幾聲，問：「那他今年多大呢？」

「我大哥嗎？」他轉頭看向真野。「他還算年輕，三十四歲。最愛擺架子，裝出一副自己很威風的樣子。」

真野突然抬頭看葉藏的臉。看到他說話的時候蹙眉，急忙閉上眼睛。

「我哥那樣還算好的。我老爸……」

話說到一半，葉藏識相地沒再說下去。他成為我的化身，妥協於現狀。

真野起身，到病房一角的櫃子上拿起棒針毛線，坐回葉藏床邊的椅子，一邊編織一邊思索。

她覺得葉藏心中的問題，既不出自思想層次，亦非愛情層次，而出於更早就先存在的因素。

我已經無話可說了。說得再多，也等於沒說。我發現我根本還沒觸及問題的真正核心。許多情節都被遺漏，但這不是理所當然的事嗎？一個作家並不明白自己作品的價值，這是小說寫作上的常識，這不也是理所當然的事嗎？我只能鐵青著臉承認這些事實。期待作品發揮某種功效的自己愚不可及，更何況也不應該把這種功效，從自己的嘴裡說出來。當我一說出這種功效，作品就會產生另一種功效。一旦預料會產生這種功效，又會突然出現另一種功效。我扮演的角色，永遠在愚蠢地追求這種功效，我甚至無意追究自己完成的是失敗作還是差強人意的作品。這篇小說，產生的價值也許大到超乎想像，文章中的句子都是從別人聽來，而非自己絞盡腦汁寫成，所以我有一種最後一刻得救的感覺。坦白說來，我已喪失自信。

室內電燈亮起時，小菅獨自走進病房。他一進門就衝向躺在床上的葉藏身旁，緊貼他的臉囁嚅著說：「我剛剛喝了酒，不要跟真野說喔！」

說完馬上對著葉藏的臉呵出一口酒氣。飲酒者依規定不得出入病房。

斜眼瞄過編織中的真野一眼，小菅激昂近似哀號地說：「我們去江之島繞了一圈，真好玩！」然後立刻悄悄地說：「我騙你的。」

葉藏爬起來坐在床上。

「你剛剛一直在喝酒吧？沒關係啦。真野，對吧？」

真野不停轉動手上的棒針，笑著回答：「也不是完全沒關係啦。」

小菅上半身大字倒在病床上。

「我們和院長四個人一起討論過了，我說你老哥還真是個當人軍師的料，挺有想法的。」

葉藏低頭不語。

「明天你老哥與飛驒會去一趟警察局，他們說會把整件事做一個了結。飛驒那個笨蛋，不知道在激動什麼。飛驒今天晚上就會住那邊，我實在不喜歡，所以先回來了。」

「他一定說我壞話對不對？」

「嗯，他說了。他說你是大笨蛋，還說他根本就不會知道你往後會再幹出什麼事。然後他還說老爸也有錯。真野小姐，我可以抽菸嗎？」

「好吧。」她都快哭出來了，只簡單應了一聲。

「還聽得到海浪聲，……這裡真是一間好醫院。」小菅叼著還沒點火的菸，醉茫茫地喘著酒氣，瞇上兩眼。然後他坐起身來。「對了，我把你的衣服帶來了，就放在那邊。」他朝房門抬起下巴。

葉藏的眼光停在門邊一口大大的藤蔓紋包袱，眉頭依舊深鎖。在他們提到親人的時候，總是擺出帶點感傷的表情。然而這種舉動也不過是種習慣，不過是從小教育養成的表情罷了。似乎一提起親人，他們依舊聯想到「財產」一詞。「真是拿我老媽沒辦法。」

「嗯，連你老哥也這麼說。他說你老媽最可憐了，連你穿多少衣服都要操心，我說這是真的喔。——真野小姐，有火柴嗎？」真野拿出火柴，鼓起兩腮看著火柴盒上的馬臉。「聽說你身上穿的衣服是院長借你的。」

「這件喔？沒錯呀，是院長兒子的衣服。——一定是我哥又說了什麼。說我壞話。」

「別耍性子了吧！」他把菸點著。「你老哥的想法還挺新潮的，他很了解你。不，可能也不是那樣。他看起來像吃了很多苦頭的樣子，關於你這次出事的原因，大家花了很久時間在討論，那個時候真是太好笑了。」他吐出一口煙圈。「你老哥推測你生活太過放蕩，沒錢可以花了，而且他說得很認真。他還說，身為哥哥有點難開口，但他覺得你一定是得了什麼寡人之疾，才會自暴自棄的。」小菅睜著醉眼地看著葉藏。「怎麼樣？不，可能還真被他說中了。」

今晚在此過夜的只有小菅一人，大家商量不用再特地租用隔壁病房，讓小菅在同一間病房待著。小菅的沙發與葉藏的床並排。這張裹著綠色天鵝絨的沙發經過設計，說來有點詭異，可以變成一張床。真野每天晚上就睡這張沙發床。今天晚上這張床被小菅搶去，她只好從醫院辦公室借來一面薄草蓆，鋪在病房西北角，正好就在葉藏兩腳正下方。真野又拿出一面不知從哪裡找來的兩摺矮屏風，隔出一個簡陋的私人空間。

「真是一絲不苟呢。」小菅躺在床上，看著那面老舊的矮屏風獨自竊笑。「上面還畫著秋日七草[7]呢。」

真野用包袱布裹住葉藏頭頂的燈泡，讓房間變暗之後，向兩人說過晚安，便躲進屏風後面。

葉藏覺得睡不著。

「好冷。」他在床上翻來覆去。

「嗯。」小菅嘟起嘴跟著應和。「我酒都醒了。」

真野乾咳一聲：「要蓋條被子什麼的嗎？」

葉藏閉著雙眼回答：「我嗎？不用了。睡不著而已。海浪很吵。」

小菅對葉藏感到同情，完全是一種成年人的情感。不由分說，他同情的不是身邊的葉藏，而是與他有同樣處境的自己，抑或是處境象徵的一般抽象觀念。成年人被那樣的情感充分訓練過，才會輕而易舉地同情他人，又對於自己容易掉淚抱持著自負。年輕人也一樣時常耽溺於這種膚淺的情感。成年人那種充分訓練過程，如果往好的地方想，是對自身生活的妥協換來，那麼年輕人的情感又從哪裡學來的？難道是從這種無聊的小說嗎？

「真野小姐，有好玩的事情就跟我們聊聊吧？」

小菅出自轉變葉藏心情的想法，畫蛇添足地向真野撒嬌。

「沒有耶。」隔著屏風，真野笑著回答。

7 秋日七草：依據《萬葉集》收錄的和歌，分別是萩花、芒草、野葛、瞿麥，黃花敗醬草、白頭婆、桔梗。

「如果有夠可怕的故事也行。」他們老是想被嚇到發抖，卻求之不得，整天心癢癢。

真野若有所思，一時沒有回話。

「這是祕密喔。」她才說完，自己先偷笑起來。「這是一篇鬼故事。小菅先生，你受得了嗎？」

「說吧，說吧。」他是認真的。

這是真野才開始當護士，十九歲那年的故事。一個同樣因為女孩子而自殺的年輕人被救起，送到一間醫院治療，真野負責照顧他。患者是仰藥自殺，身上布滿紫色斑點，看似回天乏術。傍晚曾經醒來一次，他看到窗外石壁上爬著幾隻小小的磯蟹，不禁讚嘆：「真漂亮呀。」長在那裡的螃蟹打一出生就是紅色的。他才說完「等我好了，一定要帶幾隻回家」就失去意識。那天晚上，患者吐出兩臉盆量的嘔吐物之後就死了。一直到他家人從老家趕來為止，真野一直與那年輕人關在同一病房裡。她在病房角落的椅子上，忍氣吞聲坐了一個鐘頭。她從身後隱隱約約聽到什麼聲音，她屏息一會，又聽到那聲音，這次聽得非常清楚，像是人在走路的聲音。她猛回頭一看，正後方原來有一隻小小的紅螃蟹。真野看著看著，忍不住哭了起來。

「實在太詭異了，原來真的是一隻螃蟹，活的螃蟹。我那時候甚至想要辭掉護士工作不幹。即使我不上班，家裡還是可以過得很好。我跟我爸爸說了這個故事以後，他還笑了我一番。……小菅先生，你覺得怎麼樣？」

「好刺激喔！」小菅故作激賞大叫。「那是哪家醫院？」

真野沒有回答，戚戚窣窣地翻過身去，像自言自語般開口：「當大庭先生進來的時候，我本來還想向醫院推掉，因為我還會怕。不過他一看到他就放心了。他的身體狀態很好，一開始就說可以一個人去洗手間。」

「不，我想知道妳剛說的醫院，該不會就是這裡吧？」

真野停了一會又繼續回答。

「是這裡。就是這間醫院。但是請你們不要說出去，因為跟醫院形象有關。」

葉藏發出像夢囈一般的聲音：「該不會就是這間病房吧？」

「不是。」

「不會吧？」小菅也模仿起葉藏的語氣。「該不會就是我們昨晚睡的這張病床吧？」

真野大笑。

「不是的，請放心，不會有事的。早知道你們會這麼在意，我一開始就不應該說的。」

「是甲病房。」小菅輕輕抬起頭來。「能從窗內看到外面石壁的病房，也只有那一間而已。就是甲病房，喂，就是小女生住的那間喔！真是可憐。」

「別再鬧了，早點睡吧！我騙你的，剛剛那是我捏造的。」

葉藏想著另一件事，那是小園的亡魂。他在心中想像那種美麗的姿態。葉藏向來是一個內心澹泊的人。在他們的心目中，「神」這個字，不過是賦予那些駑鈍者的一種帶有揶揄與好意的無謂代名詞，然而說不定也是因為這些人離神更近。如果就這樣輕率地談論起所謂「神的問題」，讀者諸君也一定會用「淺薄」「輕率」之類的字眼大肆批評吧？嗚呼，請各位諒察。不論我是多窮酸的作家，還是希望自己筆下的主角可以悄悄地接近神。因此，我可以說，他更像神。就如同面帶笑容，靜靜遠眺自己寵愛的貓頭鷹翱翔在黃昏天空中的智慧女神密涅瓦[8]。

隔天從一大早起，療養院就相當熱鬧。下起雪來了。療養院前花園種植的上千棵海邊矮柏樹都被積雪覆蓋，由庭院往下延伸的三十級台階與相連的沙灘，也被一層薄薄的雪覆蓋。雪時下時停，一直持續到中午。

葉藏趴在床上，正素描著雪景。他叫真野幫他買來素描紙與鉛筆，從雪停的時候就開始投入創作。

雪地反射的陽光照亮了病房。小菅躺在沙發上看著雜誌，也不時伸直脖子，想要偷看葉藏畫了什麼。對於藝術這門學問，他總感到有那麼點敬畏。這也是一種由他對葉藏的信任產生的感情。小菅自小就認識葉藏，並覺得這人有點怪怪的。一起玩耍的過程中，他便斷定葉藏那種奇怪的舉動，都是太過聰明所致。這麼愛打扮、擅長說謊、性好漁色甚至還帶點殘忍的葉藏，

8 密涅瓦（Minerva，一作「米娜瓦」）：羅馬神話的智慧女神、戰神、手工藝匠人與藝術家的守護神。

小菅從少年時代便已著迷不已。他尤其鍾愛學生時代的葉藏，說起那些老師壞話時，炯炯有神的雙眼。但那種鍾愛又與飛驒的是兩回事，是觀賞時的態度。換句話說，他帶著一種機靈。能跟著走的時候就跟到底，一發現事態變得荒唐，馬上全身而退成為旁觀者。或許這是因為小菅比葉藏與飛驒更先進的關係。如果小菅對藝術還有那一些敬畏，這種敬畏必定與他會穿上深藍外套故作姿態一樣，都是出自一種在晝長夜短人生裡找出一個令他期待的對象的心理。他只淺淺地想著，像葉藏這樣的男人，是揮汗淋漓下的成品，絕對是非比尋常的。由此看來，葉藏果然還是值得信任的人。然而他有時也會失望。現在小菅一邊偷瞄葉藏畫出的素描，便感到掃興。在素描紙上，只畫出大海與小島的景色，而且是普通的大海與小島而已。

小菅放棄堅持，回頭看著雜誌上的章回小說。病房裡一片寂靜。

真野不在房內。她在洗衣場洗著葉藏的羊毛衫，葉藏當時跳海，就穿著這件上衣。衣服上散發出淡淡的海水味。

下午，飛驒從警察局回來，猛力推開病房房門。

「喲，」飛驒見到葉藏正在寫生，便大呼小叫起來。「很行嘛。不錯呀，藝術家最擅長的還是創作。」

他說著說著就湊上床頭，站在葉藏肩膀後看了那幅畫一眼。葉藏急忙把畫紙對摺再對摺，面帶不堪地說：「不行了啦。太久沒畫，手都跟不上大腦。」

飛驒顧不得外套還穿在身上，就一屁股坐上病床。

「說不定是這樣喔。你太急了，不過那也沒什麼，就是你對藝術有執著的緣故。我的看法啦。……你剛剛到底在畫什麼？」

葉藏兩手托腮，抬頭用下巴朝向窗外的景色。

「我剛在畫海。海天一片漆黑，只留下白色的島嶼。畫著畫著，心底覺得有點做作，就沒再畫下去。畫風上顯得像個外行似的。」

「那也不錯呀。凡是偉大的藝術家，一定都有外行的一面，這沒什麼。一開始是外行人，然後慢慢會變成內行人的。像那個羅丹呀，他就看得出外行人的優點。其實不一定啦。」

「我不想再畫下去了。」葉藏把對摺兩次的素描紙塞進懷中，把飛驒的話打斷。「畫畫太費工，雕塑也一樣。」

飛驒把自己的長髮往後一撩，二話不說就認同了：「這心情我可以理解。」

「如果可以，我想寫詩，因為詩是誠實的。」

「嗯，詩也不錯。」

「不過，詩大概也沒什麼好玩的。」葉藏想把一切都說得枯燥乏味。「也許最適合我的工作是當人乾爹。我發大財，找來一批像飛驒你這樣的優秀藝術家，然後好好照顧你們。不知道這樣行不行得通？再說藝術我都抬不起頭了。」葉藏依舊兩手托腮看著大海，說完就等著這句話的反應。

「聽起來也不錯呢！那也是一種優越的生活，這樣的人一定要存在。」飛驒說完就開始左顧右盼。自己連一句反駁都說不出口，就像那些只能在酒席上為他人助興的陪襯者，想起來就討厭。他所謂身為一個藝術家的自豪，終究要把自己捧到這等高度。飛驒悄悄地為接下來的話，擺出預備動作！

「那警察局那邊怎麼說？」

小菅突然開口。他期待一個不痛不癢的回答。

飛驒糾結的內心，突然找到了方向。

「決定起訴，罪名是加工自殺。」他一開口就想反悔，覺得這話說得太過分。「不過到頭來應該會判緩起訴。」

小菅原本躺在沙發上，一聽到這句話就猛然坐直，兩手拍出啪的一聲。「這下可慘了。」他本想用個小玩笑緩和氣氛，然而失敗了。

葉藏身子一扭，大字型癱在床上。

明明是鬧出一條人命，如果讀者諸君為他們這種悠哉游哉的態度感到義憤填膺，看到這裡想必會對他們的遭遇拍案叫絕，心想「你看看你」吧？然而說他們悠哉游哉，未免太過苛薄，他們哪來的餘地？假如你可以理解這些人，必看見他們時常與絕望比鄰而坐之餘，還能栽培出一朵未受風雨吹拂的戲謔之花那般的悲傷！

飛驒被自己一句話的後勁震懾，隔著被子輕輕拍了一下葉藏的腳腿。

「沒事的，沒事的。」

小菅又躺回沙發上。

「加工自殺罪？」他又繼續死命開著玩笑。「法律上有這種罪名嗎？」

葉藏縮回一隻腳說：「有，而且還要服刑。虧你讀法律的還不知道！」

飛驒露出苦笑。

「不會有事的。你哥哥一定可以幫你擺平的。你哥哥有那種關係，認識他真是福氣。而且他辦事又這麼認真。」

「而且又能幹。」小菅神情嚴肅地閉上雙眼。「或許我們不必擔心，以軍師來講他算精明的。」

「你娘咧。」飛驒忍不住大笑起來。

他下床脫下外套，掛在房門邊牆上的釘子上。

「我還聽到一個好消息。」他跨過門另一邊的陶製火盆繼續說。「那女人的老伴，」他猶豫了一下，看著地上繼續說。「那男人昨天去警察局。他跟你哥哥談過，事後我從你哥那邊聽完，還覺得被感動到。聽說，他說他一毛錢也不要，只想和跟女人殉情的男人見上一面。你哥哥拒絕了，因為病人的情緒還很激動。然後那男人一臉不甘願地說，請代我向令弟問候，希望他別在意我們的事，並且保重身體……」他突然閉嘴不說了。

飛驒被自己說的話激動起來。葉藏的長兄說，死者的丈夫衣著寒傖，看起來像是個失業者。葉藏的長兄向他轉述時，嘴角上還一直露出輕蔑微笑，基於對葉藏長兄的懷恨在心，他刻意把故事誇大成美談。

「其實要見面也行，他不必畫蛇添足。」葉藏看著自己的右手掌。

飛驒抖動起自己的巨大的身軀。

「不過呢，……還是別見面的好。最好繼續保持距離。他已經回東京去了，你哥哥專程去車站月台為他送行，還塞了兩百圓[9]奠儀給他，讓他簽下一張從此之後互不干涉的切結書。」

「真狠吶！」小菅噘起薄薄的下唇。「才給兩百呀。真敢出手。」

飛驒渾圓的臉在炭火照耀下泛出油光，表情如烏雲蔽天般陰沉。他們極度害怕自我陶醉被潑冷水，所以認同對方的自我陶醉，還努力配合人家。這是他們之間的默契。而小菅現正打破這種默契。小菅沒料到飛驒會激動至此。他對於那鰥夫的軟弱感到憎惡，同時覺得葉藏的長兄趁火打劫也很不應該。他不過把這些話當成街談巷議在聽。

9 兩百日圓：以作品寫作當時的日本而言，一般公司職員月薪大約一百日圓，基本房租約二十日圓，普通電影院全票一日圓，炸蝦飯（天丼）三十至四十錢。

飛驒踉蹌地走近床頭，鼻尖湊近窗玻璃，看著陰沉的海面。

「是那個傢伙不得了，而不是你哥哥精明。我覺得那傢伙並不軟弱，其實他很了不起呢！這是一種人在絕望中產生的美感。那女的今天早上已經火化了，他就抱著骨灰罈回去了。我都可以想像得出搭坐火車的畫面了。」

這下小菅才明白了飛驒的心情，他嘆了一口氣：「這故事真令人感動呀！」

「對吧？這故事不錯吧？」飛驒轉頭看向小菅，心情已經平復。「我一聽到這類故事，就感受到生命的喜悅。」

我得在此露臉說句話，否則這故事會寫不下去。這篇小說亂成一片，我相當頭大。我搞不定葉藏，搞不定小菅，也搞不定飛驒。我拙劣的筆法已經管不住他們的四處飛翔，我只能一直抓住他們泥濘不堪的鞋子，一直叫他們等我一下。我無法忍受不能時時整頓內容的狀態。

本來呢，這篇小說就沒什麼好看的，不過就是擺出一個姿態，這種小說寫一張稿紙還是寫一百張稿紙，其實都差不多。但是這點我打一開始就已經有了領悟。我只是樂觀地以為，寫著寫著就可以得到合適的內容。我很做作，即使做作，難道就一無可取了嗎？我對自己得意忘形的發臭文章感到絕望的同時，仍然到處翻找，一心只想著總會找到一句，總會找到一句。我逐漸僵硬。我累癱了。嗚呼！小說只能無心地寫作！人懷著美好的情感，寫出壞心腸的文學，這是何其愚蠢的一句話！我要盡全力詛咒這句話不得好死！沒有了心馳神往，哪還寫得出小說？

假若每一個文字、每一篇文章，都在我心頭如五味雜陳般翻湧，我巴不得把手上的鋼筆折斷丟棄。不管是葉藏，是飛驒，是小菅，我都不需要那般矯揉造作地逐一呈現，到頭來大家都看得一清二楚。放輕鬆點，放輕鬆點。無念無想。

那晚，長兄在夜幕低垂之後走進病房。葉藏與飛驒、小菅正玩著撲克牌。昨天葉藏的長兄第一次進來時，他們應該也在打牌。不過，他們並不會整天都打牌。他們甚至討厭玩撲克牌。如果不是沒事可幹，他們是不會把牌拿出來的。即使拿牌出來玩，也絕對會避開那些無法充分發揮自身個性的遊戲。他們喜歡的是紙牌戲法，想盡各種把戲並苦練給人看，還故意露出馬腳。哄堂大笑。不只如此。他們還會玩猜牌遊戲，一人蓋住一張牌，問大家這是什麼花色，其他人就會開始「這是黑桃皮蛋，這是梅花丁鉤」，各憑本事亂猜，然後揭開謎底。固然很難一次就中，但他們認為遲早會猜中。換句話說，他們討厭長時間決勝負的比賽，只喜歡一發決勝負。所以即使拿牌出來打，一天也玩不到十分鐘。哪怕是這麼短暫的遊戲時間，都會被長兄撞見兩次。

長兄一進病房，就微微皺起眉頭。他以為葉藏他們一直在自在地玩牌。這種不幸，在人生中比比皆是。葉藏過去就讀美術學校的時候，也曾遇到等同於此的不幸景況。某一堂法文課上，他打了三次呵欠，偏偏每次都與教授四目交投。確實只有三次而已。這位在日本學界數一數二的法文老教授，在第三次看到時終於忍不住大罵：「你在我課堂上一直打呵欠！一堂課打一百次呵欠！」打這麼多呵欠，好像教授全都據實數過一樣。

嗚呼，來看看無念無想的結果吧。我不眠不休地一直寫，已經必須重新整頓內容。心無欲求的書寫，實在是我無法企及的境界。我已不知這篇小說到底寫成什麼德性，還是回過頭來再看一遍吧。

我從海邊的療養院寫起，這一帶看似風景宜人，而且療養院內的人們也都不是壞人，尤其是那三個年輕人。嗚呼，這就是我們的英雄。就是這樣！艱澀的理論屎尿不如，我應該集中在這三個角色的描述上。好，就這麼辦。就算趕鴨子上架也要完成。其他話都別說了。

長兄向三人簡短致意，然後又對飛驒說了幾句悄悄話。飛驒點點頭，用眼神叫小菅與真野一起離開。

三人都出了病房，長兄才開口。

「這燈怎麼這麼暗？」

「嗯。這間醫院不讓病人把燈開太亮。你坐吧。」

葉藏坐在剛才的沙發上說。

「喔。」長兄沒坐下，似乎只在意燈光，不時抬頭看天花板，並且在狹小的病房裡來回踱步。

「我總算把我們這邊的問題解決了。」

「謝謝大哥。」葉藏把話含在嘴裡，誠意重重地低頭致謝。

「我是還好，反倒是你如果回家的話，一定會很麻煩。」今天他沒穿和服褲裙來。不知何故，黑色外褂上沒有繫上腰繩。「我是能盡力的都盡力了，你最好也寫封信，好好向爸爸解釋一下。你們看起來一副事不關己的樣子，但這件事其實很麻煩。」

葉藏沒有回答，只從沙發上散落的紙牌中拿起一張凝視。

「如果你不想寫好寄去，就別寄了。後天你就會去警察局。警察已經特地把偵訊日期延後，今天我和飛驒才以證人的身分應訊。警察問你平常時候的表現，我跟他說你一直都很安分。問你在思想上有沒有什麼可疑，我也說絕對沒有。」

長兄停下來，兩腳等肩站在葉藏身前的火盆邊，在炭火上伸出兩支大手取暖。葉藏隱隱約約看到那雙手正微微顫抖著。

「警察還問到那女人的事情，我說我完全不知道。飛驒被審問的內容應該也是這些，他跟我的回答似乎一模一樣。你也像我們這樣說就可以了。」

葉藏心底明白長兄話裡的意思，卻裝作不知情。

「不需要說的就別說，他問什麼，你就清楚回答。」

「我會被起訴嗎？」葉藏用右手食指在撲克牌背面劃著一圈又一圈，輕聲問道。

「不清楚。我不清楚。」長兄加重了語氣。「反正你會被警察拘留個四天五天，你要先做好準備。後天一大早，我就會來接你，我們一起去警局。」

長兄看向腳底的炭火沉默一陣，屋外傳來混著雪融水滴聲的浪濤聲。

「趁這件事，我想告訴你……」長兄突然開口，隨後又以雲淡風輕的語調說：「你也不能老是不考慮自己的前途嘛。畢竟家裡也不是那麼有錢的。今年田裡歉收很嚴重。其實告訴你也沒用，不過我們家的銀行現在也很危險，鬧得很大。說不定你聽了會覺得不屑一顧，不管你是藝術家還是搞其他行業，第一個要考慮的絕對是生存的問題。總之，你就想像自己浴火重生，繼續奮鬥會比較好。我差不多該走了。飛驒和小菅最好來跟我住同一間旅館，每晚在這裡嬉鬧，不是一件好事。」

「我這些朋友人都不錯吧？」

葉藏躺在床上，刻意背向真野。從這晚開始，真野又回到沙發上睡了。

「嗯，……那位小菅先生，」真野輕輕翻身。「人很風趣。」

「喔，那傢伙還很年輕。小我三歲，所以今年是二十二歲。跟我一個死掉的弟弟同年。這傢伙老愛學我的毛病。至於飛驒，他很了不起，成熟穩重，可以獨當一面。」葉藏停頓一陣，又悄悄補充：「每次我搞這種問題的時候，他都會拚命安慰我，他總是委屈自己以迎合我們的心情。對其他事情都有一套，唯獨對我們老是畏畏縮縮的，真是差勁。」

真野沒有答話。

「那我來說一下那女生的事情吧？」

葉藏背對著真野，盡可能放慢說話的速度。葉藏一直有一個可悲的毛病，只要遇到不堪的場面，往往不懂得迴避，而硬著頭皮一直尷尬下去。

「說起來很無聊。」等不及真野開口，葉藏就開始說起來。「妳一定從哪邊聽說過了，那女的單名一個園字，在銀座某間小酒吧工作。那間小酒吧我也只去過三次，不，四次。因為連飛驒小菅他們也不知道那女的是什麼來頭，我並沒有告訴他們。」就這樣嗎？「說起來很無聊啦。她會死是因為日子過得太痛苦了。到她死前，我們各自想的事情似乎都不一樣的。小園跳海前，居然還對我說，我長得像她家那個當老師的。她其實有一個同居男友，兩三年前還在小學當老師。那我為什麼想要和她同歸於盡，我也不知道。說不定我是真的喜歡她呀。」他說什麼都不能再信了。為什麼他們總是這麼不擅長描述自己呢？「別看我這樣，我以前還從事過左翼活動喔。我發過傳單，參加過示威，那些丟臉的勾當我都幹過了。說來真是可笑。不過我心底其實很糾結的。我只是受到一種想要享受先覺者光環的念頭誘惑而已。我根本不是幹這種大事的料。到頭來只有破滅一條路。再那樣搞下去，現在可能已經是叫化子了。如果我傾家蕩產，當下就沒飯吃了。我什麼活都不會幹，只能要飯了吧？」嗚呼，越寫下去越感到通篇虛假的謊言，這是何其巨大的不幸！「我相信宿命這回事喔。所以我不感到錯愕，其實我想從事繪畫創作，實在很想好好畫畫。」葉藏抓抓頭露出笑容。「希望能畫得出好畫。」

他說，希望能畫得出好畫。而且是笑著說出這句話。年輕人們只要認真起來，總是一個字都說不出來。尤其是到了要說真心話的時候，總是笑一笑就矇混過去。

夜盡天明。天上不見一抹雲朵。昨日的積雪大半消融無蹤，松樹下與石階角落，還殘存著些許鐵灰色的雪堆。海面被大片霧靄籠罩，霧靄深處傳來此起彼落的漁船發動機聲。

院長一早就進病房探視葉藏。他仔細診察了葉藏的全身，厚眼鏡底下的眼睛眨了幾下。

「看起來沒什麼大礙了。不過還是多留意身體。我還是會向警察回報你的狀況的，你現在還不算真的完全康復。真野小姐，請把患者臉上的包紮拆下來。」

真野立刻上前拆下葉藏臉上的繃帶與紗布，紗布下的傷口已經痊癒。痂皮都已消失，只剩紅白色斑紋。

「這樣說對你可能有點失禮，爾後請你用功讀書。」

院長說完，難為情地將目光移向窗外的大海。

葉藏也感到過意不去。他只能坐在病床上，把脫下的和服再穿回去，沉默不發一語。

這時房門隨著大笑一併打開，飛驒與小菅魚貫走入病房，房內眾人互道早安。院長向兩人打完招呼，語帶含糊地問：「今天是住院的最後一天。你們會覺得依依不捨嗎？」

院長離開後，小菅率先脫口而出：「真是八面玲瓏呀！那個臉簡直像條章魚。」他們對人們的長相充滿興趣，喜歡以貌取人。「食堂就掛著那個人的畫像，而且他還別著勳章。」

「那幅畫真難看。」

飛驒輕蔑地說完，便走入陽台。他今天向葉藏長兄借了衣服穿，衣服的布料是茶褐色，質地厚重。他再三將領口拉挺，坐在陽台上的椅子上。

「飛驒你這樣子看起來，有一種名家風範呢。」小菅也走到陽台。「阿葉不出來打牌嗎？」

三人把椅子搬至陽台，又開始玩起別人看不懂的牌戲。

玩著玩著，小菅一本正經地嘀咕起來。

「飛驒很做作呢。」

「渾蛋。你才做作。你擺那個什麼手勢？」

三人嗤嗤笑著，一起偷看隔壁病房陽台有何動靜。甲房與乙房的患者，都正躺在日光浴用床上，看到三人的德性，紛紛臉紅笑出聲來。

「大失敗！她們早就察覺了嗎？」

小菅張大了嘴，並朝葉藏使了一個眼色。三人放聲捧腹大笑。他們常常在扮演這種諧謔的把戲。當小菅一問要不要玩牌，葉藏與飛驒就已經理解他的企圖。他們心底清楚這把戲到結束為止的來龍去脈。他們一旦發現了完美的自然舞台裝置，就會不由自主地想演一台戲。這種衝動，或許出自一種紀念。此時此刻舞台的背景，則是晨光中的大海。然而此時的笑聲，卻釀成他們始料未及的大事件。真野被這間療養院的護士長罵了，當三人大笑還不到五分鐘，真野就被叫進護士長室，嚴厲斥責要她叫他們三人小聲點。真野擺出一臉要哭的表情衝出護士長室，通知玩完了牌正在病房裡百無聊賴的三人。

三人聽了便心痛地消沉下來，一時間只能相視不語。他們的得意忘形演出，被現實的呼聲以一臉譏笑潑下冷水，落得一蹋糊塗。大部分時候，這種事甚至具有致命的殺傷力。

「算了，沒什麼大不了的。」真野反而用鼓勵的語氣回答。「這一區的病房沒有任何重症患者，而且乙病房患者的媽媽昨天在走廊遇到我的時候，還跟我說熱熱鬧鬧的很好。她還說，每天都被你們傳來的聲音逗得哈哈笑。真的沒關係的，不礙事。」

「錯！」小菅從沙發站起來。「根本不好，是我們害妳面子掛不住的。護士長那傢伙為什麼不直接跟我們說就算了？叫她過來！真這麼討厭我們，我們趕快出院手續辦一辦離開就好了嘛。我們隨時都可以出院。」

在這一剎那之間，三人都下定決心準備出院。葉藏想得特別遠，他腦海裡已經想像著四人同乘一台汽車，沿著海岸逃之夭夭的逍遙神態。

飛驒也從沙發上站起來，笑著說：「走嘛，大家一起到護士長室去。她是何方神聖，敢教訓我們？」

「我們出院吧！」小菅輕輕地朝房門踹一腳。「這麼寒酸的醫院，再留下來也沒意思。要教訓我們也無妨，可是她那種態度，我很不高興，一副當我們是不良少年的樣子。她一定把我們想成那種頭腦簡單，又帶著布爾喬亞氣息的摩登男子了。」

說完，他又比剛剛更用力踹了房門一腳，並且忍不住捧腹大笑。

葉藏啪一聲癱倒在床上。「那麼，像我這種人，就成了那種戀愛至上主義的白面書生了。我才不要呢！」

對於這種野蠻人的侮辱，他們內心的憤怒依舊難以平息，然而在發現多想無益後，又打算隨意調侃試圖淡化。他們老是玩這套。

但是真野是率直的。她兩手扣在背後，倚牆站立，一直嘟著上嘴唇。

「您是對的，這樣太過分了。昨晚才有很多護士聚集在護士長室，七嘴八舌地賭花牌。」

「就是說嘛！她們還一直鬧到十二點多呢！是不是太過分了點？」

葉藏一邊嘀咕，一邊把掉在枕邊的一張素描紙撿起來，癱回床上舉著紙亂塗亂畫。

「自己行不正，就不懂得別人的優點。聽說呀，護士長還是院長的姨太太喔！」

「這樣啊？那表示還有優點。」小菅喜出望外。他們習慣把他人的醜聞當成美德，並覺得有醜聞的人才靠得住。「原來勳章得主有姨太太呀？真是優點。」

「難道她真的不明白大家開一些無傷大雅的玩笑，只是為了開心嗎？別想太多，盡量開吧，反正也只剩這一天了。反正大家從來沒挨過罵，家裡都管得嚴。」真野說著說著，突然一手遮臉嗚咽起來，邊哭邊打開房門。

飛驒攔住她悄悄地說：「別去找護士長，算了吧。反正也沒什麼，不是嗎？」

她兩手掩面，點了兩三下頭，便離開病房。

「她屬於正義派，」真野一走，小菅嘻皮笑臉地坐在沙發上。「她還是忍不住哭了。一定是被自己說的話打動了。平時語氣那麼成熟，到頭來還是個女孩嘛！」

「不太對呀，」飛驒在窄小的房裡來回踱步。「打一開始我就覺得她好像怪怪的。有許看到她哭著想衝出去，我還嚇了一跳呢。她難不成要向護士長告狀？」

「才不會。」葉藏故作鎮定地回答，抓起手上的素描紙往小菅身上丟去。

「這是護士長的畫像嗎？」小菅笑得打滾。

「我也要看！」飛驒站著湊近素描紙。「是母夜叉。真是傑作！畫得真像，不是嗎？」

「根本一模一樣。她有一次跟院長一起巡房。畫得很棒。鉛筆借我。」小菅接過葉藏拿來的鉛筆，在素描紙上又畫了幾筆。「這裡應該再多根犄角，就更像了。把這張畫貼在護士長室的門上面怎麼樣？」

「我們出去散散步吧！」葉藏下床伸了一個懶腰。同時，嘴裡還嘀咕著。「著名諷刺畫家。」

著名諷刺畫家。我也開始覺得煩了。這不就成了一篇通俗小說嗎？我以為寫出這一幕，能為自己日益鈍感化的神經，以及讀者諸君的神經，能帶來刺激的解毒作用，到頭來，想的還是太過天真了。我的小說如果能成為經典之作，——嗚呼，我瘋了不成？——讀者諸君反而會覺得我這些註解礙手礙腳吧？擅自推測出作家自己也沒想到的進展，並且大肆張揚作品之所以能成為傑作之處吧？嗚呼，死掉的大作家真是幸福！還活著的愚蠢作者，為使自己的作品為更多讀者愛戴，拚死拚活地列出各種文不對題的註解，並做出滿是註解，又臭又長的爛作。我就是沒有勇於丟下一句「管你去死。」的那種堅毅意志。我無法成為一個好作家吧？我還太嫩了。對。一個大發現。我打心底就是嫩。就是因為這種嫩，我才能得到一時的休息。嗚呼。現在什麼都不重要了。別理我。說什麼戲謔之花，看來也要就此枯萎。更何況枯萎時，還帶著醜陋與汙濁。我對完美的憧憬。我對傑作的渴望。「已經夠了！奇蹟的造物主！你這渾蛋！」

真野躲進盥洗室。她想放聲大哭一會。然而她怎麼哭都哭不出來。她看著盥洗室的鏡子，擦去眼淚，整理好頭髮，前往食堂進食誤點的早餐。

己病房的大學生獨自歪斜地坐在食堂門口邊的餐桌旁，眼前擺著一面空的湯盤。

一見到真野，他便露出微笑問：「看來妳的病人氣色不錯吧。」

真野停下來，緊抓桌腳回答：對。他總是說一些不傷大雅的話逗我們笑。」

「那敢情好。聽說他是個畫家？」

「對，他一天到晚都在說他想畫出一幅偉大的作品。」說著說著，她的臉一下子紅到耳根子。

「他這人很認真的！就是因為太認真，才會這麼痛苦。」

「對，對。」大學生也臉紅著打心底同意。

大學生也已經確定近期可以出院，開始展現出寬大的態度。

這種嫩你們覺得如何？諸君會討厭這樣的女孩子嗎？他媽的！你就笑我是老掉牙吧！嗚呼！我沒那種臉繼續休息下去了。不加註釋，我就愛不了一個女孩子。一個愚笨的男人，連休息都會出紕漏。

「在那邊，就是那塊岩石！」

葉藏指著一面梨樹枯枝後隱約可見的巨大平坦岩石。岩石上的窟窿，還殘留著昨天的雪。

「我們就是從那邊跳下去的。」葉藏說時，兩顆眼珠子戲謔地轉呀轉。

小菅沒說話，他在心底揣測著葉藏的心底，難道他真的能這麼輕描淡寫地說出來嗎？其實葉藏並不是那麼淡定，然而他就是有那種伎倆，能把話自然地說出來。

「我們回去吧？」飛驒突然將和服的下襬塞進腰帶裡。

沙灘上的三人折返。海上無風無浪，反射著正午照耀的陽光。

葉藏向大海丟出一顆石頭。

「會一了百了喔，如果跳下去的話，一切都不再是問題了。不管是欠錢不還、學校生活、家鄉、悔恨、傑作、恥辱、馬克思主義，還有朋友、森林、那些花都不重要了。一發現這件事，我就在岩石上笑了。一了百了。」

小菅為了抒發激動的情緒，開始胡亂撿起貝殼。

「別引誘我們呀，」飛驒勉強乾笑。「這興趣還真壞。」

葉藏也笑出聲來。三人腳步沙沙作響，聽起來令人神清氣爽。

「別氣，我剛說得有點誇張了。」葉藏與飛驒肩靠肩走著。「不過呀，只有一件事是真的，你知道那女的在跳下去之前說了什麼嗎？」

小菅好奇心被點燃，狡猾地瞇著眼湊近兩人。

「她那句話如今還迴盪在我耳邊。她說好想再說點家鄉話。她的老家在很南邊的鄉下。」

「不行！我覺得這個太像捏造的了。」

一艘大型漁船被拖到沙灘上停靠。船舷邊散置著兩只直徑七到八尺的魚簍，外型甚為精美。小菅把撿來的貝殼猛力往黑色的船腹砸去。

三人尷尬得近乎窒息狀態。假如這般沉默持續下去，哪怕只有一分鐘的時間，他們可能都會不假思索就跳進海裡。

小菅突然大叫。

「看那邊！看那邊！」他指著前方的海灘。「是住甲病房跟乙病房的人耶！」

兩個女孩合撐著不合時宜的白色陽傘一同走來。

「又一發現！」葉藏也立即恢復活力。

「去跟她們聊聊！」小菅抬起一腳，抖落鞋內沙子，偷偷看了葉藏的側臉一眼。彷彿命令一下，他就會立刻衝鋒前進的樣子。

「算啦！算啦！」飛驒一臉嚴肅地抓住小菅的肩頭。

陽傘停下腳步，傘下的人交頭接耳一陣，隨即轉身背對他們靜靜走去。

「追上去嗎？」葉藏這下又興奮起來。他轉頭看了低頭不語的飛驒一眼。「算了。」

飛驒感到落寞，因為他正清清楚楚感受到自身流動的血液，正因為兩個好友的漸行漸遠而慢慢變冷。難道是生計的因素嗎？飛驒的生計有點窘迫。

「不過，也蠻好的。」小菅像洋人一樣聳了聳肩。他正努力想要打破眼前的僵局。「一定是看到我們在散步，才會跟著出來散步的吧？年輕就是這樣，真可憐。看了心裡就覺得怪怪的。哎喲？居然開始撿貝殼？竟敢模仿我！」

飛驒心念一轉，露出微笑，兩眼與葉藏帶著愧疚的眼神交投。兩人不約而同地羞紅了臉。

不由分說，他們都在努力安慰對方。他們正在呵護彼此的脆弱。帶著一絲絲暖意的海風吹拂下，三人眺望著遠方的陽傘。

遠方療養院白色建築的門口，真野正站在那裡等著三人的歸來。她倚靠著門邊的矮柱，一手舉在額前抵擋豔陽。

在最後一晚，真野相當激動。躺下不久，就沒完沒了地說起自己無立錐之地的家庭，以及祖宗的豐功偉業。隨著夜幕漸漸低垂，葉藏沉默不語。他依舊背對著真野側躺病床上，一邊馬馬虎虎應了幾聲，一邊想著別的事情。

真野最後說起了自己眼睛頂端的傷疤。

「我三歲那年，」她原本想要像閒話家常一樣說出的故事，卻說不出口，話都卡在喉頭。「家裡說是煤油燈打翻，才把我燒傷的。那時候我還很常鬧彆扭的。後來上了小學，額頭上的疤本來還更大。學校的同學都叫我『螢火蟲』『螢火蟲』。」她停了一下。「他們都這樣叫我。每次每次我都想著，長大以後一定要報仇。對。我就是這樣想的。我一心想要出人頭地。」她自己笑出來。「是不是很可笑呢？我哪會出人頭地？我是不是應該找副眼鏡來戴著呢？眼鏡戴起來，是不是就可以遮住臉上的疤呢？」

「別戴，戴了看起來反而更怪。」葉藏似乎不耐煩了，突然插一句嘴。或許他還維持著一種對女人有感時，就會故意發脾氣的老式作風。「不戴也好，至少不顯眼。睡覺好不好？明天還要早起呢。」

真野緘口。明天就要離別。哎喲，原來他也只是個外人罷了。羞恥心！羞恥心！我至少有自己的傲人之處。真野一下乾咳一下嘆氣，又一直乒乒乓乓地用力翻身。

葉藏完全裝傻。至於他心底實際上在想什麼，是個不可說的祕密。

與那些事相比，我們還是靜靜聽著浪濤聲與海鷗的鳴叫吧。然後重新回想這四天的生活吧。或許，那些自稱現實主義者會說，這四天充滿諷刺畫的情景。既然如此，我來回答。我的稿件在編輯桌上，似乎都扮演了茶壺墊的角色，退回的稿紙上，總會發現燒黑的痕跡，這是一大諷刺。我逼問妻子不堪的過去，一則以喜一則以憂，也是一種諷刺。每次勞煩當鋪，過了店門口還得整平襟領，掩飾失魂落魄，而以風采示人，又是一種諷刺。我們過的盡是一種活像諷刺畫情景的生活。一種被現實打垮的男人勉強擺出的忍耐態度。如果閣下無法理解這種態度，我與閣下就永不干涉。既然要諷刺，就得拿出有用的諷刺。一種真正的生活。嗚呼，真是遙不可及。至少我想要慢慢地，慢慢地回味這四天裡滿滿的人情味。區區四天的回憶，更勝五年十年的生活。嗚呼，甚至可稱為勝過一生的時光。

真野傳來平穩的呼吸聲。葉藏再也無法按捺住心底沸騰的千頭萬緒。他想翻身面對真野，一翻起瘦長的身軀，卻感受到激烈的聲音拂過耳邊。

住手！別辜負了螢火蟲的信任。

東方出現魚肚白的時候，兩人都已經起床。葉藏今天就要出院。我懼怕這一天的步步逼近。這應算是駑鈍作者的一種無謂之感傷吧？我一邊寫著這篇小說，一邊也想要營救葉藏。不，請你原諒這一頭無法變身拜倫[10]的狼狽狐狸。比過去體驗更強烈的荒涼感，再次侵襲葉藏，也靜靜地對我襲來。這篇小說是失敗的，既沒有任何昂揚的進展，也沒有任何解脫。似乎我太過於拘泥於寫作風格，所以這篇小說甚至可以稱為低俗作品。我發現自己在無須說明的事物上費了太多篇幅，更何況我似乎遺漏太多更重要的訊息。說來可能有些矯情，但我如果能長命百歲，幾年後有機會重新拾起這篇小說，必定會感到窩囊不堪。看不到一頁，就一定會因為受不了這種自我厭惡，就此把書闔上。即使是現在，我也提不起勁回頭讀本篇的開頭。嗚呼，作家不應該曝露出自己的真面目。因為那是作家的敗北。人懷著美好的情感，寫出壞心腸的文學。這段話我要說三遍。並且還是承認好了。

我不懂文學是什麼。是不是應該從零開始？你知道我應該從哪裡著手嗎？

或許我才是一團由混沌與自尊心組成的東西吧？這篇小說，也許不過就是這般貨色。嗚

10 喬治・戈登・拜倫（George Gordon Byron, 6th Baron Byron，西元一七八八至一八二四年）為十九世紀英格蘭代表性浪漫派詩人。

呼，為什麼我這麼急著斷定呢？我這種非整理一切思緒不痛快的吝嗇本性，到底是誰教來的？還是繼續寫下去吧？寫在青松園的最後一個早上吧？只能順其自然了。

真野招葉藏去參觀後山的景色。

「後山那邊風景很好，現在去一定可以看到富士山的。」

葉藏在脖子上圍了一條全黑羊毛圍巾，真野在護士服外穿上一襲松葉紋大衣，紅色的毛線披風層層圍著肩頸幾乎把臉都蓋住，兩人穿著木屐，一起前往療養院的後院。院外不遠的北側，是一面紅土峭壁，架起一節狹窄的鐵梯。真野先身手敏捷地爬上鐵梯。

後山滿是枯草，草叢上結滿了霜。

真野一邊對兩手指尖呼氣，三步併作兩步往山路走去。緩坡上的山路蜿蜒曲折。葉藏也一步一步踩在霜上跟在後面走，還快活地對著結凍的空氣吹起口哨來。山頂闃無人煙。幹什麼都行。他不想讓真野心底產生那種不好的念頭。

兩人下坡前往窪地，這裡也長滿枯草。真野停下腳步，葉藏也停在五六步距離外。草叢邊就是一間白色頂篷的小屋。

真野指著那間小屋說：「這是日光浴場。輕症患者都會脫光光在這裡晒太陽。對，現在也是。」

屋頂帳篷上也布滿了霜。

「我們上去吧。」

不知為何，心情也急躁了起來。

真野又開始往前衝，葉藏也在後面跟著。到了落葉松樹蔭下的小徑，跑累了的兩人，搖搖晃晃地走著。

葉藏氣喘吁吁，聳著肩大喊：「喂，妳會留在這裡過年嗎？」

她頭也不回，以同樣的大嗓門回答：「不，我想回東京。」

「不然妳來找我吧！飛驒和小菅幾乎每天都會來我這兒。我總不可能在牢裡過年吧？我覺得船到橋頭自然直，總會找出辦法的。」

我甚至可以想像出那從未見過的檢察官對我笑的樣子。

如果故事就此結束的話！老派的名作家必定會含意深遠地在此完結。但是葉藏與我，以及讀者諸君，恐怕都厭惡這種含糊帶過的心靈慰藉。過年、坐牢、檢察官，對我們而言都已經不重要了。我們是真的打一開始就那麼在意檢察官怎麼想嗎？我們只不過想要上後山頂而已。山上一定找得到什麼，那又會是什麼呢？我只有一點點期待。

最後我們終於登頂。山頂已經是先被推平，露出十坪大小的赭色砂土。平地中間是一間圓木搭建的低矮小屋，四周堆滿庭院的鋪石，處處覆蓋著冰霜。

「不行，看不到富士山。」

鼻頭發紅的真野大喊。

「從這裡本來可以看得很清楚的呢！」

她指向東邊烏雲密布的天空。太陽尚未露臉。狹長的浮雲帶著奇異的顏色，沸騰復又沉澱，沉澱之後又緩緩流動。

「不，還是算了。」

微風刮過臉頰。

葉藏居高臨下眺望著大海。腳下不遠處便是三十丈的懸崖，崖下的江之島看來何其渺小。波光在濛濛霧海之後粼粼搖曳。

然後，不，也就只有這樣了。

猴臉男

從前有一個倨傲鮮腆的男人，不管給他看什麼小說，才掃過開頭的兩三行，就像看破故事後台一樣嗤之以鼻，並把書闔上。茲引用一段俄羅斯詩人的文章如下：「此人究竟何方神聖？抑或僅止於模仿者流？毋須掛意之幽靈？身披哈羅爾德大褂[1]之莫斯科少年？沿用他人習性？言語辭海？若是，眼下豈是興書雙關語詩歌之時乎？」總而言之，大致就是如此也不一定。此男對著自己讀太多詩歌小說抱著一絲絲後悔。此男在思考時，據說都要挑文揀字，時常在心底以第三人稱「他」稱呼自己。即使酒過三巡，近乎忘我之時，被人揍了，同樣保持鎮靜，並引述了梅什金公爵[2]的話：「希望你不會後悔。」當他失戀時，又會說什麼？那時他從未開口。在他心底只會反覆出現一段話：「沉默地呼喊著她的名字，一靠近她，復又逃走。」這不就是梅里美[3]充滿節制的表白？夜晚他就寢到睡著為止，總是被尚未下筆的傑作帶來的妄想折磨。到了那時候，他必定低吟：「放開我！」此即為藝術家之懺悔（confeteor）。當他一個人無所事事百無聊賴之時，又會如何？他會不經意地脫口而出「Nevermore」這句獨白。

1 哈羅爾德大褂：拜倫敘事詩《洽爾德．哈羅爾德遊記》（Childe Harold's Pilgrimage，西元一八一二至一八一八年）同名主角的英雄披風。

2 列夫．尼可拉耶維奇．梅什金（Лев Николаевич Мышкин）：帝俄大文豪杜斯妥也夫斯基（Фёдор Михайлович Достоевский，西元一八二一至一八八一年）長篇小說代表作之一《白癡》（Идиот，西元一八六八年）的主角，出身貴族，體弱多病，天真而善良。

3 普羅斯佩．梅里美（Prosper Mérimée，西元一八〇三至一八七〇年），法國神祕主義作家，代表作為小說《卡門》（Carmen，西元一八四七年）。

如此活像是從文學圕圂生出來的男子，一旦寫起小說，又將會產出何種作品？第一印象所及，這種人看起來就寫不出小說。他寫下一行就劃掉一行，非也，恐連一行也寫不出。他有一種惡習，只要一提筆，便開始鑽研推敲小說的結尾。通常他晚上身在被衾之中，時而不斷眨眼，時而面露癡笑，發出兩聲乾咳，口中叨叨念念，直到天色將破曉時，便完成一則短篇，他自認是篇傑作。隨後，他還會試著以各種句子置換於文章開頭，時時琢磨文字間的連結，企圖慢慢捏塑出心中的傑作。到差不多可以回頭再睡之時，根據其經驗，過去從未進展如此順遂，是故再嘗試評論本則短篇。某某人會以這番用語稱讚我。某某人即使看不懂，依舊會針對一個段落的缺陷發揮，闡揚自身不同論點，以證明自己的慧眼獨具。然而這男人已經著手歸納對自身作品恐怕最確切的評價。當他暗地自言自語著本則作品的唯一汙點，他的傑作便已消失無蹤。他又開始不斷眨眼，同時看著從外窗射入房間的明亮光線，面帶茫然。然後不知不覺地睡著了。

這些事情並未對問題提出正確的答案。問題在於寫出來會是如何。假若他拍胸脯保證「答案就在這裡」，看起來似乎胸有成竹，對聽者而言，卻覺得是一種不懷好意的玩笑；更何況這傢伙就是人稱的扁平胸，胸脯與生俱來地醜，有如被壓扁了一樣。是故當他充滿自信地說出答案了然於胸的時候，他人便益發感覺其身無長物。由此也可發現，要判斷出他一行也寫不出來，易如反掌。吾人假設他寫得出來，為了方便思考，不妨給他簡單設想一個讓他不得不創作小說的具體環境。例如這男人在學校考試常常不及格，如今他家鄉的親友都私下稱他為「活寶」，今年內若不能畢業，他家會因為在親戚面前抬不起頭，而停止寄送生活費。假如這男人今年內不但沒有畢業，甚至還沒有畢業的打算，又將如何？為了降低問題的難度，進一步假設這男人現在並非單身狀態。在四五年前他便已經成家，而且他的妻子家世貧寒，為了這場婚姻，他還被姑媽以外的所有親戚唾棄，這稱得上是一種平淡無奇的浪漫吧？身處這種遭遇的男人，為了應付逼近的自食其力生活，更不得不靠寫小說度日。然而這樣說來也顯得突兀，甚至粗暴。為了生計，未必只能寫小說。去送牛奶不也挺不錯的嗎？然而要反駁也很簡單。光是「生米煮成熟飯」一句話，也足夠了吧？

據說現下的日本，有許多人高喊「文藝復興」這種令人搞不清頭緒的口號，並且以每張稿紙五十錢的稿費尋找新作家。這男人也曾把握良機，面對案前稿紙時，卻又無法動筆。唉，如果再早三天就好。或許他也曾憑著湧上心頭的熱情，在夢中振筆疾書十頁二十頁。每一個晚上，傑作的幻影在他瘦弱的胸膛上喧囂激盪，然而一拿起筆復又消失無蹤。默默地叫起她的名字，一靠近她，她就逃走。梅里美除了貓和女人之外，還忘了一個名詞，一個名為「傑作的幻影」之重大名詞！

這男人下了奇怪的決定。他開始在房間翻箱倒櫃，據說他十年間，在志得意滿下累積而成的上千張原稿，都囤積在房間的角落。他滴水不漏地細讀一遍，看著看著兩頰不時泛起潮紅。他花了兩天讀完所有手稿，接著一事無成地過了一天。手稿中令他印象最深的，是一篇名為〈書信〉的故事。那是二十六張稿紙篇幅的短篇小說，描述主角一遇到困難，就會收到一封寄件人不明的信為其解圍。這男人之所以受這篇短篇吸引，是因為此時正需要一封救命的來鴻，於是下定決心要好好地從頭寫起。

首先必須重新規劃的部分，是文章主角的職業。他想著不如把主角的職業改成新進作家。一開始立志成為文豪，無功而返時收到第一封來信。其後，他夢想成為革命家，挑戰失敗，這時收到第二封來信。如今他對於任職於會社，並擁有和樂融融的家庭感到疑惑煩惱不已，就收到第三封來信。故事的主軸大致底定。主角應該盡可能遠離文學氣息，因為立志成為革命家，連文學的一根汗毛都不能碰。他把自己要是遇到那種境遇時，心底夢寐以求的書信電報，透過文筆傳到小說主角的手上。他認為，不把這些寫出來聊以自慰，是一種損失。別為了天真率直感到羞愧，平鋪直敘。男人突然想起了《赫爾曼與竇綠苔》[4]的故事。他坐在稿紙前，不斷搖頭晃腦，想趕跑那些不斷侵襲他的怪異妄念。他突然希望稿紙越小張越好，如果小到自己也看不懂在寫什麼，而不斷稀里嘩啦寫下去更好。標題改成〈涼風有信〉，開頭部分也新增內容。

他寫——

諸君討厭收到他人音信嗎？諸君一旦在人生的岔口前哭泣，如果一封信隨風飄落在你的

4 《赫爾曼與竇綠苔》（Hermann und Dorothea）：德國大文豪約翰・沃夫岡・馮・歌德（Johann Wolfgang von Goethe，西元一七四九至一八三二年）寫於西元一七九七年的田園戀愛敘事詩，以古希臘史詩常見的六步格（hexameter）寫成，描述法國大革命期間舉家流亡至日耳曼的少女竇綠苔，愛上小鎮善良青年赫爾曼的故事。

案前，為諸君的前途帶來某種光明，那樣的音信諸君會討厭嗎？他真是一個幸福的傢伙，截至今日，他總共收到三封令他無比激動的風中信。第一封信出現在十九歲那年的元旦，第二次是二十五歲那年的早春，最近一次是去年冬天。啊！你可能體會在描述他人幸福時，那種羨慕忌妒的奇特喜悅？在此要先從十九歲那年的元旦說起。

寫到這裡，男人先擱下他的筆。臉上浮現出有點滿意的表情。對，照這樣寫下去就對了。小說這種東西，光用腦袋還是想不明白，非寫出來看看不可。男人不斷在心底叨念，內心據說充滿了歡喜。我找到了，我找到了！小說本就應該我行我素地寫。小說與考題的答案不同。很好！我就一邊唱著歌，一邊繼續一點一滴地進行這篇小說吧！今天先寫到這裡。這男人又把手稿從頭看了一遍，並將小說塞進壁櫥裡，穿上了大學的學生服。男人這陣子沒去上學，但每週仍然會穿上這套衣服，匆匆忙忙上街去。他們夫婦倆從一棟官衙職員住家借了二樓的兩間房住，一間六疊，與一間四疊半，為了要在房東面前維持形象，總是裝出自己要出門上學的樣子。男人其實也在意世間眼光的世俗面，而且在自己妻子面前，也要維持自己的形象。即使他的妻子也以為他真去上學，便是證據。妻子本身如前面所設定出身寒微，可以推測是一個沒教養的人，讀者自然可以推想出她會因為無知而幹出各種見不得人之事。然而他大抵上還是愛妻黨。原因是他會為了安撫妻子而偶爾扯謊，訴說著光明的未來。

這天他外出到附近的朋友家玩。他這朋友單身，是個西洋畫家，據說是中學以來的好友。因為家裡有筆財產，得以每天遊手好閒。據說他對於自己可以一邊與人談話，還一邊不斷抖動眉毛感到自豪。請各位想像一種到處可見的男人類型。他今天就是造訪這朋友的家。實際上他並不喜歡這朋友。這麼說起來，雖然他也不喜歡其他兩三個朋友。尤其這位朋友，更因為有種令人坐立不安的特別本領，讓他更難以喜歡。然而他因為可以就近分享自己的快樂，今天才會造訪這位朋友。這男人看似正陶醉在不斷醞釀發暖的幸福預感之中，在這種狀態下的人，似乎也會大發慈悲。西洋畫家正好在家。他一在畫家的對面就座，劈頭就談了自己的小說。他說自己想寫這樣的小說，寫作計畫如此這般，如果寫得順利，可以賣很好也不一定，小說的開頭是如此這般。隨後他又漲紅著臉，輕聲細語把方才寫好的五六行字都說給對方聽。他似乎有一種把自己寫的文章倒背如流的本事。西洋畫家依舊抖著眉毛，近乎吞吞吐吐地回答聽起來不錯。本來說這樣就夠了，卻沒料到朋友接下來卻喋喋不休了起來。這是以虛無主義觀點對神的揶揄云云，小人物對英雄的反抗云云，以及他到現在還一知半解的觀念主義上的幾何結構云云。對他而言，眼前的朋友只需要說「寫得不錯，我也需要一封像這樣的匿名信」之類的話，他也已經心滿意足。他為了刻意規避他人的批判，才刻意使用「涼風有信」這類羅曼蒂克的題材。如果會被眼前無心的西洋畫家用像是報紙評論文章的一行炫學的奇怪句子，評論成什麼「觀念主義的幾何結構」，令這男人頓時感受到危險的徵兆。他有些驚慌失措，假若自己被捲入這場評論的遊戲之中，這篇〈涼風有信〉也將無以為繼。危險！男人隨即從朋友家逃出。

如果就此回家，看來又不大恰當，他便移步前往舊書店。他走著走著，心想著神祕書信總要下點巧思，第一封信不如寫成明信片，寫成少女寄來的明信片。信的內容簡短，內容大意希望是滿懷熱情鼓勵主角的文字。文章開頭寫成這樣如何？「我沒有什麼惡意，才刻意用明信片寫。」主角在元旦當天收到這張明信片，文末記得加上一小行字：「我差點忘了要祝你新年快樂。」看起來是不是有點矯作呢？

男人像夢遊一樣地在街上晃蕩，兩次差點被汽車撞上。

第二封信讓主角在參加轟動一時的革命運動期間，在獄中收到吧。開頭就事先說清楚，「他進了大學以後，沒有迷上小說。」因為主角早在收到第一封信之前就在文豪之路上嘗到相當之挫折。男人已經在心中建構起當時的文章。「對現在的他而言，成為馳名於世的文豪，已成夢中之夢。小說即使付梓，並成為傳世傑作，也不過是一時愉悅。對自身作品不再抱有任何傑作之預期。為了追求那虛幻的瞬間，度過充滿屈辱的五年十年，非其所願。」看起來越來越像是一篇演講稿。他不禁一個人笑了起來。「他只不過在追求一個抒發熱情的出口。與思考、歌唱相比，不發一語從容行動反而更實在。歌德不如拿破崙。高爾基[5]不如列寧。」看起來文學氣

5 馬克西姆・高爾基（Максим Горький，西元一八六八至一九三六年）：俄羅斯社會主義寫實文學家阿列克謝・馬克西莫維奇・彼什科夫（Алексей Максимович Пешков）筆名。代表作包括散文〈海燕〉（Песня о Буревестнике，西元一九〇一年）、劇本《深淵》（На дне，西元一九〇一至一九〇二年）、小說《母親》（Мать，西元一九〇六年）等。

息還是太強，這部分的文章甚至連文學的一根汗毛都沒提到。一定會慢慢好起來吧？如果想得太多，又將無法下筆。換言之，這主角想要成為一尊銅像。如果遵守此一重點進行，必不頓挫。此外，這封在牢裡收到的信必須又臭又長。這是一條妙計，縱使是一個身處絕望深淵知人，只要看到這封信，必定重新燃起意志。而且這封信的看起來還像個女人的筆跡。「對了。這『閣下親展』的連筆，他看了有點眼熟。他想起了五年前的賀年明信片。」

第三封信就這樣寫好了。既非明信片亦非信紙，用不同的方式被風捎來。前面已經展示過自己的書信才華，這次來一個令人耳目一新的花樣。沒變成銅像的主角不久後便平凡締結了婚姻，成為每天上下班領薪水的職員，這部分就比照我那官衙房東一家人的生活來寫即可。那是主角對家庭生活剛開始感到倦怠之時。一個冬季星期天午後，主角走至屋子簷廊悠閒地吞雲吐霧。突然一封信隨風飄來，慢慢落在他的手上。「他把目光落在信紙上，原來是妻子寫給他父親的回函，說是已經收到寄來的蘋果。他不滿地嘀咕：『別隨手亂扔，快點寄出去！』他突然覺得有些不對勁，因為信封上連筆拙劣的『閣下親展』四個字他看起來格外眼熟。」想自然地寫出這種空想的故事，似乎需要燃燒般的熱情，作者自己必須相信這種奇遇的可能性，不論是否可行終須一試。男人乘興走進了舊書店。

這間舊書店裡必定找得到《契訶夫[6]書簡集》或《奧涅金[7]》，因為那兩本書是他自己賣過去的。他現正想著重讀這兩本書，才專程造訪這家舊書店。《奧涅金》裡有段塔琪亞娜寫的情書，文筆極為優美。那兩本書都沒賣出去。他先由書架上拿起《契訶夫書簡集》東翻西翻。乏善可陳。信中盡是關於話劇或疾病之類的字眼。如此一來，根本無法成為〈涼風有信〉的參考文獻。這名倨傲鮮腆的男人，接著拿起《奧涅金》尋找情書的段落，沒兩下就找到。因為這本來就是他的書。「我寫這封信給您時，還想再多說些事情。」原來如此，就是這麼簡單明瞭。塔琪亞娜隨即俐落大方地羅列各種字彙：上帝的仁慈、夢想、面貌、耳語、憂愁、幻影、天使、孤獨……。最後又以這樣的字句作結：「就此擱筆。我沒有重讀的勇氣，而羞恥之念、恐懼之心又令我想在您面前消失。然而我明白您無比高尚的情操，一心只想把我的命運，託付在您的手中。塔琪亞娜謹啟　此致奧涅金閣下」我想要的就是這樣的信。他突然又把書闔上。這樣很危險，會受到影響。現在看這種文章百害無一利，最後恐怕又不想寫作了。男人又匆匆忙忙回到家去。

6 安東・契訶夫（Антон Павлович Чехов，西元一八六〇至一九〇四年）：俄羅斯劇作家、短篇小說家。著有劇本《海鷗》（Чайка，西元一八九八年）、《凡尼亞舅舅》（Дядя Ваня，西元一八九九年）、《三姊妹》（Три сестры，西元一九〇〇年）等。

7 《葉夫蓋尼・奧涅金》（Евгений Онегин）：俄羅斯詩人亞歷山大・謝爾蓋耶維奇・普希金（Александр Сергеевич Пушкин，西元一七九九至一八三七年）寫實主義韻文詩歌體裁小說，西元一八三三年發行單行本。同名主角被視為俄羅斯文學史上「零餘者」的原形。柴可夫斯基作曲的歌劇於西元一八七九年首演。

一回到家，他便急忙攤開稿紙。毋須再擔心不成熟或通俗，放寬心胸去寫吧。想要一路順暢地寫下去。尤其他的短篇舊稿〈書信〉，如同前文提到，是所謂新進作家成名的故事，所以到第一封信出現之前，他幾乎還是可以沿用舊稿。男人連續抽了兩三根香菸之後，滿懷自信地提起筆，得意地笑出聲來。據說這就是男人遇到困難時的表情。他從困難中領悟出一件道理，是文章方面的體會。舊稿出自感情衝動，不論如何都應該重寫。如果照目前這種感覺寫下去，不論是讀者還是作者本身都不會開心。主要是文章就沒了門面。說起來好像很麻煩，不過還是重寫好了。極富虛榮心的男人這麼想著，便心不甘情不願地從頭寫起。

每個人在年輕的時候，應該都體會過一次如此這般的黃昏。那天傍晚，他上街徘徊，突然發現了驚人的現實。他發現街上每一個路人全都認得他。接近十二月的積雪街道，人流熙攘。他急忙一邊行走一邊向往來路人一一輕輕頷首致意。在某小巷轉角突然撞見一群女學生，他幾乎把頭上的帽子一次一次摘下來致意。

彼時，他正在北方某座古城內的高等學校學習英語與德語。他擅長英文作文，入學後不到一個月，便在英文作文課堂上寫出令同學刮目相看的作文。他一進學校，一位姓布芮爾的英國老師就要求同學以〈What is Real Happiness?〉為題寫出一篇論說文，布芮爾老師在那堂課的一開始，便以〈My Fairyland〉為題，說了一則新奇的故事。第二週又以〈The Real Cause of War〉

為題整整說了一堂課，聽話的同學被嚇得一愣一愣，有點進步思想的同學聽了欣喜若狂。文部省能聘請這樣的老師，實在是大功一件。布芮爾老師外貌酷似契訶夫，鼻梁上夾著一副眼鏡，下巴含蓄地留著小鬍子，平時總是笑臉迎人。有人說他是英國軍官，又是著名詩人，雖然看上去有幾分老態，事實上據說只有二十來歲，還有人說他是軍方的諜報員。從身上散發的神祕氣息，更顯布芮爾老師的魅力。所有新生都祈願自己能贏得這位英俊異國人的青睞。第三週課堂上，布芮爾老師只默默地在黑板上留下潦草的板書「What is Real Happiness?」

本校學生都是各自家鄉數一數二的聰明孩子，百中選一的秀才，他們遇到這初試啼聲的機會，莫不躍躍欲試。他也一口氣吹走橫線紙上的灰塵，靜靜地在紙上舞動筆尖。「Shakespeare said,」——他覺得這樣寫似乎有點小題大作，又羞愧地慢慢劃掉。寫字聲沙沙沙地從四周傳來。他以左手托腮，陷入了沉思。他對於一篇文章的開頭非常講究。他相信不論多偉大的作品，開頭的第一句即可決定整部作品的命運。只要有了好的第一行，他就像大功告成一樣全身虛脫面容呆滯。他把筆尖插入墨水瓶後又想了一下，便振筆疾書了起來。「Zenzo Kasai[8], one of the most unfortunate Japanese novelists at present, said,」——葛西善藏這時候還在世，不像現在這麼有名。過了一星期，又到了布芮爾老師的作文課時間。還沒有熟到變朋友的新生同學們各自坐

8 葛西善藏（西元一八八七至一九二八年）：青森縣弘前市人，與「小說之神」志賀直哉（西元一八八三至一九七一年）並稱私小說兩大家，畢生貧窮貪酒，風流放浪，對太宰治帶來莫大啟發。

在位子上，一邊等著布芮爾老師，一邊互相以吐出的菸雲遮掩投向對方的敵意眼神。冷得聳肩的布芮爾老師帶著淡淡苦笑，以怪異的發音含糊地叫著一個日本名字。在叫他！他緩緩起身，兩頰通紅。「Most Excellent!」布芮爾老師在講台上來回踱步，低著頭繼續說。「Is this essay absolutely original?」他揚眉簡單地回答。「Of course.」班上的同學們瞬間發出此起彼落的怪叫。布芮爾老師看著他，蒼白的額頭也倏地發紅。老師隨即放低視線，以右手輕輕推了一下夾在鼻梁上的眼鏡，一個單字一個單字地「If it is, then shows great promise and not only this, but shows some brain behind it.」他的言下之意：真正的幸福並非自外面得來，唯有時時刻刻做好成為英雄或受難者的心理準備，才是真正接近幸福的關鍵。他在一開頭充滿暗示地描述自己心底對同鄉前輩葛西善藏的追憶，再沿著追憶展開文章。他不曾遇過葛西善藏，葛西善藏也不曾知道有人會追憶他，他認為即使筆下盡是謊話，假如葛西善藏知道，想必一定會原諒他。他就此一舉成為全班的寵兒。群集的年輕人對英雄的現身總是敏感。從那次之後，布芮爾老師試著不時給同學各種好題目。「Fact and Truth.」、「The Ainu[9].」、「A Walk in the Hills in Spring.」、「Are We of Today Really Civilised?」他奮力發揮自身才能，也總能得到豐富的回報。年少時代對名聲的企望，從無饜足之時。那年暑假，他身披名譽，像個前途光明的人一樣歸鄉。他的家鄉位於本州北部

9 愛努人：又稱阿伊努，舊稱蝦夷人，自稱屋塔利（夥伴），北海道與本州北部原住民總稱，血統較接近俄羅斯東南部、鄂霍次克海周圍少數民族。

的深山之中，家族是當地有名的大地主。父親在人前面惡心善，對於身為獨子的他，卻刻意不當回事。無論他犯下何種大過錯，總是都冷笑著原諒他，說話時還以側臉對著他。「人不機靈一點又如何成材？」說完，精明的父親又轉移話題。他向來就不喜歡父親，打從心底就不喜歡，另一個原因是他從小就一直惹麻煩。母親對他卻百般寵愛，也相信他將來必成大器。他進了高等學校的第一次返鄉，母親對他變得不聽使喚感到驚訝，卻認為這種改變是高等教育的錯。他回到家鄉沒有鬆懈下來。他從倉庫裡找出父親收藏已久的人名辭典，查看許多世界文豪的簡歷。拜倫十八歲發行他的處女詩集。席勒也在十八歲著手寫作《強盜》。但丁九歲構思《新生》。他也一樣。他從小學時代作文就博得好評，如今連知識淵博的異國人也肯定才華洋溢的他。他把桌椅搬到宅邸庭院的大栗子樹下，提筆寫起他的長篇小說。他這種舉動，全出於自然，對此諸君也不能說自己不知道。小說名為《鶴》，是描述一個天才從誕生到悲劇收場的長篇。他喜歡以作品預言自己的命運。故事的破題費了他一番工夫。他寫：「有一個男人。四歲那年，心底就住著一頭野性的鶴。這頭鶴的個性高傲，近乎瘋狂。」過了暑假，在十月中一個下著雨雪的夜晚，小說終於寫成，他馬上拿著原稿去印刷所。父親照他的需求，二話不說就送來兩百圓。當他收到掛號，心底還是恨著父親不把他當回事。既然要罵就乾脆地罵，別故作寬宏大量，默默地把錢寄來。十二月底，《鶴》印成裝訂精美，厚百餘頁的菊半判[10]本，堆滿房間書桌。這

10 菊半判：縱十五點二公分，橫十點四公分，約文庫本大小。

本書的封面畫了一頭狀似老鷹的鳥，高展雙翅幾乎覆蓋整個封面。首先要把幾本簽名本寄給家鄉縣內的主要報社，也許一覺醒來，就會出名。他覺得一刻如千百年一般漫長。他到每一家書店都發上五本十本，還到處張貼廣告單，五寸見方的廣告單上，印滿激昂的宣傳文案。「快來讀《鶴》，快來讀《鶴》！」年少的他提著一腳裝滿漿糊的水桶，抱著整疊小廣告，在大街小巷間四處奔波。

他隔天便因此讓全鎮的人都認得他，應該也沒什麼奇怪。

他又在關內大馬路上一邊慢步，一邊雨露均霑地以眼神向路上的每一個人打招呼。當對方不巧沒注意到他的目光，或發現昨天千辛萬苦貼在電線桿上的廣告單被人不留情地除去，便會誇張地深鎖眉頭。不久後，他走進關內最大的書店，向店員問起《鶴》有沒有賣出去，店員只是冷冷地回答，一本都沒賣出去。而且店員看來也不知道他就是作者。他一點也不氣餒，若無其事地預言這本書將賣得很快，並且走出書店。這天晚上，他對於向沿街見到的路人打招呼開始感到幾分厭煩，同時也回到學校宿舍。

人生才開始踏上輝煌之路，沒想到第一晚，鶴隻就遭到一番侮辱。

當他去吃晚餐時，一踏進宿舍食堂，就聽到同學一同發出怪叫。聽來一定是《鶴》成為他們在飯桌上的話題。他先是戰戰兢兢瞇起眼來，一屁股坐在食堂角落的位子上，小小乾咳一聲，準備吃起眼前盤子上的一塊炸豬排。緊坐他右邊的同學把一疊報紙攤開來讀，差點就碰觸到他的臉，這份報紙看似五六名寄宿生看過後才傳閱而來，他慢慢咀嚼口中的炸豬排，漫不經心地把目光轉向晚報。《鶴》立即映入他的眼簾。啊，有生以來第一次看到自己處女作的評論，充滿說不出的戰慄與刺激！儘管如此，他還是沒把那晚報要來看，他一邊用刀叉切開豬排，鎮定下來想斜眼細讀報上的評論。那篇評論占了版面左側的一小角。

——這本小說從頭到尾充滿了唯心論。沒有任何一個有血有肉的人物。書中一切都是透過毛玻璃窺看的扭曲人影。尤其主角各種自鳴得意的怪異舉動，活脫是佚失許多內頁的百科全書。小說主角在早晨自命歌德，到了傍晚復奉克萊斯特[11]為人生唯一導師，看似擷取世界各文豪的精華於一身；主角少年時代對一名少女一見鍾情，青年時代與同一女子久別重逢，場面描寫令人作嘔，想必是從拜倫男爵的作品改編而來，而且又是生硬的直接翻譯。大抵上作者對於拜倫或克萊斯特的理解都僅限於表面概念才會如此。不禁令人懷疑，作者恐怕連《浮士德》的任何一頁、《彭忒西勒亞》[12]的任何一幕都沒看過。言語過重請見諒。特別是小說結尾，描寫一頭鶴羽毛被拔光後發出的振翅聲，作者可能想透過這般描寫為讀者帶來完美的印象，一種傑作獨具的炫目感，然而吾人只能從眼前這頭畸形而醜陋的鶴別過頭去。

11 海因力希．馮．克萊斯特（Bernd Heinrich Wilhelm von Kleist，西元一七七七至一八一一年）：普魯士浪漫主義詩人，劇作家，小說家。懷才不遇投湖自殺，著作於十九世紀末才得到肯定。代表作《破甕記》（Der zerbrochne Krug，西元一八〇六年）是德國文學史上第一齣以韻文體寫成的喜劇。

12《彭忒西勒亞》（Penthesileia，西元一八〇六年）克萊斯特劇本之一，描述古希臘神話亞馬遜女王彭忒西勒亞與英雄阿奇里斯間的悲戀。

他切著豬排，心底不斷想著要冷靜、要冷靜，兩手的動作卻越來越僵硬。完美的印象，炫目的傑作。這些詞藻令人痛心。該笑出聲來嗎？啊。他低著頭，感覺自己在這十分鐘之間，整整老了十歲。

這則刻薄冷酷的忠告，到底出自何種男人筆下，他至今仍不清楚，然而這番屈辱，卻是日後一連串不幸的起點。其他報社對於《鶴》同樣不曾給予好評，同學們也模仿報上的評價，用「野鶴」這種鳥名稱呼他。群集的年輕人對英雄的沒落也很敏感。至於新書，也只賣出寥寥數本。熙攘的路人當然不會認識他。他每晚都上街，在大街小巷裡悄悄地清除四處張貼的小廣告。

長篇小說《鶴》一如故事內容，都以悲劇收場。然而在他心中築巢的那頭鶴，依然展開其雙翅，慨歎藝術的難以捉摸，埋怨生活帶來的倦怠，在現實的一片荒涼中懊惱呻吟著。

不久後便進入寒假，他變得脾氣古怪，並回到家鄉。他開始深鎖眉頭，而那些皺紋看來更適合他了。母親仍一如往常相信自己兒子接受的高等教育，以他為榮。而父親也以陰險的表情看著他。善良的人，似乎總會厭惡同類。他從父親沉默的冷笑背後，看到報紙讀者的態度。父親一定讀過報紙了。當他發現不過十幾二十行的鉛字批評文，毒性竟然可以延伸到這種破鄉下，他巴不得自己可以馬上變成一塊巨石或一頭牛。

遇到這種場合，他如果又撿到一封這樣的信，又將如何？不久後，他便在家鄉告別十八歲。進入十九歲那年的元旦，一覺醒來突然發現枕邊突然多了十張賀年卡，其中一張沒有書寫寄信人的就是明信片。

——為表示我沒有任何惡意，本信特以明信片方式寄出。我想你一定又進入低迷時期了。每次你遇到一點點挫折，就一定自暴自棄，我不是很喜歡。再也沒有任何事比男人失去自尊心更不堪。不過也請你不要跟自己過不去。你追求的是一個勇於反抗邪惡的熱心，以及一個充滿溫情的世界。即使你不曾開口說過，在天涯海角一定有誰知道。你只不過有點懦弱。我認為一個老實而懦弱的人，大家都必須盡力守護他。何況你既不出名，也沒任何社會地位。不過我前天看了二十幾篇希臘神話故事，其中有一篇特別有趣。很久很久以前，世界的地面還沒有凝固，大海不會流動，空氣混濁，一切都聚集在混沌之中，太陽還是會在每天早上露臉，所以有天早晨，朱諾[13]的侍女之一，彩虹女神伊麗絲[14]便嘲笑：「太陽陛下，太陽陛下！每天早晨勞煩您了！下界還沒有任何仰望您的一支草、一湧泉。」太陽說：「我就是太陽，我每天早上都要升起來，有眼能看的人就可以看到我。」我既不是學者，也不是什麼偉大人物。光是寫這些文章，就要想很久，寫了很多草稿。我努力寫出這一封信，就是為了祝你在新年做一個好夢，迎接第一道日出，並且對於自己的人生帶著更強的自信。我很冒昧地寫信給一個男人，感到自己很不知節制不是好事。可是我沒有寫出任何羞於開口的句子。我刻意不寫出自己的名字。我想你會

13 朱諾（Juno）：羅馬神話中朱比特（Jupiter）之妻。相當於希臘天神宙斯（Zeus）的正妻赫拉（Hera）。

14 伊麗絲（Iris）：海神陶瑪斯（Thaumas）與厄勒克特拉（Elektra）之女，四風神之西風齊菲兒（Aephyros）之妻，小愛神厄洛斯（Eros）之母，奧林帕斯十二女神的隨從，一些羅馬神話稱為阿爾克斯（Arcus）。

很快把我忘了，忘了也沒差。對了，差點忘了祝你新年快樂。迎接元旦。

（涼風有信，至此尚未完結）

你欺騙了我。你曾經要讓我繼續寄出第二、第三封匿名信，然而你只讓我寫出一封密密麻麻，相當於兩張明信片內容的奇怪賀年卡，擺明是要整死我。你一定又跟以前一樣，在玩什麼高深的沉思吧？我老早知道你會這樣。不過我還是一直在祈求你可以得到靈光一現，說不定可以讓我寄出的信徹底發揮效用。看起來還是行不通吧？也許因為你太年輕了。不，你什麼也別再說。聽說敗戰將軍就不會自誇。聽別人說，《赫爾曼與竇綠苔》、《野鴨》[15]、《暴風雨》[16]這些作品都是作者在晚年完成的。能寫得出使讀者獲取安寧，並給予光明希望的作品，光靠才能是不夠的。如你今後的十幾二十年，仍能在這濁惡的社會中高舉火炬生存下去，也不忘記找我一起的話，我會高興得不得了。我們一言為定，來日再見。咦，你想要把稿紙撕掉嗎？不要！假若讓這個被文學荼毒，像一首雙關詩的男人，如果寫起小說，不必多加思考，把這些內容都事不關己地加進去，說不定世人都會為你殺死我的舉動拍手叫好。你百般苦悶的沉思者

15《野鴨》（Vildanden，西元一八八四年）挪威劇作家亨利・易卜生（Henrik Ibsen，西元一八二八至一九〇六年）悲喜劇。

16《暴風雨》（al-'Awāsif，西元一九二〇年）黎巴嫩流亡天主教哲學家・藝術家・作家哈里爾・紀伯倫（Gibran Khalil Gibran，西元一八八三至一九三一年）散文詩集。

形象，說不定會讓你膾炙人口。然後我從指尖到腳底板，不到三秒的時間也會變得冰冷。我真的不生氣。因為你也不是壞人。不，沒什麼藉口，就是喜歡而已。啊！我問你，幸福都是別人給你的嗎？再會吧，小公子。請再壞一點。

男人把目光落在還沒寫完的稿紙上，思索了一陣，將文章命名為「猴臉男[17]」。因為他認為，那標題是一座再合適也不過的墓碑。

17 猴臉男：本文原標題〈猿面冠者〉字面的意思是「長得像猴子的弱冠少年」，也是豐臣秀吉年輕時期的渾號。

逆行

蝴蝶

這人不是老人。他才剛滿二十五歲。但究竟還是老人。這老人的身上把普通人的一年當成三倍去過。他自殺未遂兩次，其中一次是殉情。三次以思想罪人的身分被拘留。即使沒發表過任何一篇小說，他也已經寫了百餘篇小說。然而這些都不是出自老人的本意，不過是無心插柳而成。如今能讓老人瘦縮的胸膛再度悸動，乾癟的兩頰再度泛紅的，只剩下酗酒與凝視著女人妄想兩件事。不，這兩件往事。瘦縮的胸膛與乾癟的兩頰都是真的。老人在這一天死去。老人的漫長生涯當中，只有出生與死亡兩件事不是謊言。到死的那一刻前，他一直在撒謊。

老人正躺在病床上，他染上了花柳病。老人衣食無虞，然而不足以花天酒地。老人死而無憾。他無法想像一貧如洗的樣子。

一般人臨終時，常常會不時看著自己的兩個手掌，或是迷茫地看著家人的眼神，然而這老人通常閉上雙眼。有時緊閉，有時緩緩睜開，不過如此靜靜地重複這些動作而已。據說它可以看到蝴蝶。藍蝴蝶、黑蝴蝶、白蝴蝶、黃蝴蝶、紫蝴蝶、水藍色蝴蝶，成千上萬的蝴蝶在他頭上飛舞。他故意對他人這樣說。一片密集的蝶海，蔓延十里之遠。百萬隻蝴蝶振翅的聲音，就像正午牛虻發出的嗡嗡聲。這是一場殺伐吧？翅膀的鱗粉、折斷的腳、散落的眼珠、觸角、長長的口吻紛紛流星般落下。

他人問老人想吃什麼，老人總是回答紅豆稀飯。老人從十八歲寫第一篇小說起，就曾經描寫一個臨終老人叨念想吃紅豆稀飯的情節。

紅豆稀飯煮好了，把紅豆煮熟倒在稀飯上，再加點鹽巴就完成了。這是老人家鄉常見的家常菜。他閉著眼睛仰躺在床上，吃下兩匙便說夠了。當他被問到還想吃什麼，他只露出微笑，說他想出去玩女人。老人那善良、大字不識幾個但伶俐、年輕貌美的妻子，正在一群親戚面前羞紅著臉，臉紅卻非出自嫉妒，據說她手上拿著湯匙，低聲啜泣起來。

強盜——

今年的考試保證落榜。但還是必須去考試。一種白費努力的美感，正吸引著我。今天我特別早起，穿上一整年未穿的學生服，通過掛著金光閃閃菊花型校徽的高大鐵門，進門時我忐忑不安。門內迎面而來的是銀杏下的走道。右手邊十棵，左手邊也有十棵，每一棵都是參天古樹。當枝葉繁茂時，樹蔭幽暗如地下通道。到此季節則光禿禿。銀杏道的盡頭，迎面而來的是一棟紅磚造的大建築物。這是一間大講堂[1]。我只在入學典禮的時候進去過一次，覺得很像一座寺院。現在我正仰望著講堂高塔上的電動鐘。考試還有十五分鐘開始。我對偵探小說家父的銅像[2]投以慈愛眼神，沿著右手邊長長的坡道走落，進入一間庭園[3]。這裡從前曾經是某個大名[4]的園林。池子裡有鯉魚、緋鯉與鱉。到五、六年前為止，還曾經有一對鶴在院中嬉戲。如今草叢中仍有蛇出沒。野雁野鴨之類的候鳥，也會佇足池邊。庭院不到兩百坪，放眼望去卻有像一千坪那麼大，歸功於造園術的高明。我在池邊的山白竹邊坐下，把背靠在老橡樹的根上，兩腳緩緩地往前伸展。大大小小的石礫堆放在小徑後端，後面是一口寬廣的池塘。在陰沉的天空下，池水上粼粼的波光反射著微微蕩漾的漣漪。我輕輕地把右腳靠在左腳上，輕聲自言自語：

——我是強盜。

1 大講堂：即東京大學本鄉校區大講堂（安田講堂），由銀行家安田善次郎（西元一八三八至一九二一年）捐建，內田祥三（西元一八八五至一九七二年）、岸田日出刀（西元一八九九至一九六六年）聯合設計，西元一九二五年完工，西元一九六八年被新左翼學生團體「東大全學共鬥會議」占領後長期荒廢，西元一九九四年翻修完成使用至今。

2 東京大學改名東京帝國大學後的初代綜理（校長）濱尾新（西元一八四九至一九二五年）銅像設立於西元一九三二年，由雕塑家堀進二（西元一八九〇至一九七八年）創作。濱尾家中沒有兒子繼嗣，收自己的女婿，也就是加藤照麿（西元一八六三至一九二五年，明治天皇御醫）的兒子四郎（西元一八九六至一九三五年）為養子。故銅像人物也可說是「偵探小說家的岳父」。四郎死後被歸類為「戰前派」作家，生涯只留下約二十篇作品，以偵探小說最受歡迎。本短篇寫作時，四郎還在世。

3 三四郎池。

4 大名：江戶時代領地產能超過十萬石（產量與領地面積相乘積值，音「但」）的藩主，直屬於幕府將軍的高級武士，分成德川一族的「親藩大名」、「關原之戰」（西元一六〇〇年）前臣服德川幕府的「譜代大名」與戰後臣服的「外樣大名」。

眼前的小徑上，一列大學生魚貫經過。他們個個都是家鄉數一數二的聰明孩子，百中選一的秀才。他們讀著小抄上相同的文字，所有大學生都努力把這些內容倒背如流。我從口袋拿出香菸盒，抽出一根銜在嘴裡。我沒火柴。

——借個火。

我從行列中叫住一個長得清秀的大學男生。穿著淺綠色外套的大學生停下腳步，兩眼依舊盯著手上的小抄，把口中的金標菸[5]拿到我手上，給完又緩緩向前走去。看起來大學生之中也有足以與我分庭抗禮的男生。我以手上的金標洋菸點燃嘴上銜著的便宜菸，起身後把金標菸狠狠往地上一摔，再以鞋底踩爛。然後，慢步前往考場。

考場之中，有一百多位大學生拚命搶著後面的座位。他們都在擔心如果坐到前排，就無法隨心所欲地答題。我以一個優等生的姿態坐在最前排，夾著菸的手卻不住顫抖。我既沒有藏在桌下的小抄，也沒有同學可以交頭接耳。

不久後，一個滿面通紅的教授，提著一口鼓脹的公事包匆匆地走進教室。此人是日本最頂尖的法國文學家。我今天頭一遭見到他。他的身材魁梧，從他緊鎖的眉頭，我不禁感到震懾。據說他的門人之中，包括了日本最頂尖詩人與日本最頂尖評論家。一想到自己想成為日本最頂尖小說家，我兀自感到臉頰發熱。當教授在黑板上迅速寫著考題的時候，我身後的大學生們開

5 大金標香菸：捲菸吸入口包覆金色薄紙，以標示應從另一頭點火。當時的香菸沒有濾嘴。

始悄悄聊起的話題不是學業，卻是滿州的景氣問題。黑板上寫了五六行法文。教授斜坐在講台的扶手椅上，面帶不悅地開口：

——像這種考題，要不及格也很難。

大學生們紛紛發出無奈的笑聲，我也跟著笑起來。教授又嘟囔了兩三句法文，便開始在講桌上寫起什麼來。

我不懂法文，不管看到什麼題目，我一律寫福樓拜[6]是乳臭未乾的大少爺。我假裝沉思，輕輕閉上眼睛，一下子拍掉短髮下的頭皮屑，一下子看看指甲的顏色，最後拿起筆開始作答。

——福樓拜是個乳臭未乾的大少爺。其弟子莫泊桑[7]是個大人。說明白了，藝術就是奉獻給市民的美感。這種令人鼻酸的絕望，福樓拜不懂，但莫泊桑懂。福樓拜的處女作《聖安東尼的誘惑》[8]各界惡評不絕，為圖洗雪恥辱，人生徒勞無功。他歷經椎心刺骨的辛勞，每完成一篇作品，不論世間評價如何，都會讓他屈辱的傷口更加刺痛，他心中無法填滿的空洞也越來越

6 古斯塔夫・福樓拜（Gustave Flaubert，西元一八二一至一八八〇年），法國寫實主義巨匠，代表作《包法利夫人》（Madame Bovary，西元一八五七年）曾因內容背離善良風俗被查禁。

7 居伊・德・莫泊桑（Henry-René-Albert-Guy de Maupassant，西元一八五〇至一八九三年），法國短篇小說之王，參加普法戰爭復員後，開始向福樓拜學習寫作。代表作《脂肪球》（Boule de Suif，西元一八八〇年）被福樓拜譽為「可流傳後世的傑作」。

8《聖安東尼的誘惑》（Le Tentation de Saint Antoine，西元一八七四年）：西元一八四五年，福樓拜於義大利熱那亞參觀荷蘭繪畫巨匠老彼得・布魯赫爾（Pieter Bruegel de Oude，西元一五二五？至一五六九年）同名繪畫，得到靈感寫成的散文詩，描述隱居埃及的修士聖安東尼（St. Anthony the Great，西元二五一至三五六年）的靈修。西元一八四七年寫成後，經過不斷精簡描寫，才於西元一八七四年推出定本，為作家自認的畢生代表作，被當時報章雜誌評為歌德《浮士德》翻版。

寬且深，最後死於其中。他被傑作的幻影蒙蔽雙眼，被永遠的美迷惑奉承，到頭來不但救不了近親，還救不了自己。波特萊爾[9]才是真正乳臭未乾的大少爺。結束。

我才不會寫什麼「老師，請讓我及格」之類的話。我反覆檢查兩次自己的作答，確定沒有錯字，左手拿起外套與帽子，右手拿起考卷，從座位站起。坐在後排的高材生，看到我起身，露出驚惶的表情。我的身子，正巧成為該生的防風林。啊，那位樣貌好似一頭小兔子般可愛的高材生，在他的考卷上寫了一位新進作家的名字，我一邊為那位新進作家的狼狽不堪感到可憐，一邊向那耄碌教授意有所指地鞠了一個躬，再交出自己的考卷。我悄然無聲地步出考場，或許因為走得太快，差點從樓梯上滾下來。

到了講堂外，年輕的強盜竊自感傷。這股憂愁是怎回事？從何而來？儘管如此，年輕的強盜仍然挺直了外套下的肩膀，大步走向兩排銀杏樹間的寬闊石子路，並且自己回答：是餓了的緣故。在二十九號教室的地下層，有間大食堂。我往該處前進。

飢腸轆轆的大學生們，從地下室的大食堂大排長龍，經過門口延伸到地面層，隊伍最尾端一直排到銀杏樹下。在這間食堂，只需要十五錢就可以享受一頓飽足的午餐。人龍綿延超過一

9 夏爾．波特萊爾（Charles-Pierre Baudelaire，西元一八二一至一八六七年）：法國近代詩與象徵主義先驅。生前僅發表韻文詩集《惡之華》（Les Fleurs du Mal，西元一八五七年），死後發行的散文詩集《巴黎的憂鬱》（Le Spleen de Paris，西元一八六九年）寫作於梅毒末期。

町[10]距離。

——我是強盜。世上罕見的怪老叟。過往的藝術家不殺人。過往的藝術家也不偷竊。他媽的。我算是愛使小聰明的那種料。

我推開眼前層層的大學生，才總算走到食堂入口。入口貼著一張小小的紙條，上面寫著：

——本日適逢敝食堂開幕三周年，特別供應免費餐點，以資慶賀。數量有限，贈完為止。

免費招待的菜色，就陳列在門邊的玻璃展示櫃裡。大紅色的明蝦躺在洋香菜底下，半顆水煮蛋剖面上，時髦地裝飾了以水藍色石花凍作成的「壽」字。我想碰碰運氣，探頭往堂內一看，埋頭大啖免費餐點的大學生們形成一片黑色叢林，穿著白色圍裙跑堂的少女們在林間穿梭飛舞。啊，天花板掛滿了萬國旗。

在大學地下室裡散發著香氣的青花[11]，是氣味令人起癢的胃腸藥劑。看樣子我遇到良辰吉時。可喜可賀，可喜可賀。

強盜像落葉一般隨風飄落到地上，身體在漫長人蛇的尾巴中，漸漸消失了身影。

10 約一〇九公尺。

11《青花》（Heinrich von Ofterdingen，西元一八〇〇年至未完）：德浪漫主義初期代表性詩人諾瓦利斯（Novalis，西元一七七二至一八〇一年）小說遺作，主角海因利希寫詩，展開旅程是為了追尋夢中的青花。

決鬥

那事並非對外國的模仿。不吹牛，是真心想把對方殺死。然而動機並不複雜。並不是因為有一個男人長得和我一模一樣而不願意世上有另一個自己而怨恨對方。那男人與我的妻子過去曾經要好，然而他一直都用自然主義鉅細靡遺的風格，向左右鄰居宣揚那兩三次事實。那晚我在一間咖啡廳[12]遇到對方，他不過是一個穿著狗皮褂的年輕莊稼漢。我偷走了那傢伙的酒。那就是動機。

我是北方某古城的高中生，喜歡到處遊蕩，對金錢卻一毛不拔。我平時總是向同學要菸抽，也不去理髮，只要千辛萬苦存滿五圓，就獨自上街全部花光。我一個晚上花的錢不高於五圓也不低於五圓，而且總是把那五元的效用發揮得淋漓盡致。我會先把存下來的零錢拿去向朋友換成全新的五圓鈔。只要一拿到邊緣鋒利足以劃破手指的紙鈔，我的心跳就會更快。我會故作平淡無奇地把紙鈔隨手塞進口袋，直接出門往街上走。我是為了這每個月兩次的外出而活。當時我正受莫名的憂愁所苦。絕對的孤獨與一切懷疑。一說出口就是穢語！我認為為與尼采、拜倫、

12 咖啡廳（カフェ）：在此指有女性陪侍的酒店，盛行於二戰前的日本（含台灣）主要都市，台灣在戰後稱為「清茶店」。

春夫[13]相比，莫泊桑、梅里美、鷗外[14]才顯真實。為了五圓的遊戲，我不惜賭上性命。

縱使步入了咖啡廳，也絕不顯現出意氣風發的神色。我故作精疲力竭。夏天只會點冰啤酒。冬天我就叫溫清酒。我只想讓人以為我喝酒是因為季節的關係。我心不甘情不願地小口喝著酒，對漂亮的小姐也不屑一顧。每一間咖啡廳總會有那麼一個雖欠姿色，卻能讓人保有色心的中年小姐，我只會與那種對象的搭話。對話內容主要是當天的天氣或是物價。我最擅長的項目是以神明也不會發現的飛速，從空酒瓶數算出多少錢。如果桌上排著六只空啤酒瓶或六只清酒壺，我會像是想到什麼一樣突然起身，並小聲地說：我要付錢。我的酒錢從沒超過五圓。我會故意掏遍全身口袋，假裝忘記把錢放在哪裡。最後才會發現錢放在褲子口袋裡。我會用右手掏一掏口袋，像是要從五、六張紙鈔選出一張。最後我會從口袋裡抽出一張紙鈔，先確認是十圓鈔還是五圓鈔，才交到小姐手上。遇到找零的場合，都會說：不用找了，一點小心意，看也不看全部送出去。最後我會縮起肩膀，大步走出咖啡廳，頭也不回地走回學生宿舍。從隔天開始，我又繼續拚命存攢零錢。

在決鬥的當晚，我走進一家名為「太陽花」的咖啡廳。披著一件深藍色長斗篷，手穿純白

13 佐藤春夫（西元一八九二至一九六四年）：日本近代文學巨擘，著有《殉情詩集》、《晶子曼陀羅》，以及多篇以台灣為舞台的作品。擔任芥川獎評審期間，曾經排除太宰治應徵作品，太宰得知落選後痛不欲生，寄出親筆請願信。

14 森鷗外（西元一八六二至一九二二年）：明治大正時期文豪之一，本職為陸軍軍醫。代表作包括小說《舞姬》（西元一八九〇年）、《Vita Sexualis》（西元一九〇九年）、《山椒大夫》（西元一九一五年）、傳記《澀江抽齋》（西元一九一六年）等。

色皮手套。同樣的咖啡廳，我絕不踏入第二次。我怕每次總是拿出五圓新鈔，會引起人家懷疑。

「太陽花」我兩個月沒來了。

當時有一個長得有點像我的某外國年輕明星，憑著演電影片漸漸地成名，我也因此開始逐漸吸引小姐們的注意。我在咖啡廳的角落才一坐定，就有四個穿著不同花色和服的小姐站在我的桌前。當時是冬天。我叫了一壺溫清酒。然後裝作很冷，縮起脖子。長得像電影明星，讓我獲利，還沒有開口，一個年輕小姐就遞來一根香菸。

「太陽花」店面狹窄骯髒。東側牆上貼著一張海報，海報上的盤髮女子臉兩尺長一尺寬，慵懶地托腮露齒微笑，門牙大小如核桃。海報下方印著黑色的橫排字「加富登啤酒」。對面的西側牆上是一面一坪大小的鏡子，鏡框塗上金漆。北側的入口上掛著一面骯髒的紅黑條紋細棉布門簾，門上的牆以圖釘釘住的照片上，一個裸體的西洋女子躺在草原沼地邊大笑。南側牆上緊緊貼著一枚紙皮球。那一枚紙皮球就貼在我的身後。店內裝潢不搭調，令人看了火大。三張客桌，十張椅子。店的中間是一座暖爐。玄關脫鞋處鋪著木板。我知道要在這間咖啡廳無法放輕鬆。店內燈光昏暗，可以忽略裝潢，算是不幸中的大幸。

那晚我受到了異樣的熱情款待。在中年小姐親自斟酒陪伴下喝完第一瓶溫酒的時候，剛才拿一隻根菸給我的年輕小姐突然伸出右手，手心幾乎碰到我的鼻尖。我鎮定地緩緩抬頭，凝視那小姐的瞇瞇眼。她叫我幫她看手相。我當下就明白了。即使我悶不吭聲，身上也會散發出一股濃濃的預言家氣息。我沒碰那小姐的手，看了一眼便低聲告訴她：妳昨天失去了愛人。被我說中了。於是開始受到異樣的熱情款待。一個胖小姐甚至稱我老師。我逐一看過她們的掌紋。妳今年十九歲。妳生肖屬虎。妳為了追求如意郎君，吃了不少苦。妳喜歡玫瑰花。妳家的狗生了小狗，總共六隻。全部被我說中了。身材瘦削眼神冷淡的中年小姐，一聽到我說她曾經失去兩任丈夫，也漸漸低下頭來。這些神奇的命中，我比其他人都興奮。我已經喝下六壺溫酒。這時，一個穿著狗皮掛的年輕莊稼漢出現在店門口。

那莊稼漢背對著我坐在隔壁桌邊，點了一杯威士忌。他褂上的狗皮顏色是花的。這莊稼漢的出現，讓我這桌的熱鬧氣氛頓時冷了下來。我才開始為了自己喝了六瓶酒懊悔起來。我本來打算喝得更醉。想要把今晚的喜悅誇大更多更多。接著只能再喝四瓶。但這樣還是不夠。不夠。偷吧。偷這傢伙的威士忌吧。小姐們看到我偷，一定不認為我是為了錢而偷，而是一個預言家才有的玩笑，反而還會為我拍手歡呼呢。這莊稼漢看到醉漢的惡作劇，一定也只會苦笑而已吧？偷吧！我伸出手拿起隔壁桌的威士忌杯，默默地喝完。現場沒有任何喝采。鴉雀無聲。莊稼漢起身對我說：到外面去。說完便朝門口走去。我冷笑地跟在莊稼漢後面往外走。走過大鏡框前，我匆匆朝鏡中瞄了一眼。我是雍容大方的美男子。兩尺長一尺寬的笑臉，消失在鏡子深處。我拾回心底的平靜，啪一聲掀開門口的細棉布門簾。

我和他駐足在黃色羅馬拼音字「THE HIMAWARI」[15]黃色招牌燈箱下，昏暗的門後浮現四張小姐雪白的臉。

我們開始進行以下的爭論。

——別玩過頭。

——我沒玩過頭，不過親近一下而已，有什麼關係？

——我不過是個莊稼漢，被這樣靠近，很不高興。

我重新打量眼前這個莊稼漢。臉不大，理個小平頭，眉毛稀疏，單眼皮加三白眼，皮膚黝黑。身高確實比我矮上五寸。我只想開個玩笑敷衍過去。

——我不過是想喝威士忌，因為看起來好像很好喝。

——我也想喝，捨不得一下就喝光，這樣而已。

——你很老實可愛。

——別擺架子，你不過是個學生，臉白得像抹粉一樣。

——別看我這樣，我可是算命仙呢，鐵口直斷。怕了嗎？

——別借酒裝瘋。快給我跪下來道歉！

——要理解我，最需要勇氣。這句話聽起來真不錯。我是佛利德利希·尼采。

15 即向日葵。

我焦躁地盼望小姐們出面制止。她們卻不約而同地冷眼等著看我被揍。這時他下了手。一記右拳飛來，嚇得我立刻縮緊脖子，往後退十間遠。我的白色學生帽為我抵擋這一拳。我微笑著緩緩走去撿起帽子。連日冰雨，路面一片泥濘。我蹲下撿起帽子的時候，打算就這樣逃走。還可以省下五圓酒錢，去別的店再喝一輪。我跑了兩三步，滑倒並摔個四腳朝天。活像一隻被踩扁的雨蛙。我為自己的不堪忿忿不平。手套、上衣、褲子與斗篷上，全都沾滿了泥漿。我緩緩爬起，大步回頭走向那莊稼漢。莊稼漢已被小姐們團團包圍確保安全。沒有人要幫助我。這股確信更喚起我的凶殘面。

——該我回禮了。

我冷笑著說。我脫下手套往地上一扔，更昂貴的斗篷也被我往泥濘地上丟。我對自己的戲劇式誇大台詞與動作有點滿足。有沒有人來阻止我？

莊稼漢從容不迫地脫下狗皮掛，交給剛才拿菸給我抽的漂亮小姐，一隻手伸進懷裡。

——別給我來陰的！

我擺好姿勢警告他。

他從懷裡拿出一支銀色的短笛，銀色短笛在街燈下熠熠生輝。他把銀笛交給失去兩任丈夫的小姐。

莊稼漢的細心舉動令我心情為之一振。我巴不得在現實而非小說裡殺死這個莊稼漢。

——接招！

一聲大吼，我抬起泥濘不堪的腳踢向莊稼漢的小腿。踢倒後，我撲上去想挖下他的三白眼。泥濘的鞋空虛地飛向空中。我才發現自己的狼狽德性，悲從中來。一記溫熱的拳頭，命中我的左眼與大鼻子。我的眼中噴出紅燄。我親眼看見了。我假裝站不穩。一記巴掌命中了右耳與臉頰。我兩手貼地跪在泥濘中，急中生智開口咬住莊稼漢的一條腿。那條腿其硬無比。原來是路邊的白楊木樁。我趴臥在泥濘中，心想正是嚎啕大哭的時候，然而，哀哉，一滴淚也流不出來。

黑鬼[16]

黑鬼被關在一口籠子裡。籠內面積大約一坪，漆黑的角落深處，擺著一塊原木作為凳子。黑鬼正坐在凳子上刺繡。小男孩像紳士般一絲不苟地看著，在鼻頭兩端擠出深深的法令紋咧嘴而笑。

日本馬戲團帶來一頭黑鬼，全村立刻騷動起來。據說黑鬼會吃人。黑鬼頭上有大紅色的犄

16 「黑鬼」（黒んぼ）一詞從二戰後列入公共媒體禁止用語。黑人角色藍本是享譽國際的非裔巨星、法國香頌歌手暨美國人權活動家「黑色維納斯」約瑟芬・貝克（Josephine Baker，西元一九〇六至一九七五年）。

角。黑鬼全身長滿像花朵的斑紋。小男孩一點都不相信。小男孩想著，村裡的人們一定也不會打心底相信這些傳言，只是平日過著沒有夢的生活，才會在這種時候捏造出各種傳聞，並且裝作信以為真而溺其中。小男孩只要一聽到村民口中那些信口說出的謊言，就會恨得牙癢癢地，摀住雙耳飛奔回家。小男孩覺得村民的謠言愚蠢至極。為什麼這些人就不討論一些更重要的事呢？不是說那頭黑鬼是母的嗎？

馬戲團的樂隊，沿著村中蜿蜒的小徑緩緩走來，不到六十秒的時間，宣傳隊伍就已從村子的這一頭走到另一頭了。在村中唯一幹道的兩側，只有三間茅草屋，除此以外沒有別的房子。樂隊走出村子也沒停下腳步，一邊反覆演奏著〈驪歌〉，一邊緩緩繞行油菜花間的小徑，走出農夫正在插秧的稻田，一列浩浩蕩蕩沿著田埂前進，在村民無一錯過他們的表演之同時，又越過小橋，穿過樹林，抵達半裡外的隔壁村。

村子東邊有一所小學，小學東邊是一片牧場，牧場面積大約一百坪，長滿了荷蘭紫雲英，兩頭牛與六頭豬正在嬉戲。馬戲團在牧場上搭建起鐵灰色的帳篷，牛與豬被趕進倉庫。

到了晚上，村民們包著頭巾，三三兩兩地走進帳篷。觀眾約六、七十人。小男孩手來腳來地用力推開眼前的大人們，硬是擠到觀眾席最前面，下巴靠在圍在圓型舞台邊的草繩上，聚精會神地看著表演，並不時輕輕閉上眼睛，裝出陶醉的樣子。

現在正進行著雜技節目。大木桶。樂團不斷反覆吹奏的短旋律。皮鞭拍擊聲。織錦的綢布。

削瘦的老馬。慢半拍的喝采聲。電石[17]。二十盞煤氣燈零散隨機懸掛在帳篷的不同角落，夜晚的飛蟲紛紛圍著燈光飛舞。或許是因為布料不夠，帳篷最頂端開了一個十坪左右的口，可以看到天上的星星。

黑鬼的籠子被兩個男人推上舞台。籠子的底端似乎裝了輪子，被推上舞台的時候喀啦喀啦作響。戴著頭巾的觀眾們紛紛拍手大叫。小男孩憂心忡忡地皺起眉毛，靜靜觀察籠中的動靜。

小男孩臉上的冷笑消失了。刺繡原來是一面日之丸旗。小男孩的心臟怦怦作響。這種觀念的動機，不同於軍隊或其他類似軍隊的組織。真正的原因是黑鬼並沒有欺騙小男孩，真的在刺繡。因為日之丸旗很簡單，才可以摸黑編織完成。謝天謝地，這頭黑鬼很誠實。

不久，一個穿著燕尾服，留著仁丹翹鬍子的主持人出場，介紹過她的來歷，對著籠子喊了兩聲：「凱莉！凱莉！」又優雅地揮舞一響鞭子。鞭子聲刺痛著小男孩的心，他對主持人充滿嫉妒。黑鬼應聲起立。

在鞭子聲的威脅下，黑鬼慢條斯理地做出兩三種動作，每一種動作都低俗猥褻。除了小男孩以外的其他觀眾都未能察覺，因為他們只在乎黑鬼會不會吃人，頭上有沒有紅色犄角。

黑鬼身上只圍著一條青綠色藺草圍成的草裙。身上似乎因為抹油的關係，全身泛著油光。

17 電石（carbide）：碳化鈣，加水後可產生乙炔，作為電石燈的光源。

最後黑鬼唱了一段歌，伴奏是主持人揮舞皮鞭的聲音。歌詞只有簡單的「霞朋、霞朋[18]」幾句。小男孩愛上的歌曲的旋律。不論何種戲謔的話語，只要以傷感的心表現，必有扣人心弦之處。小男孩一想到這裡，再次瞇上雙眼。

那晚，小男孩思念著黑鬼，忍不住汙穢了自己。

隔天早上，小男孩來到學校。在上課前，他跳出教室的窗戶，越過後門的小溪，奔向馬戲團的帳篷。透過帳篷的縫隙，窺看幽暗的內部。馬戲團的人們在舞台鋪設的床墊上，像毛毛蟲一樣蜷縮翻身酣睡著。學校的鐘聲響起，第一節課開始了。小男孩一動也不動。黑鬼沒有睡在裡面，怎麼找都找不到。學校那頭鴉雀無聲，應該在上課吧？第一課，〈亞歷山大大帝與菲利普大夫〉。從前從前有一個英雄叫做亞力山大大帝。教室裡傳出一個小女孩的清晰朗讀聲。小男孩仍然一動也不動。小男孩相信那頭黑鬼是一個女人，平常時候一定會走出籠子與大家打成一片、擣衣洗碗、吞雲吐霧，用日本話罵人，像是那樣的女人。小女孩朗讀完畢，又傳來老師沙啞的聲音。我認為信任是一種美德。亞歷山大大帝就具備了這種美德，才保住了他的性命。各位同學。小男孩依舊動也不動。她不可能沒在裡面，籠子一定是空的。少年的肩膀僵直起來，黑鬼說不定會趁著自己還在偷看的時候，悄悄從後面緊緊摟住他的肩膀。所以背後也不能掉以輕心，小男孩縮緊他的肩膀，準備隨時被緊緊摟住。黑鬼一定會把她刺繡的日之丸旗送給我。

18「日本」的法語發音（Japon）。

到時候，我一定要不甘示弱地問她：我是第幾個？

黑鬼始終沒出現。少年離開帳篷，以衣袖擦拭小小額頭上的汗水，緩緩走回學校。他說自己發燒了，據說是肺部有病。穿著日式褲裙與編織厚底鞋的老師中了計。少年回到位後，不小心被自己的乾咳嗆到。

根據村民的說法，黑鬼連人帶籠子一起被搬上大頂篷馬車離開村子。而主持人為了要保命，在口袋裡藏了一把手槍。

他不再是昔日的他

讓我告訴你這一種日子。想要知道的話，可以到我家的晾衣場看看。我會在那裡偷偷地告訴你。

你難道不覺得我家的晾衣場風景很美嗎？郊區的空氣，吸起來沁心，呼出來淡雅，不是嗎？眼前還有很多住宅。小心你腳下的木板，看起來快爛光了。靠過來一點，一起感受一下春天的風。這種吁吁吁地從耳邊吹拂的聲音，就是南風的特色。

放眼望去，郊外人家的屋頂，看起來是不是參差不齊呢？你以前一定曾經去過銀座或是新宿的那些百貨店，兩手托腮倚靠在屋頂花園的木頭欄杆上，空洞地眺望地面成千上萬的屋頂。街上成千上萬的屋頂，全具有相同的大小、相同的形狀與相同色調，櫛比鱗次地緊緊堆疊，混雜著被夕陽染紅的黴菌與汽車廢氣的街道遠端逐漸隱沒。你看到這些屋頂，想起屋簷下千篇一律的生活，一定會忍不住閉上雙眼深深嘆息吧？如你所見，郊區的屋頂是不一樣的。每一個屋頂都像是從容展現出自己存在的理由。那一根細細長長的煙囪，是一家叫「桃之湯」的公共澡堂的屋頂，冒出來的輕煙隨風搖曳，規律地飄向北方。煙囪下紅屋瓦洋樓，據說是某位著名將軍的官邸，每天晚上都會傳出歌謠的旋律。有一條種在栲樹間的小徑，從紅色洋樓往南蜿蜒，林蔭小徑的盡頭是一堵幽暗的白牆，那是當鋪的倉庫。當鋪由一家年過三十，短小精悍的女老闆經營，在路上見到她，也對我視若無睹，她擔心的是被她回禮的人名譽會受損。當鋪倉庫的後面又有五六棵樹，樹葉就像鳥翅膀的骨頭，看來灰頭土臉，那叫做棕櫚樹。樹蔭下的鐵皮屋頂住一個土水師傅。那個師傅正在坐牢，因為他失手殺了妻子。妻子壞了土水師傅每天早上的樂趣。他有一個奢侈的喜好——每天早上喝半合[1]牛奶。有一天早上，他妻子不小心摔破牛奶瓶，仍不以為意，土水師傅勃然大怒，當場掐死了對方，入獄以後，我看見他十歲的兒子最近常到車站前的書報攤買報紙來看。不過我要告訴你的生活，並不是這種稀疏平常的雜事。

過來這邊。從這裡往東看，視野更好，房子也更少。前面一小片暗暗的樹林，遮住我們的視線，那些都是杉木。樹林裡有一座稻荷神社。在樹林面光的角落，有一片油菜花田，從油菜花田一直延伸到這裡，是一百坪上下的空地。有人在空地上放紙風箏，風箏上寫了一個綠色的「龍」字。仔細看紙風箏那條長長的尾巴。風箏尾端正下方，剛好是空地的東北角對不對？你看到那裡有一口水井。不，你會看到在井邊壓水泵打水的年輕女人。你看也沒關係，我打一開始就想要你看看那女人。

她圍著一條雪白的圍裙，看上去就是一個人家的太太。打滿了水，她以右手提起水桶，搖搖晃晃地走著。她要走進哪一間屋子呢？在空地的東邊，有一片長了二三十株孟宗竹的林子。看好，那女人會穿過竹林，然後消失無蹤。看，是不是和我說的一樣呢？完全不見了。但別太在意，我知道她到哪去了。在孟宗竹林的後面，是不是隱隱約約可以看見一片紅色呢？那裡種著兩棵野梅樹，樹上的紅色花蕾想必已經含苞待放了。在那片淡淡的晚霞之下，可以看到一片

1 半合（音「葛」）：九十點二毫升。

黑色日本瓦鋪成的屋頂。就是那個。那女人與她的丈夫，住在那面屋簷下。我要把這間平淡屋簷下發生的故事說給你聽。坐靠近一點。

那間房子原本是我的。房子裡，三疊、四疊半與六疊的房間各一。屋內格局特別好，採光也不錯，還附了十三坪的後院。院子裡除了兩棵野梅樹，還有長得很高的紫薇樹以及五株霧島杜鵑。去年夏天，我又在大門邊種了一棵南天燭，所以房租十八圓。我認為這樣不會太貴。本來還想收二十四、二十五，但因為這裡離車站有點遠，才打算不訂得那麼貴。儘管如此，還是閒置了一年。本來應該收到的房租都是我的零用金，這一年間我在各種社交場合才顯得抬不起頭。

我從去年三月開始，把這屋子租給現在的房客。當時，後院的霧島杜鵑才冒出新芽。更早的房客在銀行上班，以前曾經是著名的游泳選手，他和他的年輕妻子一起住。這個行員是個弱不禁風的男人，不喝酒也不抽菸，但似乎很風流。夫妻常常吵架。不過他們總是準時繳納房租，我對他也沒什麼好說的。行員前前後後在這裡住了三年，後來被轉調到名古屋分行。今天寄來的賀年卡上，在夫婦兩人的名字旁邊，還多了一個女兒的名字「百合」。在行員之前，是租給一個三十歲左右的啤酒工廠技術員。他與母親、妹妹一起住，三個人都很冷漠。技術員看來不修邊幅，總是穿著草綠色的工作服，給人一種模範公民的印象。他母親把白髮修成平頭，看起來很有氣質。他的小妹年約二十，長得瘦瘦小小，喜歡穿箭翎花紋的銘仙綢[2]和服。那種家庭或許可以說是簡樸隆重。他們住了大概半年，就搬去品川那一帶，然後就沒有任何消息了。我那時候還有一點不滿，不過現在回想起來，不論是技術員還是游泳選手，都稱得上好房客。我也算是俗話說的好房東運。不料第三個房客一進來，我的房東運就一直是負的。

現在那房客一定已經窩在被子裡，悠哉地抽著他的HOPE[3]了！沒有錯，他抽的是HOPE。那傢伙不是沒錢，卻死不付房租，打一開始就沒付。某天傍晚，他自稱姓木下，出現我家門前。他說自己是書法老師，希望可以把房子租給他，他拚命向我裝熟。他長得瘦瘦小小，有一張年輕的瓜子臉，一身全新久留米木棉布[4]和服，上衣從肩膀到袖口的摺線清晰可見。他看起來確實像個年輕人，然而到後來，才聽說他已經四十二歲了，足足大我十歲。說起來他的嘴角與下眼皮，確實有些鬆弛下垂的皺紋，看起來沒有那麼像年輕人，總之我覺得他自稱四十二歲也一定是說謊。不，像這樣的謊話，對那男人而言沒什麼大不了。自從他來我房子那時，他就開始扯一個大謊。我對他的請求，只回了一句：「只要你喜歡就好。」以前我從來不會過問房客的來頭，覺得那樣顯得失禮。對於房租，他說：「押金是兩個月房租嗎？是嗎？

2 銘仙綢：一種粗絲綢或人造纖維平織布料，質優價廉，用於女性平時外出穿著與寢具。
3 HOPE（戰前品牌）：由大藏省（財政部）專賣局發售於西元一九三一（昭和六）至一九四〇年，屬於價位較高的香菸。戰時體制下改名「希望（のぞみ）」，西元一九五七年由日本專賣公社經銷的同名菸為日本第一款濾嘴菸。
4 久留米木棉布：福岡縣久留米市傳統工藝，太宰治生平愛穿的布料。

不好意思，那我先繳個五十圓吧。其實我們還有點錢，只是不在手上。這個，就像存款一樣的東西。呵呵。我們明天一早就搬過來。押金嘛，就在我們找你的時候順便帶來。不知道行不行呢？」

大概是這種情形。我能拒絕嗎？我向來對人家的話照單全收。如果受騙，也是說謊的人不對。我說沒關係，明天後天拿來都好。男人露出討喜的微笑，給了一個大鞠躬，靜靜地走了。他留下的名片上沒有住址，印著「木下青扇」四個大字，右上角還用鋼筆歪七扭八地寫著一行字「自由天才流書法教學」。我看了不禁失笑。隔天早上，青扇夫婦的家當分兩趟貨車搬來，但五十元押金的事沒了下文。難道他打算賴著不給？

搬家告一段落的下午，青扇帶著他的妻子登門拜訪。他身穿一件黃色針織短外套，煞有其事地打上綁腿，腳踩女用漆緣木屐。我一走出玄關，他馬上開口：「唉呀！總算搬完了。我的打扮看起來是不是很奇怪呢？」

他盯著我的臉並露齒而笑。我覺得怎麼有點尷尬，信口回答一句：「你一定很累吧？」並給他一個微笑。

「這是我女人。請多指教。」

青扇誇張地抬起下巴，轉頭點向身後身材有些壯碩的女人。我與她互相行禮。她穿著一件滿是麻葉圖案的藍綠色銘仙綢和服，還披著一件看起來也像銘仙綢的朱紅色外套，我瞄了夫人的肉餅臉一眼，嚇了一跳。明明素昧平生，心底卻感到一股震撼。她的膚色白到幾乎看不出血色，一邊眉毛挑高，另一邊是平順的。雙眼則顯得有點細長，牙齒輕輕咬著下唇。一開始還以為她不高興，但立即發現不是自己所想像。夫人對我鞠躬，像是要瞞著青扇，把一只不小的白色禮金袋悄悄放在玄關地板上，低聲並語調堅定地說：「一點小小心意。」並且又給了一個鞠躬，她彎腰的時候，果然還是高挑一邊眉毛，還咬著嘴唇。我覺得那是她平時就有的動作。在青扇夫婦離開之後，我站在原地茫然了一會。接著感到怒火中燒。除了押金的問題，最令我無法忍受的，就是自己被擺了一道。我蹲在木頭地板上，面帶羞恥地拿起禮金袋往裡頭一瞧，裝的是蕎麥麵店的五圓禮券[5]。一時之間我找不出頭緒，送五圓禮券簡直是惡作劇。我突然有種不祥的預感，難道他們想用禮券取代押金？一定是這樣的。我想到的是，如果真是如此，應該立刻把這只禮金袋狠狠摺在他們身上。我感到不可遏抑的苦悶，於是把禮金袋塞進懷裡，奔出家門追上青扇夫婦。

青扇與夫人都不在他們的新居裡。他們也許在回來路上順道去買什麼，我看到他們出門時沒關上大門，毫不忌諱地走了進去，打算在這裡看他們什麼時候會回來。平時我不會做出這麼粗暴的舉動，不論如何，似乎是我懷裡的五圓禮券讓我有點失去理智。我穿過玄關的三疊隔間，

5 日文「蕎麥」讀音與「隔壁」相同（soba），日本人搬家後，會煮蕎麥麵或贈送生麵條給左鄰右舍兩三戶人家問候，一種說法是除了作為新鄰居的問候，還求交情像麵條一樣久久長長。但蕎麥麵不論生熟均不耐久存，當蕎麥麵禮券問世之後，便成為一種常見的新居見面禮。

進入六疊大的起居室。這對夫婦似乎已經習慣頻繁的搬家，屋內陳設早已就位，在壁龕上擺著一口粗糙的粗陶花盆，盆中插著兩三朵淡紅色的花。牆上掛著一幅簡單裱褙過的毛筆字掛軸，上面寫著「北斗七星」四個字。別說字句意涵，筆觸也頗為滑稽。這四個字看起來就像隨便拿把漿糊刷寫出來一樣粗，而且暈開得一蹋糊塗。上面沒有落款。但我斷定那幅字必定出自青扇之手。換句話說，這應該就是自由天才流的風格了吧？我進入最裡頭的四疊半房間，衣櫥與梳妝台都端正地擺在該擺的位置上。一張畫著細長脖子巨大雙腿裸女的素描，裱在圓形玻璃畫框裡，掛在梳妝台旁的牆上。這裡應該是夫人的房間了。一口桑木材質的火盆箱，以及看起來就是與火盆箱成套的漂亮茶具櫃，靠在牆邊。木箱上掛著一口鑄鐵茶壺，底下正在生火。我先走到火盆箱旁坐定，並點燃一支菸。剛入住的新家，似乎給人一種感傷的氣氛，而我能想像這對夫婦對於牆上那幅畫的討論，以及關於火盆箱擺在哪裡好的爭論，並且感受他們面對新生活的欣喜不已。我只抽完一根菸就站起來。到五月就幫他們換一下榻榻米好了。我一邊想著。一邊走出玄關，又從玄關旁的矮門走進院子，在六疊房間外的簷廊等著青扇夫婦回來。

青扇夫婦總算在紫薇樹幹開始被夕陽染紅的時候回來了。結果他們剛才是出門採買，青扇扛著一支掃帚，夫人以右手提著一腳木桶，桶中裝滿各種日用品，看起來似乎很重。他們也從矮門進來，所以一下子就認出我，對於我的出現卻沒有吃驚的樣子。

「看看誰來了，原來是房東先生呀。歡迎歡迎。」

青扇仍扛著掃帚，面帶微笑對我點頭。

夫人依舊挑高一邊眉毛，表情比上次更放鬆，還露出牙齒，面帶笑容向我問好。

「房東，歡迎。」

我的心底開始猶豫。押金的事今天就別提了。我想只要問他蕎麥麵禮券的事就好了。然而這件事也失敗了。我反而和青扇握手，而且，說起來窩囊，居然還以「萬歲」互相祝福對方。

受到青扇的盛情邀請，我從簷廊走進六疊半房間。只想著與青扇面對面坐著的時候，應該怎麼切入正題。當我喝一口夫人沏的茶，青扇突然起身，從隔壁房間搬來一盤將棋。你也知道我很會下將棋的，覺得下一盤棋也沒什麼。還不必對客人開口，就默默拿出將棋棋盤，對玩家而言，象徵對自己的棋藝充滿自信。那麼我就給他點下馬威。我也一邊微笑一邊擺好棋子。青扇的棋路很奇特，出手非常迅速。我只要一跟著快出手，就會不知不覺被他將軍。這種棋路稱為奇襲戰。我輸了好幾局，也逐漸當真。因為屋子裡漸漸變暗，我們便移師簷廊下繼續對局。最後他十我六，我和青扇都下得筋疲力盡。

青扇在下棋的時候，完全悶不吭聲，一直盤著腿坐在原地，只零星地轉轉上半身。

「我們實力差不多嘛。」他把棋子收進盒子裡，正經地輕聲說道。「你要不要也躺下來休息一下？唉呀。累死了。」

我向他說了聲失禮，伸直了自己的兩腿。我感覺後腦杓一陣刺痛。青扇也把棋盤放到一旁，直接在簷廊上躺下。他兩手托腮看著漸漸被黑暗包圍的庭院。

「你看！有蜉蝣！」他低聲叫著。「真是太神奇了。你看，這種時候竟然會出現蜉蝣！」

我也趴在簷廊地板上，仔細盯著院子潮溼的黑土表面看。這下我才驀然驚覺。我驚覺的是從剛才到現在，從未提起正事，只顧下棋找蜉蝣，笨得可以。我急急忙忙坐直起來。

「木下先生，這樣我會很為難的。」說完便拿出懷中的禮金袋。「這我不能收的。」

不知為何，青扇先是愣了一愣，臉色一變並站起身來。我也提起了戒心。

「我也沒什麼別的意思。」

夫人走到簷廊邊偷窺著我的臉色。房間的電燈透出昏暗的光線。

「這樣呀，這樣的話，」青扇急躁地不斷點頭。他皺著眉頭，似乎在眺望遠處的某樣東西。「不如先一起吃頓飯吧。這件事情，我們之後再說。」

我不想再讓他們用招待吃飯當成搪塞的藉口，只想早早解決這口禮金袋，於是跟著夫人走進房間。錯就錯在這時，我竟然喝了酒。夫人勸我第一杯的時候，我就覺得事情不妙；到了第二杯、第三杯之後，我慢慢地鎮定下來。

我原本打算先調侃青扇的自由天才流，便回頭看看牆上那幅書法字，問他這就是自由天才流嗎？不料已經酒酣耳熱的青扇，兩眼周圍更加羞紅，還露出一臉苦笑。

「自由天才流？唉呀，那是個幌子啦！聽說這陣子如果沒有一個職銜，就不會有房東想要把房子租出來。所以，總之，我就隨便想了一個。請你別生氣喲！」說完，他馬上像是噎到一樣笑岔了氣。「這幅書法是我在一間舊貨行找到的。我看到居然有這麼可笑的書法家，就花了三十錢把它買下來了。光是『北斗七星』四個字，也看不出什麼名堂，我才買下來的。這類古怪玩意我最喜歡了。」

我覺得青扇必定是一個自傲的人物。一個人越自傲，越喜歡追求偏執的喜好。

「冒昧一問，你沒在工作嗎？」

我又回想起那張五圓禮券。我想他必定心懷不軌。

「沒。」他喝下一口酒，又露出神祕的笑容。「不過，你別太擔心。」

「不是，」我盡可能故作雲淡風輕狀。「我先把話說清楚，我想問的就是那張五圓禮券。」

青扇夫人一邊為我倒酒一面插話。

「我想也是。」她以肉感的小手整平領口，露出微笑。「是我們木下的錯。他跟我說這次的房東既年輕又心地善良，便對你太過隨便，才硬是叫我去找來這張奇怪的禮券。給您添麻煩了。」

「原來如此。」我忍住笑出來的衝動。「我也嚇一跳，以為這就是押金」我不小心說溜嘴，趕緊把後面的話先吞下肚。

「原來如此。」青扇也模仿我的語氣。「了解。我明天就送去。今天銀行打烊了。」

他這一說，我才想到今天是星期天。三人無來由地笑成一片。

我從求學時代開始，就喜歡「天才」這個名詞。我讀過了隆布羅梭[6]與叔本華[7]的天才理論之後，一度想要找尋符合書中天才條件的人物，苦無斬獲。我就讀的大學預校裡，有一個光頭的年輕歷史教授，大家都說他能把全校所有同學的名字與他們畢業的中學倒背如流，我一度把他當成天才看，但是教起課來很馬虎。後來我才明白，背誦學生姓名與各自的中學學歷，是這個教授唯一傲人之處，為了記住這些資料，他痛苦到全身五腑六臟受盡折磨。如今正在我對面與我對談的青扇，從骨架子、頭顱的形狀、虹膜的顏色到說話的語調看來，都符合隆布羅梭與叔本華定義的天才特徵。那時我確實是這樣想的。蒼白瘦削。短身軀粗脖子。話中有話的鼻音。

酒興一起，我問起青扇。

「你剛剛說自己沒在工作，那平時有沒有從事任何研究呢？」

「研究？」青扇像個搗蛋小孩般縮起脖子，眼睛瞪大還轉了一圈。「還研究什麼？我討厭研究，研究不過就是自圓其說嗎？我才不要，我搞創造。」

「你要創造什麼？莫非你要發明？」

6 切薩雷・隆布羅梭（Cesare Lombroso，西元一八三五至一九〇九年）：義大利犯罪學家，精神病學家，法醫學教授，刑事人類學之父。

7 亞瑟・叔本華（Arthur Schopenhauer，西元一七八八至至八六〇年）：德國「唯意志論」哲學之父，著有《作為意志和表象的世界》。

青扇嗤笑起來。他脫下黃色短外套，上身只剩一件白襯衫。

「話說起來越來越有意思了。對，我在發明。我要發明無線電燈！如果世界上不再有電線桿，看起來是不是更加清爽呢？我告訴你，至少拍古裝武打片遇到室外景的時候就會很有用。我是一個演員呢！」

青扇夫人瞇起煙霧般迷離的雙眼，茫然地仰望著青扇油光照人的臉頰。

「可以了！他已經喝醉了。他常常一開口就是瘋言瘋語，讓我很傷腦筋。希望您不要見怪。」

「我有什麼瘋言瘋語！煩死了！房東先生，我真的是一個發明家。我發明了一種讓人出名的方法。看喔，你這不就靠過來坐了嗎？就是這回事。現在的年輕人，每一個都得了『成名病』。一種既自暴自棄又懦弱的病，就稱為『成名病』。你，不，您就去開飛機吧，去創造一個環遊世界一圈的紀錄試試。怎麼樣？抱著必死決心，眼睛一閉，讓飛機一直向西航行。一睜開眼睛，眼前就是人山人海，您也變成全球的寵兒了。只要忍三天就好。怎麼樣呢？不想試試嗎？真是沒出息的傢伙呢。呵呵呵。不好意思，失言了。不然，您可以去犯罪。別擔心，一定很順利的。只要有信心，就沒什麼大不了的。可以去殺人，還是去偷東西，只要不是大規模犯罪都好。放心吧，怎麼可能被抓啊？等到追訴時效一過，您再從實招來，一定會大紅大紫。不過，比起開三天飛機，您就得忍個十年，對於您這樣的近代人，恐怕不很適合。那好吧，我就教您比較合適也妥當的方法吧。像你這種又色又膽小，意志力又薄弱的傢伙，最快的方法就是去鬧一件醜聞。先成為村子裡的話題人物。去跟別人的太太私奔，意下如何？」

我早已不在乎了。酩酊大醉的青扇，在眼中看來格外英俊，那樣的面孔千載難逢。我突然想起普希金。似乎曾經在哪裡遇見過這樣的臉孔。想起來了，是明信片行裡看到的普希金肖像。在清秀的眉宇之上，深深刻畫了幾道歷盡滄桑的皺紋，那是普希金的遺容翻模像[8]。

我似乎也跟著喝醉了。我還把懷中的禮券拿出來，叫蕎麥麵店送酒來。結果越喝越多。我們一同感受到與初次認識朋友那種近乎偷情的悸動，變得熱血激昂，透過不經大腦的長篇大論，急躁地想讓對方更認識自己。我們都被許多虛言妄語觸動，不斷互相敬酒。回過神來，才發現青扇夫人早已不見蹤影。大概已經去睡了。我心想，這下非回去不可。臨別的時候，我還和他握手。

「我喜歡你這傢伙。」我說。

「我也喜歡你呢！」青扇好像也這樣回答。

「好！萬歲！」

「萬歲！」

8　遺容翻模像（death mask）：又稱死亡面具，以石膏或蠟覆蓋遺體臉上做模，待成形後翻模製成石膏像。古今許多名人入殮前，均留下遺容翻模像。

印象中似乎如此，我有一種毛病：只要喝醉，動不動就高呼萬歲。酒不是個好東西。不，是我太得意忘形了，我們的交情就這樣不知不覺地展開了。爛醉的隔天，我就像是狐狸、貍貓一樣昏昏沉沉。青扇這傢伙，絕對不是盞省油的燈。我活到這把年紀，還是光棍一條，鎮日遊手好閒，家人親戚都把我當成怪人，不當我一回事，然而我的頭腦至少還保持常理的思考。我對生活採取妥協態度，信奉既往的道德觀而活，甚至心理也稱得上健康。相形之下，青扇不就是那種活在和我不同層面的人嗎？他看起來就不是好公民的樣子。我作為青扇的房東，在查出他的廬山真面目之前，從各方面來看，都適合先敬而遠之一段時間，所以之後的四五天之間，我都故意裝作不認識他。

然而在他們搬進來滿一星期左右，我又遇到青扇。而且是在公共澡堂的浴池裡。才踏進澡堂的沖洗區，就聽到有人大聲對我打招呼：「嘿！」下午的澡堂沒有其他人影。青扇一個人泡在浴池裡。我亂了陣腳，趕緊蹲在沖洗的水龍頭前，拿起肥皂使勁搓出無數泡泡，可見我有多慌張。我一發覺自己失態了，就刻意緩緩扭開熱水的水龍頭，洗掉手上的泡沫，並走進浴池。

「那晚還真不好意思。」我畢竟還是覺得沒面子。

「別客氣。」青扇一本正經地回答。「我跟您說，這個是木曾川的上游喔。」

我順著青扇的視線，才發現他說的是浴池上面牆上用油漆畫的風景畫。

「比起木曾川，油漆畫比較好看。不，因為是油漆畫，才會好看吧？」他說完便回頭對我微笑。

「是呀。」我也微笑。其實我不明白他話裡的意思。

「這幅畫畫起來不輕鬆。是一幅充滿誠意的畫作。畫這幅畫的師傅，絕對不會來這裡洗澡的。」

「會吧？」一邊看自己的作品，一邊靜靜地泡澡，應該挺不錯的。」

我這番話似乎惹來青扇的不以為然，他只說了一聲「誰在乎？」便將自己的手背併攏，開始看著自己的十片指甲。

青扇先走出浴池。我在浴池泡澡，不經意瞄了在更衣室的青扇一眼。他今天穿的是鐵灰色粗絲和服。我驚訝他在鏡子前看自己看了很久。我最後總算也出了浴池，青扇則在更衣室角落的一張椅子上悄悄抽著菸等我。我突然感到一陣喘不過氣的苦悶。我們兩人一起離開大眾澡堂，回程他突然嘀咕一句話：「如果不袒裎相見，就不可能坦誠相處。不是那個意思，我說的是男人之間的相處。」

那一天青扇又找我去他家。半路上我先和青扇分流，先回家把頭髮整理一下。再依約馬上前往青扇家。他家只有夫人在。她在夕陽餘暉下的簷廊讀著晚報，我推開玄關旁的小門，穿過小庭院，站在簷廊前。我問：「他不在嗎？」

「對。」她回答時眼睛仍然看著報紙。她咬緊下唇，神情不悅。

「他去澡堂還沒回來嗎？」
「還沒。」
「怪了，我剛才在澡堂遇到他，是他叫我來玩的。」
「他說的話不能信啦。」她羞愧地笑了笑，翻到晚報的下一版繼續讀。
「那我就先告退了。」
「唉呀，不留下來多等一下嗎？我去泡茶給您喝。」夫人收好晚報，往我腳邊一推。
我坐在簷廊邊。院子裡的野梅，一顆一顆的花苞鼓脹著。
「不要相信木下比較好。」
她突然湊近我耳邊悄聲說了一句，令我嚇了一跳。夫人問我要不要喝茶。
「為什麼？」我一本正經地問。
「他這個人沒出息。」她揚起一邊眉毛，輕輕嘆了口氣。
我差點笑出來。青扇平時表現出一副耽溺於矜持自身怠惰的樣子，而這女人似乎也以丈夫為榜樣，亦步亦趨侍奉著自認懷才不遇的丈夫，偷偷地引以為傲。我心底覺得挺可笑的，這謊話未免太過露骨。不過論扯謊，我才不輸你們。
「聽說信口開河是天才的特質之一。他們說的只是每一個片刻的事實。有一個形容詞叫做『豹變』對不對？說難聽一點就是見風轉舵。」

「天才！哪有？」夫人把我杯中的茶往院子一灑，再重新斟滿。

或許因為才泡完澡，我覺得特別口渴。我喝下一口滾燙的粗茶，追問她為何可以一口斷定他不是天才？我打一開始就想暗中慢慢打探青扇的真面目，即使只有冰山一角。

「他在裝模作樣。」她這樣回答。

「是喔？」我笑出聲來。

這個女人大概也像青扇一樣，不是特別機敏，就是特別傻。我覺得從她身上還是套不出答案來。不過至少可以明白的是，夫人似乎深愛著青扇。在黃昏的霧靄下，庭院的景象逐漸朦朧，我對夫人暗示出一點點讓步。

「木下先生想必還有什麼盤算，對吧？如果是，即使去泡澡還是剪指甲，都稱不上真正的休息，他沒讓自己閒下來。」

「你是指我應該安慰他一下嗎？」

我聽她語氣不甚高興，語帶幾分譏諷地反問：難道你們吵架了？

「沒。」夫人聽了似乎覺得可笑。

兩人一定吵過架，何況她現在一定巴不得青扇馬上回來。

「那我先回去了，好，我改天再過來。」

紫薇樹幹在暮色中浮現出柔軟的輪廓。我把手搭在院子的矮門，回頭又對夫人頷首行禮。

夫人孤獨而蒼白地站在簷廊上，深深地給我一個鞠躬。我在心底感嘆，真是一對恩愛的夫妻。

雖然知道兩人相愛，對於青扇的來頭，還是一點頭緒也沒有。莫非他是時下風行的虛無主義者？還是紅的[9]？不，也許只是普通老百姓故意擺闊？無論如何，我已經開始對自己不小心把房子租給這種男人感到後悔了。

後來，我的不祥預感果然慢慢成真。三月過去，四月過去，青扇還是一點消息也沒有。我們之間沒有任何合約，押金當然也沒收到。我和其他房東不同，那些證明文件很麻煩，我索性不辦，而我也不喜歡把押金之類借出去生利息，如同青扇所說，跟儲蓄沒兩樣，我覺得，唉，隨他高興算了。但是沒有房租也讓我頭疼不已。結果我還是一直裝傻直到五月結束。我想歸因於自己的心胸開闊，不過老實講，我怕青扇。一想到青扇，心裡就會毛毛的。我不想遇到他。我知道遲早我們要見面談，但我心裡想逃，就一直明天再說、明天再說下去。換句話說，就是我意志薄弱的結果。

到了五月底，我總算下定決心去青扇家。那天我一早就出門。我總是一下定決心，就非要把事情做完不可。一到他家，屋子的門還關著，看起來他們正在睡。我不想打擾人家年輕夫婦睡覺，便直接回去了。我離開前心情焦躁地修剪院子裡的樹木，等到中午左右又回來一看。屋子的門還關著。這次我從院子進去。院子裡的五棵霧島杜鵑，花朵像蜂窩般密集綻放，野梅花

9 紅的：共產黨及支持者。

早已凋零，長出茂盛的綠葉；紫薇樹從樹枝分岔處破開，冒出挑尖的嫩葉。窗戶上的遮雨板關著。我輕輕敲了兩三下窗板，悄聲叫著：木下先生！木下先生？屋內鴉雀無聲。我從遮雨板間的縫隙，偷偷往屋內看。是不是不論活到幾歲，人都有偷窺的壞習慣呢？屋內一片漆黑，什麼都看不到。然而我還是能察覺出六疊起居室裡有人正在睡覺。我把臉從遮雨板移開，正想著要不要再叫叫看，結果還是就這樣走回家。我似乎是在偷窺人家隱私之後反悔而心虛，才會就此心有不甘地回家。我一回家，正好有客人上門，和他談完兩三件事，天色也黑了。送完客人，我又打算第三次去他家。我心想，他們不可能到這種時候還在睡覺。

青扇家裡已經點亮燈光，屋子的門也打開，看得見屋內玄關。我一開口叫門，馬上就聽到青扇以沙啞的聲音回答：「哪位？」

「是我。」

「喔，原來是房東先生呀。裡面坐。」他好像在六疊起居室。

屋內的氣氛讓人覺得壓抑。我站在玄關外，伸長脖子往六疊起居室望去，青扇正穿著一身大棉袍，急急忙忙收拾著床墊。在昏暗的燈泡下，我看見青扇的老態大感意外。

「你要休息了嗎？」

「嗯，不，沒事的。我睡了一整天。真的。這樣整天躺著，都不必花半毛錢。」他說著說著，房間看起來也整理得差不多了，便往玄關衝來。「您好，好久不見。」

他也沒怎麼看我的臉，馬上就低下頭來。

「我暫時還付不出房租。」他冷不防冒出一句。

我怒火中燒，故意不回他話。

「我太太溜了。」他靠著紙門靜靜地屈身蹲下。燈泡的燈光在身後，青扇看來一臉黑影。

「為什麼？」我暗自嚇了一跳。

「人家討厭我。她一定是有了別的男人。她就是這種女人。」他的語調異於往常，顯得格外輕快。

「什麼時候發生的事？」我坐在玄關的台邊。

「大約上個月中旬。進來坐吧？」

「不了。我還有其他事情要辦。」我心裡感到一絲不安。

「說起來很沒面子，但是我平時是靠她娘家寄生活費過日子。結果現在演變成這樣。」

看到青扇喋喋不休，我看出了他打算盡快把我打發走。於是我故意從袖子的暗袋裡拿出香菸，向他借火。青扇一言不發地走進廚房，拿來一大盒便宜火柴。

「為什麼你不去工作？」我點著了菸，下定決心今天一定要問個仔細。

「我沒辦法工作，因為我沒有才華。」語氣還是像剛才一樣斬釘截鐵。

「別開玩笑。」

「是真的，能工作我早就工作了。」

我意外發現了青扇居然是個老實的人。即使聽了心痛，一旦就此同情他，房租就沒著落了。我暗自為自己打氣。

「那樣不是很麻煩嗎？我很為難，你也不可能永遠這樣的。」我把還沒抽完的菸往玄關地面一摔，水泥地上散落紅色火花，又復消失。

「好，這個問題，我會想辦法的。現在已經有點眉目了。多謝您。可不可以再多坐一會？」

我拿起第二支菸叼在嘴裡，點燃火柴。透過火柴的火光，我再度偷瞄青扇一眼，剛才還看不清楚，結果我嚇得連手上燃燒的火柴都掉到地上。我看到一張惡鬼的臉孔。

「那我過陣子再過來。如果你付不出來，我也沒辦法。」我巴不得馬上逃離這裡。

「這樣呀。不好意思還勞煩你專程跑一趟。」青扇一本正經地說，並立即起身喃喃自語。

「四十二歲，一白水星[10]。多事之秋，親信遠離。」

我連滾帶爬地逃出青扇家，悶著頭直奔家門。在慢慢冷靜下來之後，我越想越覺得荒唐。看來我又中了他的計。青扇那種自暴自棄卻又開門見山的語氣，充滿不經意碎念的四十二歲，全都是刻意演給我看的戲。我實在太天真了。像我這種心腸太軟的人，看來並不適合當人家的

10 一白水星：在日本陰陽道「九星圖」（由魔術方陣「河圖洛書」演變而來）之中，一白水星五行屬水，方位為北，相對於八卦中的「坎」，與其他八星相生相剋，無關天體運行。

房東。

此後有兩三天的時間，我滿腦子盡想著青扇的事情。我也因為繼承到父親的遺產，才能如此兩袖清風地過日子，也沒有出門工作的打算；對於青扇幻想自己如果能工作有多好，我也不是不明白，然而假設青扇真的沒有任何收入，光就這點而言，精神狀態上已經不尋常了。精神兩字聽起來非同小可，但是這傢伙的臉皮相當厚。我想，走到這步田地，如果不查明他的真正來歷，我就無法安心。

五月過了。到了六月，青扇仍然沒有任何聯絡。我又不得不走訪他家。

那天，青扇穿得像運動員一樣。上身穿著帶領的運動上衣，下面穿一條白色長褲，羞澀靦腆地走向玄關，害羞的原因不明。屋內讓人感覺明亮多了。我被帶至六疊起居室，房間角落壁龕邊，擺了一張不知何時買來的中古鐵灰色天鵝絨布面沙發，榻榻米上也鋪著一面淺綠色的毛毯。房間氣氛煥然一新。青扇讓我坐在沙發上。

院子裡的紫薇樹上，點點深紅色的花朵正要綻放。

「很不好意思，一直麻煩您，這次沒事了。我找到工作了。喂，小貞！」

一個穿水手服的嬌小女子，突然從四疊半的房間冒出來。她是一個圓臉的少女，臉頰紅潤，看起來很健康。她無邪地睜大清澈有神的雙眼。

「這是我們的房東。跟他打聲招呼吧。這是我的女人。」

我暗自嘖嘖稱奇。這下我才明白，剛剛青扇為什麼笑得這麼靦腆。

「做哪種工作？」

少女又躲回旁邊的房間，我又若無其事地問他工作。今天我不掉以輕心，再也不能中他的計。

「小說。」

「啊？」

「也沒什麼啦，我從前就攻讀文學。這陣子總算有了發展。我要寫真人真事。」

「哪方面的真人真事？」

「換句話說，就是把沒有發生的事情當成事實寫出來。不難。文章一定要用『某縣某村某番地』或『大正某年某月某日』，還是『看過當時的報紙就知道』開頭，後面的內容都是空穴來風。這就是小說。」

青扇看似為了新婚妻子感到有些心虛，為了避開我的視線，他時而輕輕拍落長髮上的頭皮屑，時而將交疊的兩腳換腿，還滔滔不絕地說著。

「真的沒問題嗎？再惹麻煩我不理你喔！」

「沒問題，沒問題。真的。」他似乎要迴避我的提問，不斷回答沒問題，又露出爽朗的笑容。所以，我信了他。

這時，剛才的少女用銀色托盤，將兩杯紅茶端進起居室。

「請您看看，」青扇接過紅茶杯遞給我之後，拿起自己的茶杯，說完便轉身往後看。壁龕牆上已經看不到那幅北斗七星的書法字，取而代之的是一座高約一尺的石膏胸像。胸像的一側，插著一朵綻放的雞冠花。少女用處處鏽斑的銀托盤遮住自己已經羞紅到耳根附近的臉，帶著褐色虹彩的大眼睛睜得更大，直直瞪著青扇。青扇看似要一手揮開眼光，並且說道：「你看這座石膏像的額頭，是不是搞髒了呢？真拿她沒辦法。」

少女一眨眼就逃離了起居室。

「怎麼回事？」我還搞不清狀況。

「沒有啦，聽說這是小貞前一個愛人的雕像，也是她唯一的嫁妝。她都會靠上去親一下。」他若無其事地笑著說。

我感到不舒服。

「你看起來似乎不很高興。不過這世界就這麼回事，我們根本沒辦法。因為這個像會讓她感動，所以我每天都會換花。昨天是大麗花，前天是鴨跖草。不對，應該是孤挺花，還是波斯菊吧？」

又搞這招！要是我還迷迷糊糊中計，保證像上次一樣空手而歸。想到這裡，我就心生邪念，刻意不回應他的話題。

「我想問你，已經開始工作了嗎？」

「喔，這個嘛……」他啜飲了一口紅茶。「也該上工了，沒問題的。其實我呀，主攻的是文學。」

我一邊找出可以把茶杯放上去的地方一邊問：「可是你說的『其實』根本就靠不住。『其實』這兩個字，聽起來就像在掩飾自己的謊言而已。」

「欸，這樣講太傷人了。您還真是有意拆穿西洋鏡呀！我跟你說，以前有一個人名叫森鷗外，你應該聽過。我跟過這個老師。他有一部小說叫做《青年》，主角就是我。」

這下連我都感意外。我很早以前就讀過小說了，書裡幽微的浪漫情境，在我心頭縈繞已久，然而我沒想過，俊美過頭的主角，居然在現實中存在著角色藍本。畢竟是老人憑空想像出來的青年，才有可能俊美過頭吧？現實中的青年人明明就工於算計猜忌，令人喘不過氣；然而令我一度感到不滿，宛如睡蓮般一塵不染的青年，竟然是青扇這傢伙？我差點就激動起來，馬上又提高警覺回過神來。。

「我倒是頭一次聽到。不過，恕我冒昧講一句，他好像應該是一個更溫文儒雅的有錢人家少爺。」

「您這話太過分了。」青扇輕輕拿走我手上的紅茶杯，將兩具茶杯塞往沙發下的空格。「那個時代呀，那樣子才好。不過呢，這個青年到了現在，也變成這種樣子。我想，不只我這樣而己。」

我又重新打量了青扇一遍。

「換句話說，是從抽象觀念而言嗎？」

「不是。」青扇訝異地看著我的兩眼。「我是在說自己呀，怎麼了呢？」

我又有些許近乎憐憫的感覺。

「算了，今天先這樣。我先回去了，你一定要開始工作。」拋下這句話後，我便離開青扇家，但是回家路上，我不由自主地暗自祝福青扇的成功。一方面固然因為青扇針對那名青年的看法讓我心有戚戚焉，使我沮喪到連自己都想笑，而另一方面我也希望青扇的新婚姻能幸福。一路上我左思右想。即使要不到房租，我也不至於為五斗米折腰。大不了就零用錢不夠花而已。乾脆為了那老態龍鍾的可憐青年，犧牲一下自己的自由吧！

我似乎有一種容易嚮往那些藝術家的毛病。尤其那男人，在面對全世界都指責他的情形下，更令我心馳神往。青扇如果真能出人頭地，我就不應該在這時候拿房租之類的事情讓他煩心。暫時先把這件事放一邊。等待他揚眉吐氣的那一天。我這時脫口而出一句話：「He is not what he was.」一說出嘴，心頭無比雀躍。我在中學時期，在英語文法課本上看到這句話，內心便產生一陣悸動，這句話成為中學五年到現在還不曾忘記的唯一箴言。每一次去青扇家得到的空前驚訝與感慨，都會讓我聯想起這句文法例句，並使我對青扇產生了異樣的期待。

但是我還在猶豫應不應該把我的決定告訴青扇。這種事可以稱得上是身為房東的本能吧？回想起來，我或許期待青扇很可能隔天就會把拖欠到現在的房租全部準備好繳清。因為暗自抱著這種期望，我就沒有主動告訴青扇不必繳房租的事。如果這種方法可以激勵青扇，我覺得對兩造而言都是件美事。

七月底，我又上門找青扇。這次不知道他會好到什麼程度，會出現如何的長進或變化？我滿心期待走出家門，到他家一看當場怔住。哪看得出什麼改變。

那天進了大門，直接繞路經過院子走到六疊房間外的簷廊，只看到青扇身上只穿著一條五分棉褲盤坐在簷廊地板上，兩腿間擺著一口大茶碗，以一根形狀像番薯的短棒子奮力攪拌著。我開口問他在幹什麼。

「嘿！這是淺抹茶，我正在點茶[11]。這麼熱的天氣，只能喝這個了。要來一杯嗎？」

我察覺出青扇的語氣出現些微改變。然而這時我也沒有多想的機會，那杯茶我非喝不可。青扇硬是把茶碗塞到我手上，拿起丟在一側地板上的一件瀟灑的雙色大方格木棉布浴衣，快速地披上。我坐在簷廊上無奈地啜飲著抹茶。這茶的苦味喝起來恰到好處，果然順口。

「怎麼又想搞這玩意？還真是風雅呢。」

「不敢當。就是好喝而已。我對寫真人真事開始感到膩了。」

11 點茶：日本茶道將抹茶粉加少許熱水後不斷攪拌成膏狀後，再規律加入熱水攪拌以產生細密泡沫。

「咦？」

「我還在寫喔。」青扇一邊綑著腰帶一邊用膝蓋跪行到壁龕去。

上次擺在壁龕裡的石膏像早已不見，取而代之的是以牡丹花圖案的束袋包住，形狀看似三弦的物體。青扇在壁龕一角的竹製紙筆匣翻找好一陣，最後拿出一小疊折起來的紙條回來。

「我想寫這種題材，所以找了點資料。」

我把茶碗放在地板上，接下那兩三片小紙條。看起來像是從婦女雜誌上剪下的圖文，印著標題「四季的候鳥」。

「您看，這張照片是不是拍得很好呢？這是候鳥在海上遇到濃霧侵襲失去方向，渴望光線而向前直飛，結果撞上燈塔掙扎到死的場面。是成千上萬的屍體。候鳥真是一種可悲的鳥類。生來就四處奔波。牠們背負著無法定住在同一個地方的宿命。小的我，想用一元法[12]來寫這篇故事。主題呢，就是我這隻年輕的候鳥，只能從東飛到西，再從西飛到東，在徬徨中老去的歷程。同伴陸陸續續地死了。有的中槍，有的被浪捲走，有的餓死，有的病死，連鳥巢都來不及坐暖的那種哀傷。兄弟呀，您一定聽過有句歌詞吧？『海鷗聽得漲潮聲[13]』，小的我，以前曾經對您提到過『成名病』這回事。沒有啦，有一種方法，比殺人或是開飛機更輕鬆，而且還保

12 一元描寫法：明治大正新體詩人、小說家岩野泡鳴（西元一八七三至一九二〇年）主張的小說論，主張作者透過主角觀點敘事。

13 出自北海道漁船拖網歌〈梭蘭節〉（ソーラン節，台語歌星黃三元成名曲〈素蘭小姐要出嫁〉、香港歌后張露的國語老歌〈打魚忙〉〔西元一九六三年〕原曲）歌詞。

證死後繼續留名。就是寫出一篇傑作。就是這樣！」

從他滔滔不絕的背後，我已經感受出他遮醜的企圖。我不經心發現廚房後門口有一個女人正在窺探我們。女人顯然不是之前的少女，是個膚色有點黑，盤著日式髮髻，體型纖細的陌生女人。

「那，你先把這篇傑作寫好。」

「你要回去了嗎？再喝一泡清茶吧？」

「不用。」

我在回程上又不禁煩惱起來。看起來就要變成一場災難了。世上竟然有這麼狗屁倒灶的事！事到如今，我早已不想責怪他，變得萬念俱灰了。我又想起他提到的候鳥。突然我察覺自己和他竟然如此相似，不是某些地方，而是感受到相同的體味。你我都是候鳥，他似乎這樣說，我陷入了焦慮。他帶給我影響，還是我對他造成影響？一定有一個是吸血鬼。我們之中的其中一人，在不知不覺間侵蝕了對方的心理。或許他發覺我每次上門，都懷著期待他「豹變」的心態，而我的期待又束縛著他，所以他更必須奮力尋求變化？我想來想去，就越覺得青扇的體味與我互相糾纏影響，我也更加速地關注他。青扇這次必定能寫出傑作吧？我對他的候鳥小說開始產生興趣。我請園丁在他玄關外種南天燭，也是這時候的事。

八月我去房總半島[14]那邊的海岸住了兩個月，到九月底才回來。回家那天中午，立刻帶著一些當地買來的右口比目魚干去找青扇。我想藉此使他產生對我的依賴，為此甚至可以竭盡全力。

我從外面走進院子，看到青扇歡頭喜面地出來打招呼。他剪短了頭髮，看來更加年輕，然而面容卻有那麼些暗沉。他穿著一襲靛藍底白碎花和服上衣。我親切摟起他瘦弱的肩膀，把他扶進屋裡。房間中間擺著一張矮桌，桌上擺著半打啤酒瓶與兩口玻璃杯。

「太神奇了，才覺得您今天會來，果然來了。唉呀，真是太神奇了。所以我打一大清早就準備好酒，等您大駕光臨。真是太神奇了。別客氣，請坐。」

所以我們悠閒地喝起啤酒。

「如何？寫完了沒？」

「卡住了。院子裡的紫薇樹上長了一大堆秋蟬，從早到晚嘰嘰喳喳吵個不停，我都要瘋了。」

我忍不住被他逗得笑了。

「不，真的有這回事呀！我實在忍不下去，才去把頭髮剪成這麼短，想辦法讓自己專心。

14 房總半島：千葉縣東部位於東京灣與太平洋之間的半島，幕府時代為安房國、上總國、下總國所在地。太平洋岸的九十九里濱為日本最長沙灘。

話說回來，你今天來得正好。」他像丑角一樣嘟起發黑的嘴脣，舉杯把啤酒往嘴裡一倒，喝完還剩一小口。

「你一直都沒去別的地方嗎？」我把嘴上的杯子放在桌上。杯中啤酒泡沫上浮著一隻蚋之類的小飛蟲。

「嗯。」青扇兩肘靠在上，舉起玻璃杯看著杯中冒出的啤酒泡沫，口中呢喃。「總之我也無處可去。」

「對了。我帶了伴手禮。」

「謝謝您。」

看他似乎若有所思，我送的魚干他看都不看，繼續凝視著手上的啤酒。我看他已經喝醉了。我用小指把飛蟲挑掉，默默把杯中啤酒喝完。

「有一句話說貧者益貧。」青扇嘟噥著。「我覺得根本就是這樣呀。怎麼可能有安貧樂道這回事？錢誰不想要？」

「怎麼？又在發酒瘋啦？」

我伸直兩腿，故意往院子看去。我實在懶得一搭一唱。

「紫薇還在開花吧？沒啥意思。明明三月才開過一次。該謝的時候偏偏不謝，實在是不懂人情世故的樹呀。」

我聽而不聞，拿起桌上的蒲扇開始搧風。

「我跟您說喔，我又單身了。」

我回頭看他。青扇把自己的杯子倒滿，一個人喝著。

「我老早就想問你，為什麼會這樣呢？是因為你笨到跑去偷情嗎？」

「不是我，是那些女的都自己逃走了。我能怎麼辦？」

「是不是你壓榨過頭了？你以前不也這樣說過嗎？冒昧問你，你平時一定在吃女人軟飯吧？」

「那是我騙你的。」他從桌下的鎳皮菸盒裡拿出一支菸，靜靜地點火抽起來。「其實老家每個月都寄生活費給我。至於時常換老婆的事，嗯，這倒是真的。我跟您說，從衣櫥到鏡台。全都是我的。當我老婆只要穿著衣服就可以進來住，隨時都可以空手離開。這也是我的發明之一。」

「笨蛋！」我悲傷地喝下一大口啤酒。

「有錢就好了。我想變有錢。我的肉體破舊不堪。想要站在五六丈高的瀑布底下沖個痛快。然後我就可以更平等地和你這麼善良的人往來了。」

「不要想太多。」

我本想叫他不必擔心房租，卻說不出口。也因為突然想起他正抽著HOPE菸，覺得他絕非一貧如洗。

青扇也發現我正在看他抽的菸，似乎察覺出我的心思。

「HOPE很好抽，不會太甜又不嗆，平淡無奇所以我才喜歡。而且名字聽起來就很順耳不是嗎？」他辯解過後，話鋒一轉。「小說我寫好了。總共寫了十張稿紙，然後就寫不下去了。」他用夾著菸的手掌抹去鼻尖兩側的油汗。「我覺得缺乏刺激就寫不出故事，才想賭這把試試。我拚命存錢，只要存滿十二、三圓，就拿著錢去咖啡廳，在更蠢的勾當上花光。我想體會一下懊悔的心情。」

「那你寫出來了嗎？」

「還是沒有。」

我噗哧一聲笑出來。青扇也跟著笑，把HOPE往院子一扔。

「寫小說是很無聊的事情。不管你覺得自己寫出多了不起的內容，一百多年前在什麼地方，一定已經出現過更了不起的作品了。一百年前就有人寫出比你更新更有前瞻性的作品。你充其量不過是在模仿別人而已。」

「不可能吧。我覺得古人不會比後人更精明。」

「你憑什麼這麼確定？話不要說得這麼輕鬆。你從哪裡得到的自信？一個好作家不都具有獨特的個性嗎？強烈的個性是塑造出來的。在候鳥身上是寫不出個性的。」

天色將要變暗。青扇拿起蒲扇不停拍打小腿上的蚊子。草叢就在旁邊，所以蚊子也多。

「不過，也有人說沒有性格，是天才的特質。」

我一說來刺探，青扇一聽，就不滿地對我嘟嘴，看起來卻像是暗中對我露出狡詐的微笑。我一直看著他，身上的酒突然醒了。果不出其然。他一定在模仿我。我過去曾經對他帶來的第一位太太說過，信口開河是天才的特質之一，青扇肯定也聽說了。結果這句話似乎成為對於青扇的一種暗示，不斷地深入他的內心，左右他的言行。青扇過往這種異於常人的態度，在我看來都像是為了不想背叛我的無心之言而做。這男人不知不覺地依賴起我，處處想討好我。

「你也不是小孩了，可不可以適可而止呢？我這間房子並非完全放著不管，從上個月開始，房租小小調漲了，稅金與保費也是一筆不小的開支。你讓人添麻煩了以後，還一副若無其事的樣子，若不是遺世孤立的自大精神，就是乞丐的本性！你不要只想著抱別人大腿！」我罵完就站起身來。

「唉……如果能在這種夜晚吹吹笛子，該有多好。」青扇一邊自言自語，一邊走出簷廊準備送客。

我要步下庭院，卻因為周圍太暗找不到木屐。

「房東先生，我家的電被停了。」

我總算找到木屐並踩起來，抬頭瞄了青扇一眼。青扇站在簷廊邊茫然看著遠方，滿天星斗的另一端，是燈火通明如烈火燎原的新宿鬧區。這下我想起來了。總覺得好像在什麼地方遇過青扇，這時我才想起來。不是普希金。是以前那個啤酒工廠技術員的平頭母親，兩人的臉一模一樣。

十月、十一月、十二月，我三個月間都沒去找過青扇。青扇當然也不會主動來找我。中間只在大眾澡堂遇過一次。晚上快要十二點，澡堂即將打烊的時候，青扇一絲不掛坐在更衣室的榻榻米上剪著自己的腳趾甲。因為他剛從浴池出來，熱氣不斷從他削瘦的肩頭冒出。他看到我仍然神色自若，

「聽說半夜剪指甲會看到鬼，這間澡堂以前一定死過人。房東先生，這陣子我變長的只有頭髮跟指甲而已。」

他面帶笑容說著，手上的指甲剪啪嘰啪嘰作響，但一剪完就匆匆披上連身和服，連愛照的鏡子都不照，急急忙忙衝出澡堂。我心裡只覺得必定有鬼，對他的鄙視有增無減。

今年元旦，我趁著向左鄰右舍拜年，順便到青扇家看看。當天我一推開房子的門口，一隻紅棕色的臘腸狗衝過來朝我一直吠，讓我嚇了一跳。青扇馬上跑出來把狗拉住。他身穿一件蛋黃色像襯衫的連身睡衣，頭戴睡帽，看起來顯得特別年輕，他把狗趕回房間後告訴我，這隻狗是去年年底不知從哪裡流浪來的，餵個兩三天，就跟他親近，一見到外人就吠。他還跟我說過幾天就要把狗帶到別的地方……他也沒跟我打過招呼，就自己滔滔不絕起來。依照慣例，他一

定又幹了什麼見不得人的勾當了。我奮力擺脫青扇的一再挽留，直接告退。然而青扇馬上就從後面追上來。

「房東先生，新的一年開始，我是不應該跟您提出來的，但是我這陣子真的快瘋了。我家起居室出現很多小蜘蛛，很麻煩。前陣子我一個人太無聊，想把歪掉的火盆用長筷子整直，就在火盆箱前面叮叮噹噹地敲起來，沒想到我老婆就放下手上在洗的衣服，惡狠狠地衝進我的房間瞪著我看，說我一定是神經病。我聽了根本愣住了呢。房東先生，您身上有錢嗎？不，還是算了。這幾天我心情差，過年家裡也沒什麼擺飾。您專程來看我，我們卻沒有什麼酒菜可以招待您。」

「你又娶了新老婆嗎？」我刻意用尖酸刻薄的語氣問他。

「嗯。」他變得像孩子一樣害羞。

我想他一定跟一個歇斯底里的女人同居。

前幾天也就是二月初，一個女人出乎意料地在半夜來到我家。我打開玄關門一看，原來是青扇最初的太太。她披著一條黑色的羊毛大圍巾，底下穿一件帶著底不連續白條紋的粗布外套，蒼白的臉頰被凍得微微發青。她說想找我談談，要我陪她出去一下。我連披風都來不及穿上，就跟著她一起出門了。外面結霜，一輪滿月冷冽地掛在天上，我們一言不發地走了一段路。

「我是去年底回來的。」她盯著我說，眼神中充滿了怒氣。

「這……」我想不出可以回答什麼。
「是我在想他。」她喃喃自語。
我默默點了點頭。我們緩緩朝杉樹林走去。
「木下先生怎樣了？」
「他還是那副德性。實在不好意思。」她戴著藍色毛手套的雙手，幾乎垂到膝蓋頭。
「真拿他沒辦法。我前陣子還跟他吵了一架。他現在到底在幹什麼？」
「他沒救了。簡直是神經病。」
我露出微笑。馬上想到長筷子的事情。看來那個歇斯底里的老婆指的，就是這位太太吧？
「不過，他一定是在思考什麼事。」我還是想提出一點異議作為反駁。
她一邊嗤嗤笑著一邊回答：「對。他希望成為華族，然後當一個富翁。」
我感到一絲寒意。於是加快腳步。地面結了一層厚厚的霜，每踏出一步，腳下的霜土就會發出類似鵪鶉或貓頭鷹低鳴的怪聲。
「不，」我乾笑一聲，「我問的不是這個，我想知道的是他開始什麼工作了嗎？」
「他這傢伙懶到骨子裡了。」她回答得斬釘截鐵。
「他怎麼了嗎？不好意思，他到底幾歲？他跟我說他四十二。」
「我也不知道。」她這次沒笑，「或許還不到三十。他還很年輕，但脾氣一直很古怪，連我都搞迷糊了。」

「不知道他想怎樣。好像都不認真做事的樣子。他讀書嗎？」

「不，他只看報紙。光是報紙就驚人地訂了三份。每份報紙都讀得很仔細。尤其政治新聞更是一讀再讀。」

我們走至一片空地。野地上的冰霜清澈極了。月光照耀下，從碎石、竹葉、木樁到垃圾堆都泛著白色的反光。

「他似乎沒什麼朋友。」

「對。他好像因為做了有害於每個人的事情，才沒繼續交往下去的。」

「哪種有害的事？」我想到的是金錢問題。

「其實是無謂的是非。一點都不重要，但他說這也算壞事。那傢伙並不會分辨事物的善惡。」

「對，就是這樣。他把善與惡想顛倒了。」

「不是的。」她把戽斗藏在羊毛大圍巾底下，微微地搖頭。「如果明顯顛倒了，還不成問題。問題是他根本一蹋糊塗。所以我才會焦慮，這樣下去，任誰都會想逃。那傢伙卻只想著討好別人。聽說在我之後又有兩個人進來住，是不是？」

「對。」我根本沒聽到什麼消息。

「根本隨季節換人嘛。他一定是有樣學樣吧？」

「妳說什麼？」我腦袋一時轉不過來。

「那傢伙最喜歡模仿了。那傢伙怎麼會有自己的意見呢？要追問起來，完全是女生給他的影響，想追文學少女就搞文學。想追市井女子就假裝自己很瀟灑。我老早看透了。」

「不會吧？那不就跟契訶夫一樣了嗎？」

我說著說著笑了，但心頭也隨之一緊。假如這時候青扇在場，我好想抱緊他纖弱的肩膀。

「照妳所說，現在木下先生之所以會懶惰到骨子裡，換句話說，無非是在模仿妳呀！」說完，我的頭昏眼花，步履蹣跚。

「對，我就是喜歡那種男人。如果您可以早點明白這件事就好了。可是現在已經太遲了。這是您不相信我的報應。」她輕輕笑著反駁我的話。

我把腳下的一塊泥土踢向遠處，猛抬頭一看，一個男人默不吭聲站在樹叢後面。他身穿大棉袍，頭髮留到以前的長度。我與她同時認出他的蹤影，悄悄把牽在一起的手分開，再默默地走開。

「我來接妳了！」青扇悄聲呼喚，可能因為周遭太過安靜，他的聲音在我耳裡格外刺耳。他似乎連月光都嫌刺眼，皺著眉頭焦躁地眺視著我們。

我向他道聲晚安。

「房東先生，晚安！」他殷勤地回答。

我往他靠近兩三步問：「最近忙什麼？」

「以後別擔心我了，反正也沒什麼好說。」他異於往常地冒出尖銳回答後，又恢復成向來的討喜語氣。「我啊，這陣子開始研究手相喔。你看，我的手掌上開始出現太陽線了。看，是不是呢？這是否極泰來的證明。」

他說著說著就把左手高舉在月光下，如癡如醉看著自己手掌上所謂「太陽線[15]」的掌紋。

什麼狗屁運勢，哪有否極泰來的時候？此後我就再也沒遇過青扇。不管他是發瘋了還是自殺，都是他的自由。這一年間為了青扇，我心靈的一池春水遭受嚴重擾亂。雖然我還能靠著微薄的遺產度過安居樂業的生活，但仍稱不上富裕，還被青扇的事情搞得經濟上處處受限。然而回頭想起，似乎還帶來極為無趣而更令我喘不過氣的結果。追根究柢，我難道不過是想在一個凡夫俗子身上賦予某種意義，去期盼他實現某種夢想嗎？難道沒有臥龍英才嗎？沒有神童嗎？我早已不指望那樣的期待。一切都是昔日的他，在每一天的風吹日照下改變一點顏色而已。

喂，你看！青扇出來散步了。就在紙風箏飛舞的空地上。他穿著橫條紋的大棉袍踽踽獨行。為什麼你笑個不停？是嗎，你說我和他很像？——那好，換我問你。那個有時看看天空，有時

15 無名指下方的直向線紋，象徵與事業成敗相關的運勢。

聳肩，有時垂頭喪氣，有時俯身摘起幾片樹葉，緩步徘徊的男人，與坐在這裡的我，難道，就沒有，一丁點，不同的，地方嗎？

鄉野傳奇

仙術太郎

很久很久以前，在津輕之國神梛木村[1]有一位村長名叫鍬形惣助。在他四十九歲那年才初為人父，將兒子名曰太郎。太郎剛出娘胎，便打了一個大大的呵欠。惣助始終對兒子誇張的呵欠耿耿於懷，覺得在來道賀的親友面前無地自容。惣助的憂慮終於成真。太郎不去吸吮母親的乳頭，只顧著懶洋洋地躺在母親懷中，等母親把乳頭塞進他嘴裡。把紙糊擺頭老虎玩偶擺在他面前，也不拿來玩，只是無聊地看著老虎頭不斷擺動。早上一醒來並不急著起床，而是再瞇上眼睛裝睡兩小時。這孩子天生不喜歡輕易翻動身體。他三歲那年，發生了一件小事件，鍬形太郎的名聲在村中稍微傳開。因為這起意外沒上報紙，更接近一則事件。那次，太郎走了很遠。

事件發生在初春時分。太郎無聲無息地溜出母親懷中，滾下玄關水泥地上。一爬出門外，就自己站起來。不知情的惣助與太郎的母親，都還在呼呼大睡。

一輪滿月高高掛在太郎頭頂上，滿月的輪廓有一點朦朧。太郎身上穿著一件稻田魚圖案的衛生衣與慈姑圖案的棉背心，打著赤腳走過滿是馬糞的砂石路，一路往東前進。他睡眼惺忪，大口喘著氣不斷前進。

1 神梛木村：與太宰治家鄉金木村諧音。「梛」音同「挪」。

隔天早上，全村大亂。因為年僅三歲的太郎，毫髮無傷地在離村莊一里外之遠，湯流山[2]的蘋果園裡沉睡。湯流山的形狀就像快要溶解的冰塊，三座山峰連綿起伏，西邊像水流一般緩緩傾斜下行。山的標高約一百米，太郎是怎麼走到山裡，沒有人知道。不，太郎一定是自己爬上去的，但沒人知道他是怎麼上去的。

一個採山菜的小姑娘發現了太郎，把他塞進簍中，太郎就在簍子裡搖搖晃晃地回村。村民爭相觀看簍子裡的太郎，並皺起又黑又油亮的眉頭，互相點頭說：是天狗，是天狗。惣助看到兒子平安，只說了句：這孩子……他既不說真麻煩，也不說沒受傷太好了。太郎的母親相對淡定，抱起太郎，再把一方擦手巾順手塞進小姑娘採山藥的簍子作為答謝，又搬了一大口腳桶擺在玄關水泥地上。打來溫水倒進腳桶裡，默默地為太郎洗澡。太郎的身上一點也不髒，還是一樣白白胖胖。惣助在腳桶四周不斷踱步，不小心被腳桶絆倒，洗澡水流了整玄關都是，惣助也被太郎母親痛罵一頓。即使如此，惣助仍然沒有離開，站在太郎母親背後看著太郎，一直對太郎說：太郎，你看到什麼？太郎，你看到什麼？太郎一連打了幾個呵欠，吞吞吐吐地大聲說出：尊只你……的……早……豆在……朝。

惣助晚上躺在床上，終於想通了這句話的意思：村子裡的灶都在燒。好大的發現！惣助躺

2 湯流山：青森縣西部的火山岩木山，又名「津輕富士」，標高一六二五公尺，為青森第一高山。從西側弘前市觀看，岩木山左側為巖鬼山，右側為鳥海山。

在床上伸手想拍自己的大腿，卻因為棉被太厚擋住，一下打到肚臍附近，疼了一陣。惣助心想，村長的兒子畢竟生長在村長家，才三歲就知道關心村民的爐灶。我們家後繼有人了，他的將來必定前途光明。這孩子想必是在湯流山頂眺望了神椰木村早晨的景色。這時候家家戶戶的煙囪都冒出炊煙，真是無上殊勝的超然本願呀！這孩子天賦異稟，一定要好好呵護才行。惣助悄悄爬起來，伸手為身邊床墊上的太郎輕輕蓋好被子，順便伸長手臂，把睡在孩子另一邊的母親被子蓋好。太郎的母親睡相很差，惣助刻意轉過頭去不看她的睡相，但口中卻喃喃自語：這是太郎的媽媽，我必須倍加珍惜。

太郎的預言說中了。那年的春天，村子裡所有的蘋果園都開滿淡紅色的花，花香甚至飄至十里之隔的古城關內。到了秋天更加幸運，蘋果結實得像紙皮球一樣大，像珊瑚一樣紅，枝頭結實纍纍，像桐樹的果實一樣叢聚。摘下一顆入口嘗鮮，果肉水分充足，牙齒一咬下去，便發出清脆的聲響，冰涼的汁液也噴濺到鼻子與臉頰。第二年的元旦，又發生吉兆。上千隻鶴從東方的天空飛來，村裡的人紛紛走告，看那邊！看那邊！在村民的讚嘆中，上千隻鶴在藍天上悠然盤旋一會，復又往西飛去。那年秋天，稻穗顆粒飽滿，蘋果一如去年結實纍纍，連樹枝也被果實壓彎。村子裡開始繁榮起來。惣助相信太郎具有預言能力。然而他吞忍下來沒有告訴村民，因為他不想被人們嘲笑愛子心切不惜護短，或許他有一種輕佻的下流念頭，希望可以再賺上一筆。

年幼展現天賦的神童，在兩三年過去之後就墮入邪門歪道。不知何時開始，太郎已被村民們取了一個綽號「懶惰蟲」。惣助對於自己孩子被這樣稱呼，也束手無策。太郎到了六七歲，也不曾與其他孩子一起跑去草原、田埂或河邊遊玩。到了夏天，只把兩肘靠在房間窗邊，兩手托腮看著外面的風景。到了冬天，他就盤坐在火爐邊靜靜看著柴火的火焰。他喜歡猜謎。有年冬天，太郎懶散側躺在火爐邊，瞇著眼側頭看惣助，慢條斯理地問了一則謎語。什麼掉進水裡也不會變溼？惣助連連搖頭三次也沒猜中，便回答他不知道。太郎懶洋洋閉上眼睛回答：是影子。惣助開始覺得太郎很麻煩了。這算哪門子玩意？他一定是變笨了。一定是腦袋有問題。如同村民所說，畢竟是一條懶惰蟲。

太郎十歲那年的秋天，村子發生大水災。村子北邊三間[3]寬的神椰木川，在接連一個月的大雨後大發雷霆。上游水源的濁水帶著大小漩渦，與日益上漲的六條支流匯聚後更加橫肆，如同韋馱天[4]一樣呼嘯而過，吹斷山上的數百棵木材，把岸邊的櫟樹、冷山、白楊樹連根拔起，沖進山麓深潭，水越積越高，一下子將村子的橋撞斷，淹過河堤，像大海一樣蔓延，村莊頓成

3 三間約五點四公尺。

4 韋馱天（Skanda）：婆羅門教大自在天（Maheśvara，即溼婆神）與雪山神女（Pārvatī）的兒子之一建陀，密宗佛教二十護法之一，先被漢傳佛教抄本由「建陀天」誤記為「違陀天」，又與佛教四大天王「增長天王」部下之一「韋將軍」形象混淆。日本禪宗將韋馱天視為敏捷象徵，民間則視為兒童守護神。

水鄉澤國，住屋的地基石被侵襲，豬隻在水裡游泳，新收割的水稻堆成的一萬束稻穗捲[5]在大水中載浮載沉。大雨持續到第五天才停下來，第十天水退，第二十天神椰木川河面又回到三間寬，緩緩流過村子的北邊。

村民每天晚上都聚集在不同人家討論對策，每一次的結論都一樣，就是我們不想餓死。這個結論就是每一場討論的出發點，村民隔天晚上還是繼續討論，最後依舊得到相同結論。一再聚集討論，散會時總是得到不想餓死的結論。討論一直沒有結果。最後全村大亂，有村民決定起義。某天，十歲的太郎對著抱頭興嘆的父親惣助說出自己的想法。他覺得問題要解決很簡單，去城內找城主大人求救不就好了嗎？我去。惣助聽了立刻發出歡呼。然而他換個方式再想，覺得太過草率，乃繼續深鎖眉頭，抱頭興嘆。你畢竟還小，頭腦很簡單，大人是不會這麼想的。越級申冤這種事，一有差池，是連命都保不住的。這樣太危險了。算了吧！算了吧！那天晚上，太郎把兩手藏在衣服裡，晃著兩條袖子出了門，就匆匆地衝向主城。村子沒有任何人發現他的行動。

越級申冤成功了。這是因為太郎運氣好。不但沒被砍頭，還得到了讚揚。也許是當時城主大人法外開恩的關係吧。村子因此逃過一劫，到了第二年又恢復原來的生息滋潤。

村民們在兩三年間又開始稱讚起太郎，但兩三年過去就忘了。他們還把太郎叫成村長的傻

5 稻穗捲：稻穗收割後，在脱穀前需要先晒過太陽。在稻埕空間不足的地方，將收成的稻穗綑綁成束後曝晒。

公子。太郎幾乎每天都躲在院子裡的倉庫，隨手拿起惣助的藏書就看。有時候他可能會發現不登大雅之堂的畫冊，依舊面不改色地看下去。

在倉庫裡，太郎看到一些仙術的書，他相當沉迷，其中一本《縱橫十字》，令他愛不釋手。他在倉庫裡修行了約略一年，最後學會了化身老鼠、大老鷹與蛇的仙術。他變成老鼠，在庫房裡跑來跑去，時常抬起上身發出吱吱叫聲；他變成老鷹，竄出庫房的窗戶展翅高飛，隨心所欲地在天上逍遙翱翔。他變成一條蛇，小心翼翼避開倉庫地板下的蜘蛛網，以腹部的鱗片撥開樹蔭下冰涼的草地前進。不久後，他又學會化身螳螂的法術，除了樣子改變，也沒有其他有趣的地方。

惣助對自己的兒子已經感到絕望。儘管如此，他仍然不認輸地告訴太郎的母親，其實呀，他只是聰明過了頭而已。太郎在十六歲那年開始談戀愛，對象是隔壁油鋪老闆的女兒，擅長吹竹笛。太郎喜歡變成老鼠或蛇的樣子，在倉庫裡聽女孩吹笛。哀哉，太郎竟然想讓女孩愛上自己。太郎想成為津輕第一美男子。太郎竟然想透過自己的仙術，把自己變成美男子。到了第十天，他的夙願實現了。

太郎戰戰兢兢瞄了鏡中的自己一眼，結果嚇了一大跳。他的臉色蒼白，兩頰腫脹，有如過年吃的烤年糕。兩眼細長，嘴邊長滿鬍鬚。長相酷似天平時代[6]佛像，而且連兩腿間的那一支

6 天平時代：聖武天皇（西元七〇一至七五六年）在位年間（西元七二四至七四九年），奈良時代最輝煌時期，華嚴宗東大寺與律宗唐昭提寺均於天平時代興建完成。

都像古物一樣軟軟垂垂。太郎害怕極了。仙術典籍年代太過久遠。因為是天平時代的古物。這樣下去一點用也沒有。不如從頭再來。然而法術已經無法讓他恢復原來的樣子了。當他為了滿足欲求而任意使用法力的時候，不論好處壞處都會附著在身上，沒有任何改變的可能。太郎努力作法三四天，到了第五天終就放棄。這張古代人的臉，大概也不會得到現代人的喜愛。失去仙術法力的太郎，只能帶著大餅臉與滿臉鬍鬚走出倉庫。

太郎只好硬著頭皮，向目瞪口呆的父母說明事情的來龍去脈，讓他們停止更多擔憂。以太郎的窘樣，在村里已經無處可去。他在當天晚上，留下一張只寫著「我走了。」的紙條後，便飄然離家。一輪滿月高高掛在天上。滿月的輪廓有一點朦朧。不是天氣的錯。是太郎的眼前一片模糊。他一邊搖搖晃晃地走著，一邊想著美男子這件事的神奇變化。過去的美男子，為什麼到了現在就成了笨蛋呢？不可能吧？不過我這樣子，有什麼不好？這道謎語太難懂，即使一路穿過隔壁村的樹林，一路走到城關內，一路走出津輕國的邊關，也想不出答案。

順道一提，太郎仙術的奧祕，就是兩手抱胸，背靠在柱子或牆邊呆滯地站著，嘴裡不斷重複低吟咒語：不好玩，不好玩，不好玩，不好玩，不好玩……他反覆了幾十遍、幾百遍，直到進入無我境地。

打門次郎兵衛

很久很久以前，在東海道三島的某間驛站，有一位名叫鹿間屋逸平的男人。他家從他的曾祖父開始，代代以釀酒為業。人道是酒可以反映出釀酒人的人品。鹿間屋釀出來的酒倒出來總是這麼清澈，口感總是這麼強烈。清酒名為「水車」。逸平有十四個孩子，六子八女，老大不懂世事，只懂得依照逸平的耳提面命專心賣酒。他對自己的想法缺乏信心，即使有時會對父親表達自己的想法，言談中卻完全找不到自信：原本我以為自己想得對，回頭一看卻又漏洞百出，不知道爹爹怎麼想？看起來我的想法是錯的。他有話總是說不出口，只好再把話吞回去。逸平的回答很簡單：你是錯的。

他的次子次郎兵衛完全不同。他的性格當中，有一種有別於政客假慈悲的是非分明態度。在三島驛站街坊的人們都叫他「痞子」，並且敬而遠之。次郎兵衛討厭生意人的本質，覺得人生在世不能凡事都精打細算。他堅信只有無價才能稱之為至寶，幾乎每天都買醉，但絕不碰自家釀的酒，因為他親眼目睹家裡靠投機取巧獲取暴利。如果不小心入喉，也會想辦法把手伸進嘴裡催吐。次郎兵衛幾乎每天上街去大小茶樓酒肆喝酒，父親逸平卻不以為忤，只因他是個腦袋清楚的孩子。逸平覺得在眾多子女當中，只要有一個直來直往的孩子，即使會幹出蠢事，也會為家裡帶來活力。而且逸平現正擔任三島打火組的組長，他希望能讓次郎兵衛繼承這分榮譽職銜。次郎兵衛越來越像一匹難以接近的野馬，這種人正適合掌管打火組。逸平看到將來遠景，對於次郎兵衛的玩世不恭也就睜一隻眼閉一隻眼。

次郎兵衛二十二歲那年的夏天，決心成為一個打鬥高手。原因是這樣的——

三島大社每年到了八月十五都會舉辦祭典，別說是驛站周圍的店家，成千上萬的香客會從沼津的漁港與伊豆的山區蜂擁而來，腰帶上各自插著一面蒲扇。三島大社祭典當天一定會下雨，從古早以來皆是如此。三島的人們喜歡熱鬧排場，他們在雨中拿著蒲扇，忍受又溼又冷的天氣，觀看著眼前的野台車，神輿推車與天上的煙火。

次郎兵衛二十二歲那年的祭典當日天公作美，相當稀罕。一頭大老鷹一邊啾啾叫著，一邊在天上盤旋，香客拜過大社各神靈之後，順便祭拜頂上的藍天與大老鷹。過了中午，東北方的天空就開始冒出一大團烏雲，不久後三島的天空一片陰暗。溼熱的風吹拂地面，伴隨著粗大的雨滴降下，不久就成了傾盆大雨。這時，次郎兵衛正坐在大社鳥居對面的小酒肆，一邊吞酒，一邊看著街上各種女人奔跑的姿態。他起身伸一個懶腰的時候，突然見到一個熟人，是他家正對面書道老師的女兒。她身穿一襲紅花圖案，看起來很重的和服，在雨中跑幾步又慢下來走幾步，走走停停，看來很吃力。次郎兵衛掀起酒肆門口的暖簾，衝到路上叫住她：拿把傘來撐吧，和服不耐淋雨。女孩停下腳步，扭動纖細柔軟的頸項，一看是次郎兵衛在叫她，白嫩的兩頰不禁羞紅。次郎兵衛說：妳等會。他說完便跑回酒肆吆喝老闆拿把番傘[7]來。書道老師的女兒呀，不管妳的老子，妳的老娘，還有妳，一定都覺得我是個只知道喝酒，好逸惡勞的痞子，不是個好東西。那又怎麼樣？我就是那種在別人受苦的時候，還會不計前嫌為妳效勞，借把傘給妳用的那種男人啦！等著瞧吧！當他一邊想著一邊掀開暖簾往外一看，女孩已經不見蹤影。外面雨越下越大，眼前只見人馬雜沓。呵！呵！呵！呵！酒肆裡傳出此起彼落的嘲笑。是六七個地痞無賴在起鬨。右手撐著番傘的次郎兵衛心想，唉，我真想打贏別人呀。當一個人在遇到他人侮辱的時候，講理是沒用的。如果我能見人斬人，見馬斬馬就好了。打從那天開始，次郎兵衛花了三年的時間，偷偷學習打鬥的本領。

打鬥是膽量的表現。次郎兵衛靠酒練膽。次郎兵衛越喝越多，兩眼逐漸向死魚一樣冰冷，額頭長出三條油亮的皺紋，相貌更似無恥之徒。當他要抽菸，都會誇張地把手上的菸桿往後繞過一圈，才湊近嘴巴抽一口，看起來就像一個豪氣干雲的男人。

然後是語氣的練習。他想用一種深不可測的粗獷語調說話。通常開打前都必須說一些下馬威的話，次郎兵衛為此傷透腦筋。套公式說出來的，對方不會有感覺，所以次郎兵衛自己編了一套話：你是不是搞錯了？不是開玩笑的吧？你的鼻子如果瘀青，看起來會很可笑。要花一百

7 番傘：江戶時代各店家遇雨會出借油紙傘供客人使用，即使客人用完不還，由於傘上通常標記店家紋章或番號，可為店家宣傳，故名番傘。

天才會好。我想，是你搞錯了。為了能倒背如流，他每天晚上都要小聲覆誦三十遍。他還孜孜不倦地練習一邊說一邊咧嘴，眼神不必太過凶狠，臉上也得保持微笑。

現在萬事俱全，接下來即可練習打鬥。次郎兵衛不好兵器，認為以武器打贏就不算男子漢。唯有赤手空拳打贏，才感到痛快。次郎兵衛首先鑽研拳頭的形狀。如果拇指露在拳頭外，恐有受傷之虞。次郎兵衛經過不斷研究，最後決定把拇指用四隻手指的第一關節緊緊包覆住，如此一來揮出的拳就會相當堅硬。用彎曲的四隻手指包住大拇指，朝自己的大腿捶下去，拳頭不痛，但大腿疼到他跳起來。這是一大發現。此後，次郎兵衛計畫把四隻手指的第一關節練得皮更厚、骨頭更硬。早上一醒來，他就一拳打在床頭的菸具盤上。走在街上，沿路搥打夯土牆與木板牆。進了酒肆，他搥打酒肆的木桌。他搥打家中的火爐邊框。這種修行持續了一年。菸具盤被打碎，夯土牆與木板牆被打出各種大大小小的凹洞，酒肆的桌子被打裂，家中火爐邊框被打得像是設計摩登的家具般凹凸不平，而次郎兵衛也對自己的拳頭產生了自信。練習過程之中，次郎兵衛也發現了出拳的訣竅。他發現從腋下像活塞一樣使出直拳，效果大概是橫向弧拳的三倍。他也知道使出直拳的過程中，如果手腕又往內轉半圈，效果會增加大概四倍。因為手臂會像螺旋一樣，一邊旋轉一邊打中對方的身體。

接下來的一年，他在自家後面，國分寺舊址的松林裡苦練。他找了一棵五尺四、五寸高的人形枯樹幹當作假想敵。次郎兵衛還試過全身各個部位，發現山根與劍突[8]兩個部位打起來最痛。此外他也想到男人下襠是一大弱點，但是又覺得這種手段太過下流。不是一個男子漢會下手的部位。他還知道小腿骨很脆弱，不過只適合腳踢，然而次郎兵衛覺得跟人打架用腳踢不厚道，有愧於對手，所以專挑山根與劍突這兩個部位攻擊。他在枯樹幹相當於山根與劍突的部位，用小刀刻下兩個小小的三角形，每天練習從不怠慢。你是不是搞錯了？不是開玩笑的吧？你的鼻子如果瘀青，看起來會很可笑。要花一百天才會好。我想，是你搞錯了。話沒說完，一記右拳落在山根，左拳落在劍突。

經過一年修行，枯樹幹上的三角記號，都被打出像飯碗一樣的凹痕。次郎兵衛心想，如今既已百發百中，卻仍然無法心安。對方不會像枯樹幹一樣動也不動，而且會躲。在三島的街坊轉角，常常可以看到水車的蹤影。融雪從富士山上產生幾十條湍急的清流，流過三島家家戶戶的屋下、走廊邊或庭院，長滿青苔的水車，便在各條湍流的要衝上不斷旋轉。次郎兵衛總在夜晚喝完酒回家的路上，找到一台水車便單挑起來。他依序攻擊水車上的十六面葉片。一開始不容易看準時常撲空，後來三島街坊因為葉片破損無法運轉的水車就越來越多。

次郎兵衛也常常在小河裡泡水，有時會在水底練習憋氣，一動也不動。他考量到一旦與人衝突，失足跌進河裡的情形。因為小河流遍整個街坊，這種情況不時會發生。他把木棉纏腰帶

8 山根劍突：眉心與胸口（胸骨下端連結左右肋骨的骨狀軟骨，與第九胸椎同高）。

綁得更緊，以防自己喝下太多酒。如果喝醉頭重腳輕，更容易失敗。就此過了三年。大社的祭典舉辦三次，三次他都錯過。他的修行告一段落。次郎兵衛的形象也變得更加威嚴而穩重。他連把頭從左邊轉到右邊，都需要花掉一分鐘。

對於自己的親生骨肉，父母親總是相當敏感。父親逸平看穿了次郎兵衛的修行。雖然不明白他在修行什麼，仍感受到他似乎已經成就某種大器。逸平依照先前的打算，讓次郎兵衛承襲打火組榮譽組長的頭銜。次郎兵衛憑著自己無中生有的威嚴與穩重，得到許多打火弟兄的信任，人人都組頭來、組頭去地稱呼他，打鬥的本領無用武之地。年輕的組長心中反而沮喪，覺得這一輩子說不定連一次架都沒打過就死去。歷經千錘百鍊的兩臂，一到晚上就奇癢無比，他只能心灰意冷第一直抓。他渾身的力氣無處發洩，忍到臨頭終於起了歪念，在自己的背上刺滿圖案。他刺著直徑約略五寸的大紅色玫瑰花，周圍是五條看似青花魚的細長魚類，從四面八方包圍並以尖銳口吻咬住玫瑰花瓣的圖樣。藍色的碎浪圖案，從他的背後延伸到前胸。因為這身刺青，次郎兵衛終於成為東海道的知名人物，不只是打火弟兄，連街上的那些地痞無賴見到他都尊敬他，這輩子恐怕無法實現打鬥的心願，次郎兵衛實在熬不下去了。

然而機會卻自己上了門。彼時，三島的驛宿街上，有一家與鹿間屋旗鼓相當的酒藏，名為陣州屋丈六，家裡非常有錢。這家酒藏的酒口味偏甜，色調濃厚，丈六人如其酒，已經納了四個妾，仍然處心積慮地到處打探第五個。一根白翎凶箭[9]飛過次郎兵衛家的屋頂，掃過書道老師破屋茅草屋頂上的野生薺草，直直插在柱子上。書道老師始終不輕率答應，甚至切腹未遂兩次被家人發現，才躲過一死。次郎兵衛聽到風聲，不禁摩拳擦掌想大展身手。他嚴陣以待。

到了第三個月，機會總算來了。十二月初，三島難得下起一場大雪。傍晚開始飄起零星的雪花，不久便成了碗口大的鵝毛雪，在地上積了三寸高的時候，街坊各處的六個警鐘同時震天價響，失火了！次郎兵衛慢條斯理走出家門，在陣州屋隔壁的榻榻米店何其不幸，冒出熊熊大火。成千上萬的火舌在榻榻米店的屋頂上滾動，火星像松樹的花粉一樣在空中四散。黑煙有時像光頭海怪一樣緩緩爬升，漸漸盤據整個屋頂。不斷飄下的鵝毛雪被火光染紅，看起來更加沉重而令人扼腕。打火弟兄們與陣州屋為了打水發生了爭執。陣州屋堅持不開放自家屋內讓打火組傳水，命令打火團快快破壞隔壁榻榻米店的房子滅火再說。打火弟兄紛紛反駁道，這種方法違背滅火原則。次郎兵衛這時候出現。陣州屋先生。次郎兵衛盡可能壓低嗓音，大部分時間都露出微笑。你是不是搞錯了？不是開玩笑的吧？陣州屋突然打斷：這不就是鹿間屋少爺嗎？嘿嘿，我開玩笑的，酒喝得多了點而已。盡量提水過來。這次又打不成架，次郎兵衛只能看著火場興嘆。然而次郎兵衛的聲威因此更大了。在火光照耀之下準備教訓陣州屋的次郎兵衛紅通通

9 白翎凶箭：傳說神明找到獻祭少女之後，會把從老鷹的羽毛做成的白翎箭，射向少女家的屋頂。後來引用為「從眾多人選中挑出的犧牲者」。

的兩頰上，沾著十多片不融化的鵝毛雪，這種樣子讓他看起來像神一樣令人畏懼，到了後來，有很長一段時間都讓打火弟兄們津津樂道。

隔年二月某一個良辰吉時，次郎兵衛在驛宿街坊一端的新家落成。屋內除了六疊、四疊半與三疊的房間各一間，樓上還有一間八疊的起居間，可以從窗戶遠眺富士山。在三月一個更好的好日子，次郎兵衛把書道老師的女兒迎娶進新居。那晚，打火組弟兄們擠滿了次郎兵衛的新居，大家一邊喝著喜酒，一邊輪番上陣使出自己的看家本領，直到隔早，最後一個人用兩面盤子變戲法以後，大家瞇著醉眼與睡眼，從各處報以零星掌聲，婚宴才告一段落。

次郎兵衛模稜兩可地覺得，這種日子其實已經很足夠了，於是混一天算一天。他的父親逸平也說，你人生至此可以不用擔心了，便拿起菸桿頭往竹筒邊沿叩地一敲，倒盡斗中菸灰。然而逸平聰明一世也料想不到的悲劇卻就此發生。結婚第二個月的某一個晚上，次郎兵衛一邊喝著新娘奉上的酒，一邊吹噓：我擅長跟人打鬥，打架的時候右手可以打中對方的山根，左手可以打中劍突。說著說著就乘興小試兩手，不料新娘就這樣被打死了。攻擊目標還真準確。次郎兵衛被判上重罪，鋃鐺入獄。這是一種對他過度高超技術的懲罰。次郎兵衛入獄之後，因為他不怒而威的外貌，使得獄吏都不敢耍弄他，同一間牢的囚犯們也尊稱他為牢長。次郎兵衛一邊坐在比其他囚犯更高的位子上，一邊以悲傷的曲調吟唱著自創小調，曲風既不像是都都逸[10]，

10 都都逸：源自十九世紀前半葉的民間曲調，隨口唱出的歌詞多描寫男女情愛，歌詞格律為七—七—七—五音節，以三味線伴奏。

也不像念佛——

俯問大石頭
問時不覺羞
我乃最強者
大石默不語

謊話三郎——

很久很久以前，在江戶深川[11]有一位名叫原宮黃村的鰥夫，是專攻支那宗教的學者。他有一個兒子，名叫三郎。明明是獨子，卻命名為三郎，左鄰右舍都以他的怪癖認定他是實至名歸的學者。至於為什麼這就是學者的怪癖，也沒人明白。可能只是因為他是學者的關係。左鄰右舍對於黃村的風評也不大好，覺得他是一毛不拔的鐵公雞。據說他每吃一碗飯一定要剩下半碗，留作漿糊的材料。

三郎的謊話之花，是從黃村的一毛不拔萌芽的。到他八歲為止，不只沒拿過一毛零用錢，

11 深川：現東京都江東區西側，最早記載出現於十六世紀末，原為漁民聚落，後來演變成小吃街與私娼寮集中地域。

還被迫背誦支那古聖先賢名言。三郎抽抽噎噎地背誦支那古聖先賢的名言，一邊走一邊拔起每一間房間牆壁柱子上的釘子。只要拔滿十根釘子，就拿去附近收廢鐵的地方變賣換個一錢兩錢。他把錢拿去買花林糖[12]來吃。後來廢鐵行老闆告訴他，他父親的藏書可以用十倍左右價格賣出，他開始一本兩本地偷去賣，直到拿到第六本，才被父親發現。父親一邊揮淚一邊教訓他的小偷兒子。他朝三郎的頭頂連續打了三拳，並對三郎說：接下來懲罰你，我會和你一起體會餓肚子的感覺，再來就沒有別的懲罰了。坐到那邊去。三郎一邊哭一邊發誓一定改過自新。這就是三郎的第一句謊話。

這一年的夏天，三郎殺死了鄰居家的狗。那是一隻狆犬[13]。當晚那條狗不斷狂吠。洪亮的咆哮，受不了苦痛的哀號，各種聲音夾雜而來。持續了大約一個鐘頭，父親黃村對躺在旁邊的三郎說：你去隔壁看看。三郎剛才已經抬起頭來，一邊啪答啪答地眨眼，一邊仔細聆聽了外頭的動靜。他起身掀開遮雨窗，看到隔壁竹籬笆正拴著一條小狗，正趴在地上，死命地掙脫狗繩。三郎對狗大罵：別叫了！狗一看到三郎，更起勁地啃噬竹籬笆，突然像雷打到一樣發出更尖銳的叫聲。三郎對這隻被寵壞的狆犬，燃燒起一股深仇大恨。他壓低聲音對狗說：別叫了，別叫了，然後跳進院子拿起一顆鵝卵石，朝狗方向咻地一扔。石頭命中了狆犬的頭。狗啾地低鳴一

12 花林糖（かりんとう）：日本傳統零嘴，即台灣茶點「寸棗」，外表裹的是黑糖蜜。
13 狆犬：狆音同「仲」。日本小型玩賞犬，類似長毛吉娃娃。八世紀由新羅引進的蜀犬。

聲，白白的毛球像陀螺般轉了一圈之後，啪地一聲倒在地上。這條狗已經死了。他關上遮雨窗，父親懶懶地問他：怎麼樣了？三郎用棉被蒙著頭回答：不叫了。好像生病了。說不定明天就死了。

這年的秋天，三郎又殺了一個人。他把一個玩伴從言問橋[14]推下去，這還不是直接死因。這是一種突發性的衝動，衝動起來就像要對自己的太陽穴開一槍。被推下橋的豆腐店老闆的老么，一邊墜落一邊像鴨子划水般擺動瘦長的雙腳，撲通一聲掉入河裡。在水花中隨波逐流了大約一間距離之後，水流間伸出一隻手，還握著拳頭。手臂隨即在水流中消失。三郎看完整個場面，才開始大聲哭叫。路人逐漸聚集，看著三郎哭著指向的位置，才知道發生什麼事。一個反應很快男人輕輕拍了拍三郎的肩膀說：別哭了，我們馬上去救他起來。你做得很好。有三個擅長游泳的路人自告奮勇，紛紛跳入河裡展現泳姿，順便救出豆腐店老么。但三人卻因為太過耽於展現自己的身段，延誤了搜救的寶貴時間，找到的時候，已是冰冷的遺體。

三郎一點反應都沒有，他還在父親帶領下，參加了豆腐店老么的喪禮。在他從十歲變成十一歲的時候，這起無人知曉的犯罪往事，開始折磨三郎，也讓三郎的謊言之花終於進入盛開期。他對人扯謊，對自己扯謊，努力抹消自己的前科，以及自己的記憶，經年累月下來，他終

14 言問橋：現存的言問橋於西元一九二八年興建，在幕末時期以前，因防備需求限制造橋，一般渡河多用竹筏。（別記：東京大學本鄉校區與農學院所在的彌生校區，被道路「言問通」隔開，而這條路通往言問橋，可能是太宰治寫作本篇的依據。）

於變成謊言的集合體。

二十歲的三郎變成一個格外木訥的年輕人。每逢八月半盂蘭盆會時分，他就會對人悲嘆對母親的思念，並得到左鄰右舍的同情。三郎並不認識他的生母，在他出生當下，母親就為他而死。他至今從未想念過母親。他的扯謊本領也越來越高超。他經常為黃村的幾個門人代筆寫信，其中最擅長的是向家人索討生活費。他可以像這樣寫：啟稟父親大人。前段的噓寒問暖、對父親大人的誠懇問候與祈願，然後才進入正題。先洋洋灑灑寫了一堆，後面就提起錢，是最差勁的寫法，看起來就不存好心。所以必須鼓起勇氣說明需求。越言簡意賅越好。這陣子我的私塾開始教《詩經》，教材在市面上的書店要價二十二圓，不過黃村老師顧及我們師兄弟的財力，決定向支那下單，實際的費用就會變成十五圓八十錢。如果錯過這次大好機會，就會造成金錢上的損失，希望可以及早下單。及早收到此十五圓八十錢為荷。前面講完，後面再說說自己近況，扯一些無關痛癢的日常瑣事：昨天從房間窗戶往外看，天邊有一群烏鴉與一隻黑鳶纏鬥不休，場面相當壯觀。不然就是前天在墨堤[15]散步的時候，看到一朵奇妙的花，花瓣像牽牛花，遠看像豌豆花，近看顏色又白裡透紅，因為太稀奇了，就整株拔下來種在房間的花盆裡……以這種顧左右而言他的平靜筆法，假裝忘了要借錢。一個父親看到兒子家書中平靜的心境，會因為愧對自己而不忍苛責太多，面帶笑容匯錢。三郎代筆的家書就是這麼地以假亂真。師兄弟們

15 墨堤：隅田川墨田區側的河堤。

爭先恐後地找三郎代筆，或是抄下三郎口述的內容。只要一收到生活費，師兄弟就會找三郎一起出去玩，並且花到一錢都不剩。黃村的私塾生意越來越好，江戶的學生們紛紛聞風而來，為了向小當家打聽寫信的方法，而進入黃村的私塾。

三郎又打量了起來，心想與其每天為幾十人提筆口述寫家書，不堪其擾，不如把內容都印成書。他想的是如何將跟家長要錢的方法編成一本書，在準備出版時又發現一件阻礙。如果家長也買這本書回家精讀，將如何發展？罪大惡極的結果可想而知。三郎必須中斷這本書的發行計畫。師兄弟們的群起反對，也是原因之一。但是三郎不改出書的決心。他決定刊行當時江戶流行的風流小說[16]。文章以「呵呵，看倌卿卿如晤」開頭。整篇故事的內容盡是憑空捏造的鬼扯內容，完全符合三郎的性格。在他二十二歲的時候，便以筆名「醉盜胡謅齋主人」發行了兩三本風流小說，想不到賣得不錯。某日，三郎在父親的書櫥裡發現了自己風流小說裡的傑作《人間萬事謊亦真》，隨口問起黃村：胡謅齋主人的書寫得好嗎？黃村板起臉來回答：不好。三郎笑著告訴他：那是我的筆名喔。黃村發出兩三聲乾咳掩飾自己的狼狽，隨即畏首畏尾地悄聲問三郎：你賺了多少？

傑作《人間萬事謊亦真》描述一個怪脾氣年輕人「厭倦先生」遊戲人間的故事。舉例來說，厭倦先生尋花問柳，有時宣稱自己是演員，有時擺出暴發戶架勢，或是假裝貴人微服出巡。主

16 風流小說（洒落本）：江戶大眾讀物的一種，主要內容是嫖客與娼妓的對話。

角精於偽裝，連閱歷豐富的藝妓或陪侍都不曾懷疑他的身分，最後連自己都中了自己的招，相信一切都不是夢而是現實。在書中他一夕間成為百萬富翁，一覺醒來又成為家喻戶曉的歌舞伎演員，人生在滑稽的情境中落幕。到他死亡的那瞬間，才變回原來一文不名的厭倦先生。這是三郎所寫的「私小說」。在迎向滿二十二歲之前，三郎的謊話已出神入化，所有扯出來的謊，都像黃金一樣真實。黃村面前的三郎是一個沉默寡言的孝子，私塾學生面前的三郎是一個世故到可怕的人物，到了花街柳巷，就變成小生團十郎、某某大人、某某門派老大，角色無一突兀。

下一年，父親黃村撒手人寰。黃村在遺書裡寫著：我是個騙子，一個偽善者。學習支那的宗教，讓我相信自己罪孽很深。讓我撐到現在的，應該就是把愛投注給失去母親的兒子上吧？雖然我自己失敗，卻求自己的兒子揚名立萬，最後兒子似乎也失敗了。我要把六十年間為他一點一滴存下來的五百文錢，全部留給兒子。三郎讀完遺書，蒼白的臉上露出冷笑，把遺書撕成兩半，撕成四半，撕成八半。為了避免自己餓肚子，從不動手打罵兒子的黃村。比起兒子的名聲，更在意版稅分潤的黃村。被街坊鄰居口耳相傳，疑似在自家院子裡埋了一甕子黃金的黃村。留下五百文錢遺產駕鶴西歸。這就是扯謊的末路。三郎覺得謊言到頭來就像一響屁，他聞到了一股令人不住掩鼻的惡臭。

父親的葬禮在附近的一間日蓮宗佛寺舉行。僧人用平鼓打出的節奏，乍聽之下似乎有點野蠻，仔細一聽就可感受法事為了要淡化喪家的憤怒與焦慮，以近乎自暴自棄的自我醜化，達到滑稽的效果。三郎穿上印著家紋的禮服，屈身坐在十多名手持念珠的塾生面前，凝視著三尺前榻榻米間的縫隙，心底暗忖：謊言是從罪行中漫出的無聲屁。連自己的謊話，也是從童年的殺人事件萌芽而來。父親的扯謊，也是從不盡信而宣予眾人之大罪而來。雖然扯謊是為了讓自己在充滿壓力的現實得到些許解脫，扯謊卻像喝酒一樣有增無減，越扯越大，透過精工打磨，終於散發出實話般的光芒。這種勾當恐怕不僅限於我一人。人間萬事謊亦真。三郎突然發現這句話與自身現實不謀而合，不由自主地露出苦笑。哀哉，真是滑稽地不得了。待黃村遺骨慎重入土後，三郎立志從今而後要過起沒有謊話的生活。每個人身上都有不為人知的犯罪前科。沒啥好怕。不必自卑。

沒有謊話的生活。這句話一說出來就是謊話。人對美說美，對醜說醜，也是謊話。稱美是美，內心未必如是作想。那是汙穢的，這也是汙穢的，三郎內心煎熬，夜夜不成眠。三郎總算找到一種生活態度：成為一個沒有意志、不受感動的白癡，每天過得像一陣清風。三郎每天全照曆書行事。做事前先看曆書上的吉凶。每晚的夢境是他的樂趣，夢裡有萋萋草原，也有令他心花怒放的少女。

有天早上，三郎獨自吃著早飯，突然歪歪頭想了想，將筷子放在碗盤上。站起來在起居室裡繞行三圈，便兩手窩在衣服裡往外走。他開始懷疑自己的無意識與無感，這恐怕就是謊話地獄的刀山。努力成為一個白癡，何嘗不是一種謊話？越是奮力掩飾，我的謊話就被掩蓋得更深。

隨便它！無意識的世界。三郎一大清早就往酒肆跑。

三郎掀開細麻繩垂下的門簾，彎腰走進店內。時間還早，但店內已坐著兩個酒客。說來嚇人，這兩人居然就是仙術太郎與打鬥次郎兵衛。太郎坐在桌子的東南角，圓鼓鼓的細嫩臉頰帶著酒氣的潮紅。他一邊撚著未曾修過的大鬍子一邊喝著悶酒。次郎兵衛坐在對面的西北角，浮腫的大餅臉泛著油光。他左手拿著酒杯，從背後繞一大圈用右手接起，把酒一口喝光後舉杯齊眉看了一陣。三郎走到兩人的正中間坐下，悠閒地喝起自己的酒。三人可能素昧平生。太郎瞇著本已細長的雙眼，次郎兵衛花了一分鐘左右慢慢地轉轉脖子，三郎則像狐狸一般不安地轉動兩眼，窺探另外兩人的動作。隨著酒意逐漸萌生，三人越坐越近。三人的酒膽再也按捺不住的時候，三郎開口了：我們有緣在這裡一同飲酒，萬分榮幸。尤其在江戶這種地方，人多到只要走上半町[17]距離就像置身他鄉異地，我們卻在同月同日一起在這裡喝酒，實在非常神奇。太郎誇張地伸了個懶腰，慢吞吞地回答：我不過是喜歡酒才來喝的。不要一直盯著我看。說完便把熱毛巾往臉上一鋪。次郎兵衛奮力往桌面一敲，留下桌上一口長三寸深一寸的窟窿並回答：對，說有緣也算有緣。我才剛從牢裡出來。三郎問：為什麼坐牢？次郎兵衛說：這個嘛，說來話長。於是次郎兵衛開始滔滔不絕地說起前半生。說完了以後，一滴眼淚掉進杯裡，次郎兵衛拿起酒杯一飲而盡。三郎聽完想了一下，先對他說：我覺得你真像是我的哥哥一樣。然後開始

17 半町：約五四點五五公尺。

小心翼翼地娓娓道出自己的前半生，時時留意不要扯謊，不要扯謊。次郎兵衛聽了一下就插嘴：我還真搞不懂。然後開始打起盹來。然而太郎即使不耐煩地連連呵欠，還是睜著細細的眼睛，喜孜孜地凝神細聽。三郎說完之後，太郎才懶洋洋地拿下臉上的毛巾，叫了三郎一聲先生，並說：我很理解你的心情。我叫太郎，從津輕來，兩年前來到江戶，整天無所事事。你在聽嗎？他用疲倦的語氣緩緩說著自己的來時路。三郎聽一聽突然高呼：我懂，我懂。次郎兵衛被三郎突如其來的大叫嚇醒。他睜開惺忪的睡眼問三郎：怎麼啦？三郎為自己的得意忘形感到難為情。得意忘形正是謊話的結晶！他一直努力拉住自己，但酒意阻止了一切。三郎不堅定的意志力反撲到自己身上，他索性憑感覺信口開河大肆鬼扯：我們都是藝術家！他說完第一句謊話，一鼓熱氣又往腦門上衝：我們三個是兄弟！從今天相遇開始，到死也不分開！接下來就是我們的天下！我是藝術家！仙術太郎的前半生、打鬥次郎兵衛的前半生，恕小弟斗膽僭越，還有我的前半生，應該要寫成書為後人立下人生的典範！不論別人怎麼看！謊話三郎的謊話之火，到此已經燒到最熾烈。我們是藝術家。即便來的是王公貴冑，我們也不怕。金錢對我們而言，就像樹葉一樣輕。

玩具

船到橋頭自然直。我總是心存僥倖地過一天算一天，然而也會遇到四面楚歌、走投無路的時候。我會像斷線風箏一樣，輕飄飄地飛回家鄉。我家離東京大約兩百里，回家的時候必身穿平日的衣服，也不會戴帽子。到了家門口，我只會把兩手縮在衣服裡，靜悄悄地走上玄關。打開父母起居室的紙門，一佇立在門溝上，拿著放大鏡低聲朗讀報紙政治新聞的父親，與坐在一旁裁縫的母親，都會大驚失色地站起來。有時候母親還會發出如裂帛般刺耳的尖叫。他們會在我身上打量一陣，直到看見我臉上的面皰與兩腳，明白我不是孤魂野鬼，父親就會變成憤怒的鬼王，母親則會趴在榻榻米上啜泣。因為我從出發前往東京的那一刻起，都在裝死。不論父親怎麼罵我，不論母親怎麼哭訴，我都只露出謎一樣的微笑應對。雖然人道是如坐針氈，我卻有一種騰雲駕霧的感覺，在原地兩眼茫然。

今年的夏天仍是一樣。我實際上只需要兩百七十五圓，但開口要了三百圓。我不想挨餓受凍，只要活著，就想著穿著光鮮，然後請人吃飯。我明知老家現金還不到五十圓，但我也知道老家的倉庫某一角落，還藏著二三十樣寶貝東西。我就去偷。我已經下手過三次，今年夏天是第四次。

走筆至此，我滿懷著不屈不撓的自信。現在覺得比較麻煩之處，在於我此後表現出的態度。在這篇名為〈玩具〉的小說裡，應該要表現出主義上的完美，還是情感上的典範？然而我必須盡可能以抽象手法，盡最大可能進行。究竟沒處理好，就會一發不可收拾，提出一種道理，到了最後卻要一句一句回到開頭逐一解說，最後就出現了成千上萬字的注釋文。這種狼狽不堪的解說，會讓我頭痛發燒，並且自責：唉！又幹了一件蠢事。接著會整個發作起來，掉進糞坑淹死。

請相信我。

我現在正想著怎麼寫這樣的小說。有一個稱為「我」的男人，透過一種不足為外人道也的方法，喚醒自己三歲、兩歲、一歲的記憶。我出來描述這男人三歲、兩歲、一歲的回憶場面，但未必要寫成志怪小說。我對嬰兒的難以理解抱了一些好奇，想就此攤開稿紙寫成一篇文章。所以這篇小說的核心，就會是這男人的三歲、兩歲、一歲的回憶，其餘內容不寫也行。我的開頭會這樣寫：回想我三歲那年，……然後絮絮叨叨地回想起童年往事兩歲、一歲，最後呱呱墜地時的回憶，並且自然地收尾，一篇小說就此完成。然而在這時候，就已經發生了該表現主義上的完美，還是情感的典範？所謂主義上的完美，就是一種計謀。在說故事的同時哄騙一下對手，來點安慰，當然還要不時威嚇，等到收尾的好時機一到，就拋下一句意義深長的話，像一陣風一樣消失無蹤。不，不是就此無影無蹤，只是迅速躲在屏風後面而已。不多久後從屏風後面帶著天真笑容冒出來的時候，對手的反應一定都在自己預料之中了吧？計謀也者，即為這種時候會用到的招數，也是一個作家傾心鑽研，以求精進的對象。我並不排斥這種計謀，還打算在描述這個嬰兒的回憶時，巧妙地運用這種計謀。

這時候我必須明白確認自己的態度。因為我感受到謊話快要瓦解了。我在寫作過程中小心翼翼不敢掉以輕心，一邊展現出自己看似崩塌頹圮的態度，再伺機毫髮無傷地回歸完美主義。從寫出開頭幾行留下來沒被刪掉這點來看，讀者應該會馬上看出我的用心。更何況這幾行字會以堅定不移的自負鎖鏈綁住讀者的心，正稱得上是我一種高明的計謀不是嗎？事實上，我就是打算回到主義上的完美無瑕。在文章起始大略描寫的一個男人，又為何想要找回自己三歲、兩歲、一歲的記憶呢？他又用什麼方法找回自己的記憶呢？找回記憶後不久，男人又會遇到什麼事件呢？一切故事，我早已了然於胸。我打算把嬰兒期回憶穿插在這些情節中間，以創作出主義完美與情感典範兩全其美的故事。

我已經沒有需要保持警戒了。

因為，我不想寫。

還是寫吧！如果我只需要寫出嬰兒時代的回憶，一天可以只寫出五六行，如果只有你一個讀者願意一個字一個字仔細地讀。那好，為了慶祝這種完成遙遙無期的無賴工作，我要與你一起乾杯。等等再開始工作。

我回想起自己出娘胎以來，第一次從地上站起來的情景。雨後的藍天。雨後的黑泥土。梅花綻放。這裡一定是後院。一雙女人柔軟的手把我抱去那裡，輕輕把我擺在地面上。我若無其事地走了兩步、三步。我的視覺沿著地面捕捉到前方無限的伸展，我的兩隻腳掌觸覺也感受到地下的無限深遠，然後我突然感到全身一陣冰冷，一屁股跌坐在地上。我像被火燒到一樣嚎啕大哭。一種無法忍受的空腹感。

這些話都是謊言。我記得的也只有雨後掛在天邊的那一道彩虹而已。

如果事物名實相符，即使不多問，也能自己明白。我從皮膚聆聽而來。茫然地看著一件事物，事物的話語也會搔抓著我的皮膚。例如薊花。我對壞名字起不了任何反應。也有即使聽過好幾次，都老是搞不清楚的名字。例如：人。

在我兩歲那年冬天，曾經發過一次狂。我突然覺得好像有紅豆仁大小的煙火彈在我耳邊爆開，嚇得馬上用兩手摀住耳朵。從此我就聽不到聲音，頂多只聽得到遠處的流水聲。我不停掉淚，不久後眼球開始脹痛，周遭的顏色也漸漸地改變了。我以為戴了有色眼鏡，一直想用手撥掉，卻只碰到自己的眼皮。我靠在不知何者的懷裡，看著烘爐裡的火光。火光燒著燒著變成一片黑，看起來就像海床上搖曳生姿的海帶叢林。綠色的火焰就像一條緞帶，黃色的火焰就像宮殿。然而當我最後看到像牛奶般純白的火焰時，已經渾然忘我。「咦？這孩子又尿褲子了！每次失禁的時候，身體一定都在打顫。」我記得有誰這樣說過。我羞怯地鼓起胸膛。一定是感受到一種帝王的喜悅。「我了然於心。誰都不知道。」這種態度並非出自輕蔑。

同樣的事情，發生了兩次。我有時候會對玩具說話。那是個吹著強勁冷風的秋天。我問放在枕邊的不倒翁：「不倒翁，你不冷嗎？」不倒翁回答：「我不冷。」我又問：「真的不冷嗎？」不倒翁回答：「不冷。」「真的嗎？」「不冷。」睡在我旁邊的一人對我們笑著說：「這孩子好像很喜歡不倒翁，常常靜靜地盯著不倒翁看。」

我還知道，在大人們都入睡以後，家裡就會竄出四五十隻老鼠，偶爾會有四五條錦蛇爬到榻榻米上。大人們都睡得發出鼾聲，所以渾然不覺。夜裡我總是睜大眼睛。到了白天，我會當著眾人的面微微地睡著。

我在人們不知不覺之間成為狂人，又在人們不知不覺之間恢復正常。

只要我看著風中搖曳的麥穗，就會想起我更小的時候發生過的一件事。那天我凝視著麥穗下的兩匹馬。一匹棕毛馬，一匹黑馬。確實在我身邊完全無視我不禮貌的存在，也沒有任何不滿，只是努力地做。我感受到那道力量。

我看到另一匹棕毛馬。說不定又是同一匹馬。牠正在做女紅。不多久牠站起身來，啪啪啪地拍打和服的胸口。可能是想要撣落毛絮。牠又轉過身子，用縫衣針刺進我臉頰。「孩子，痛嗎？痛嗎？」我覺得很痛。

我一直扳弄手指細數往事，想起祖母是在我八個月的時候過世。也只有那時候，我才留下了如同從層層霧靄間的三角形裂縫，窺看白晝寶貴的澄澈皮膚般清晰的記憶。祖母的面容與身體都變得很小。髮型也縮得很小。她身上穿著撚絲布和服，布面上的櫻花落英圖案像白芝麻一樣密集。祖母抱著我，我一邊沉醉於香料的宜人香氣，一邊看著烏鴉在頭頂的天空喧鬧盤旋。祖母突然「哎喲！」大叫一聲，並且把我往榻榻米上一扔。我一邊掉落，一邊看著祖母的臉。祖母激烈地打著寒顫，雪白的牙齒不斷碰撞，接著整個人往後啪地一聲倒下。許多人一同湧向祖母的身邊，一起發出像鈴蟋一樣微弱的哭聲。我躺在祖母旁，偷偷看著那張死者的臉。祖母優雅的面容慘白，額頭兩端冒出細小的波紋，逐漸擴散到整張臉，祖母的臉上剎那間長滿了皺紋。人一死，臉上就會瞬間出現皺紋，不斷擴散。擴散正在持續。帶著皺紋的生命。文章到此結束。一股令人難以忍受的惡臭，從祖母懷中湧出。

直到現在，祖母唱給我聽的搖籃曲，依舊在我耳邊縈繞。「狐狸出嫁時，新郎無蹤影。」

然後，就沒有了。（未完）

鬼火

誕生——

二十五歲那年的夏天，他說：「收下吧。」並把充滿淵源的四楞學生帽，遞給一位在眾多志願入學者中，已經申請但不知所措的新鮮人之後，便踏上返鄉之路。一台畫著老鷹羽毛家徽的布篷輕馬車，載著少爺從停車場直奔三里路程。車輪喀喇空隆作響，馬轡頭叮叮噹噹，馬夫吆喝，馬蹄鐵發出悶響，各種聲音交雜，偶聞雲雀鳴囀。

北國之地，入春猶見雪影，只有道路留下乾涸的黑土。田裡的積雪也開始漸漸融化。遠處還戴著殘雪的山巒緩緩起伏，也呈現乾枯的紫色。在山腳下堆著黃色木材的角落，可以看見一間低矮的廠房，陣陣青煙從粗大的煙囪排到晴空之中。那裡就是他的家。新科畢業生以憂鬱的雙眸看著睽違已久的故鄉風景，並且故意擺出小伸懶腰的動作。

他就這樣在一年之中，以散步作為主要的活動。他進入家中一間又一間的房間，記得每一間房的氣味。西洋房裡有一股藥草的氣味。起居室有一股牛奶味。接待室有一股總覺得難為情的氣味。他的徘徊還遍及屋頂下夾層的倉庫與傭人房，以及偏房的起居室。只要每一次隆隆地拉開紙門，就會感到自己汙穢的內心起了悸動。一定是每一種不同的氣味，都勾起他在京城的回憶。

他不只在屋裡，也會外出到草地田地散步。他雖然能以輕蔑的眼光看著野地上的紅色樹葉，以及田裡浮萍的花朵，卻對耳邊吹拂的春日微風與低聲窸窣的秋天稻穗感到心曠神怡。

他就寢的時候，也很少像從前那樣，把小冊詩集或紅色封面上畫著黑色鐵鎚的書放在枕邊讀完才睡。他總是把檯燈拉到床邊，躺在床上看著自己兩手的掌心。他在看的是自己的手相。他的手掌上滿是掌紋。其中有三條長長的掌紋歪扭地橫跨掌心，據稱這三條底下微微泛紅的鎖鏈，象徵他的命運。根據手相學指出，他的情感與智慧線都很發達，生命線很短。可能只會活到二十多歲。

隔年，他結了婚。他不覺得現在成婚言之過早。他覺得只要對方是美女都好。新娘子是隔壁城鎮酒廠老闆的女兒。她的膚色有點深，幼嫩的臉上還長著細毛。她擅長打毛線。在新婚的頭一個月，他對新婚妻子百依百順。

這年冬天過了一半，父親死去，享年五十有九。父親的葬禮在一個雪地泛著金光的晴天舉行。他綁起褲裙禮服的褲腳，穿上草履鞋，叭答叭答地走了大約十町[1]的路，前往山上的佛寺，身後的轎夫扛著裝著父親遺體的桶柩。他的兩個妹妹以白紗罩住臉，跟在桶柩後面。送葬的隊伍拉得很長。

父親死後，他的境遇為之一變。父親的地位移轉到他身上。還有名聲。

1 十町：約一〇九一公尺。

他看起來有點因為那種名聲而得意過頭。他甚至想對工廠進行改革行動。只消這一次行動，就已讓他萬念俱灰。改革推行不下去，只好把大權交給工廠經理。到了他這一代之後，西洋房裡祖父的肖像畫，也換成罌粟花的油畫；另一個改變，就是黑色鐵柵大門上掛起一盞黯淡的法蘭西門燈。

剩下一切照舊。變化由外部發生。父親死後第二年，城鎮上的銀行出現問題。一有差池，他家可能面臨破產。

所幸最後找到一線救濟。但工廠經理又想要重整債務，工廠成員大怒。他長久以來擔憂的事情，出乎意料地提早發生。他心中的憤怒大過心寒，交代經理：他們要求什麼，通通給他們！求仁得仁，要再多就不給。這樣總行了吧？他問自己。工廠就此開始進行小幅度的債務重整。

從那時候開始，他迷上佛寺。佛寺就在後山上，鐵皮屋頂閃閃發光。他與寺院住持交情很好。住持年事已高，體型瘦小。然而右耳曾被扯裂過，留下黑色的疤痕，有時候看起來一副凶狠的樣子。即使在盛夏的酷暑時分，他也堅持一步一步走著長長的石階前往佛寺。寺院的簷廊下芳草萋萋，四五朵雞冠花正在綻放。住持白天通常會睡午覺。他走近簷廊，對寺內叫了兩聲。有時可以看到蜥蜴在屋簷下搖曳著青綠色的尾巴。

他打算問住持經文的意思，住持卻對經文一竅不通。住持狼狽地大笑出聲。他也跟著苦笑。這還不打緊。他更期待住持說些鬼故事來聽聽。住持便以沙啞的嗓子連續說了二十幾篇鬼故事。他接著問，這間佛寺應該也鬧過鬼吧？住持回答：從沒有。

又過了一年，他的母親死了。他的母親在他父親死後，便一直避不見面。實在是太過緊張，壽命才跟著縮短。隨著母親死去，他也對佛寺感到厭煩。不過在母親死後他也發現，勤跑佛寺也有幾分對母親報恩的含意。

母親死去之後，他感受到小家庭的空虛。他的兩個妹妹之中，比較大的嫁到隔壁城鎮的大館子。比較小的進了縣城某間體操隊很強的私立女校，只有在寒暑假的時候才會返鄉。她戴著一副賽璐珞框的眼鏡。兄妹三人都戴著眼鏡，他戴鐵邊眼鏡，比較大的妹妹戴金邊眼鏡。

他到隔壁城鎮遊玩。顧及左鄰右舍的眼光，滴酒不沾。他在隔壁城鎮還鬧出幾件小小的醜聞。不久後也覺得膩了。

他想要孩子。他覺得孩子至少可以改善他與妻子間的尷尬關係。他受不了妻子身上發出的魚腥味。那種味道一直去不掉。

到了三十歲，他有點發福。每早洗臉，以兩手搓出肥皂泡的時候，發現手背就像女人的肌膚一樣滑順。他的指間已被菸油燻黃，再用力搓洗也無法去除。因為他抽太多菸。他一天要抽掉七包 HOPE。

那年春天，妻子生了一個女兒。大約兩年前，妻子曾經在縣城的醫院，祕密治療住院一個月。

女寶寶名叫百合，膚色雪白，異於父母。頭髮稀疏，幾乎看不到眉毛。手腳細長優雅。出生後第二個月的體重五公斤，身高五十八公分，發育比普通嬰兒要好。

女兒出生的第一百二十天，他們大宴賓客。

紙鶴

「我和你又不一樣，算是比較老實的那種。我三年間被蒙在鼓裡，完全不知自己娶了一個不是處女的妻子。說不定我不應該把這種事說出口。對於現在正幸福地編織著毛衣的妻子來說，也很殘忍。對於現在世間成千上萬的夫婦來說，也是一種挑釁勾當。不過，我必須說出來，因為我想一巴掌摑在你無動於衷的臉上。

「我既不看瓦雷利[2]也不看普魯斯特[3]。大抵上我對文學是一竅不通。不懂也好，我關心的是別的、更為真實的事物。那就是人。我關注人這種市場的蒼蠅。所以對我而言，作家就是一

2 安卜洛瓦斯・保羅・杜桑・朱列・瓦雷里（Ambroise Paul Toussaint Jules Valéry，西元一八七一至一九四五年）法國象徵主義後期代表性詩人、作家、評論家，法蘭西學術院院士。

3 馬歇・普魯斯特（Marcel Proust，西元一八七一至一九二二年）：法國意識流小說家，長篇小說代表作《追憶似水年華》（la recherche du temps perdu，西元一九一三至一九二七年）被譽為二十世紀最重要文學作品之一。

切，無關作品。

「任何一部傑作都不可能淩駕在作家之上。一舉飛躍，超越作家的作品，只會讓讀者暈頭轉向。你聽了一定感到不舒服吧？想讓讀者相信靈感啟發的你，必定認為我的話低俗又愚蠢。那麼，我就可以直截了當地說：我只在對自己有益的場合，才動筆寫自己的作品。如果你真正是一個耳聰目明的人，必定對我這般態度嗤之以鼻。如果你笑不出來，今後就把自作聰明的噘嘴動作改掉。

「我現在，要基於羞辱你的企圖寫出這篇小說。這篇小說的題材，說不定會讓我丟人現眼。然而，我絕對不會渴求你的憐憫。我要站在比你高的立場上，以人心真實不虛的苦惱一巴掌摑在你臉上。

「談到說謊的本領，我的妻子與我平分秋色。今年的初秋十分，我寫成了一篇小說。那是一個我向神明炫耀家庭幸福的短篇。我也拿給妻子看。妻子低聲讀過一遍後，只說：不錯呢。然後又擺出一個粗鄙的動作。我再笨也已經看出妻子反應背後深不可測的企圖。我連續三天，都在想著妻子的那種焦慮到底從何而來。我的疑惑都指向一個令我苦惱不已的事實。我的性格就是習慣窮操心，應該坐上第十三張椅子[4]。

4《第十三張椅子》（The Thirteenth Chair，西元一九二九年）：美國有聲懸疑片，原著小説西元一九一六年改編成百老匯舞台劇，西元一九一九年翻拍默片，後來在西元一九三七年又重拍一次。

「我數落了妻子一頓。為了這件事，我也想了三個晚上。妻子竟然反過來嘲笑我。有時還發怒，我使出了最後的詭計。在那篇短篇小說裡，有一個樣子像我的男角色，欣喜地獲得一個宛如上天恩賜的處女。我引用了這一段折磨妻子。我嚇她說：我馬上就要變成大作家了，這篇小說將會在世間流傳百年。妳到時候應該就會跟著這篇小說一起被世人以騙子的身分不斷流傳吧？沒上過多少學的妻子馬上就害怕了。妻子想了一下，才支支吾吾對我悄悄地說：只有一次而已。我笑著安慰妻子：那是年輕氣盛的錯，沒什麼大不了的。我鼓勵妻子，希望她再說得詳細一點。妻子過不久又改口，啊，其實是兩次。後來又改口，三次。我還保持著笑容，溫柔地問她：跟誰？妻子提起一個陌生的名字。妻子在描述那男人的過程，我忍不住緊緊地抱住她。這是一種悲慘的愛欲，同時也是貨真價實的戀愛。妻子終於吐實：有六次那麼多。然後就大哭起來。

「隔天早上，妻子便表現出開朗的神色。在吃早飯的時候，餐桌對面的妻子開玩笑地朝我合掌一拜。我也愉快地咬住下嘴唇給她看。妻子看了便更加輕鬆，一邊觀察我的神色一邊問我：你會難過嗎？我回答：有一點點。

「我想告訴你一件事。不論多麼永久的形象，一定都是低俗又愚蠢的。

「那天我怎麼過的，我也順便告訴你好了。

「在這種時候，不應該看妻子的臉，不應該看妻子脫下來的夾腳襪，也不應該看和妻子有關的一切。並不只是因為不想勾起關於妻子不堪過去的回憶，還因為看到就會開始追想起最近之前的安逸日子。那天我大清早便急急忙忙出門。為的是造訪一個年輕的西畫家。我這朋友是條光棍，這種情形下不適合訪問有妻小的朋友。

「我一路上都在提高警覺，別讓大腦空閒下來。滿腦子只想著其他問題，以免思緒被昨晚的問題趁虛而入。人生與藝術的問題通常帶著風險，尤其是文學，幾乎可以馬上讓記憶歷歷在目。我開始留心沿路上的植物。臭橘[5]是一種灌木。到了春末會開出白花。不知道算哪一科。到秋天，也就是不多久之後，會長出黃色的小顆果實。再想下去會很危險。我急急忙忙把視線轉向其他植物上。芒草，學校教過，屬於禾本科。末梢長出白色的花穗，稱為『尾巴花』，是秋天的『七草』之一。秋天的七草，分別是萩花、桔梗花、黃花敗醬草、瞿麥，還有芒草、……還缺兩種，到底是哪兩種呢？有六次那麼多。我耳邊突然響起這道聲音。我以近乎奔跑的速度往前走，幾度差點跌倒。這又是什麼的落葉？唉，別想植物了。該想想更冰冷的事物。想想更冰冷的事物。我跌宕地走著，但心裡又再次冷靜下來。

「我開始暗自背誦（A加B）平方的公式，接著又開始推算起（A加B加C）平方的公式。

「我看得出來，你聽的時候臉上驚訝的表情都是裝的。不過我明白，假使你也遇到我這種

5 臭橘：又稱枸橘、枳，屬於芸香科柑橘屬，與橘、柑、柚屬不同物種，果實偏酸不適合食用。

災殃，不，即使是面對更簡單的局面，你平時引以為傲的高雅文學論，恐怕毫無用武之地，別說是拿數學公式來想，即使你看到一隻獨角仙都會被你當成是救命的最後一根稻草。

「我一邊逐一列出人體的內臟器官名稱，一邊踏進朋友住的公寓。

「我敲敲朋友家的門，抬頭一看，發現門外走廊東南角掛著一只圓圓的金魚缸，缸裡有四條金魚，於是我就開始數起金魚身上的鰭。我朋友還沒睡醒。他只睜開一隻眼來應門。走進朋友家，我才鬆了一口氣。

「我最害怕的就是孤獨。只要有人和我聊天，我就放心了。然而找女生聊天，我只會更加焦慮。男人比較合適。最好是好心腸的男人。這朋友就合乎這種條件。

「我開始滔滔不絕地批評朋友最近的一幅畫作。那是一幅二十號[6]風景畫。在他的畫作之中，稱得上大作等級。畫中描繪一幢紅屋頂洋樓，矗立在清澈的池塘邊。朋友羞澀地把畫布翻轉放在房間牆上，我便毫不猶豫地把畫再翻過來多看幾眼。你要不要猜猜看我當時怎麼說？如果你具有高度的藝術評論水準，我當時的評語也絕非泛泛之言。因為我也像你一樣集中砲火猛烈抨擊。不論是主題上，色彩運用上，構圖上，都被我數落了一遍。我用上了所有記得的觀念性詞彙。

「朋友逐一點頭承認這些毛病。不，其實我從一開始就喋喋不休，根本不讓朋友得到任何

6 二十號（風景畫，日規）：寬七十二點七公分，長五十三公分。

可趁之機。

「然而這種喋喋不休，追根究柢並不可靠。我找到好機會就此閉嘴，與這位年少的朋友下起將棋。兩人坐在床墊上，把棋子在畫著歪七扭八線條棋盤的紙板上排好，開始下起幾盤快棋。朋友有時開始三心兩意，我就凶他，讓他不知所措。即使出現的停頓只有一瞬間，都會讓我感到沉悶。

「畢竟這樣的緊迫感無法長此持續。我連下盤將棋都開始產生危機感。最後我甚至覺得疲勞。我說：不玩了。推開棋盤與棋盒，往後倒在床上蓋緊棉被。朋友也像我一樣往後躺下，抽起了菸。我是個急驚風，休止對我而言猶如大敵。悲傷的陰影，已經屢次掠過我的心頭。我無意義地自言自語：好的，好的，努力趕跑這道巨大的陰影。這樣下去實在不是辦法。我一定要動一動身子。

「你覺得這件事好笑嗎？我俯臥在床上，撿起枕邊散落的草紙，自己摺了起來。首先沿著對角線摺成兩半，再對摺疊起來，形成一個口袋。接著再把這一端摺起來，這是翅膀。把這一端摺起來，這是嘴。從這裡這樣往兩邊拉，再從這裡的小孔吹一口氣進去。這是一隻鶴。」

現在已經走到橋邊了。男人想掉頭走。女人已經靜靜過橋。男人也跟著過橋。為什麼自己就非跟著女人一路走到這裡，男人想了又想。這不是因為依依不捨。在抽離女人身體的那一瞬間，男人的熱情理應化為烏有。當女人默默著裝準備離去，男人點了一支菸。男人發現自己的手完全沒有顫抖，更覺得這是一件平白無奇的事。就讓她離開吧。男人與女人一起走出家門。

兩人一前一後，走在土堤的窄路上。一個初夏的黃昏時分。窄路兩旁綻放著繁縷[7]的小白花點點。

有這麼一群不幸者，如果不是恨到牙癢癢的異性，就不會提起興趣。男人屬於這種，女人也屬於這種。女人今天又去了男人在郊區的住處，一進了門就被男人連珠炮地恥笑一番。現在男人決定全力迎擊女人的偏執侮辱。女人也做出了萬全的應對。這種緊張得令人屏息的場面，反而讓兩人扭曲的欲火更加猛烈。男人的力量以不同型態展現。當各自的身體變回原形後，兩人都明白沒有彼此相愛的事實。

7 繁縷：石竹科小草本植物，野生雜草，又稱鵝腸菜。日本「春日七草」之一。

兩人並肩走著，發現彼此間的矛盾已無任何退路，憎惡卻更甚以往。

在土堤下，一條寬約兩間[8]的小河緩緩流過。男人俯首看著薄暮中曖曖發光的水流，心裡又想著是不是該回去。女人只顧悶著頭自己一直往前走。男人又匆匆跟上。

絕非依依不捨，是為了要尋求解決。說難聽點，就是收爛攤子。男人終於找到一套說詞。男人走在女人後面十步距離，一邊走著，一邊拿著手杖撥開一路上的夏日雜草。如果悄悄地對女人說聲對不起，問題可能就此應刃而解。男人心裡也明白，然而他沒有說出口。大好時機已經過去。似乎早在事後就說才有效果。現在兩人又變成針鋒相對的狀態，再拿出來說則顯得愚蠢不堪。男人的手杖扳倒一株青綠的蘆葦。

火車運轉聲轟隆隆地從背後傳來。女人突然回頭，男人急忙別過頭去。列車通過下游的鐵橋。燈火通明的客車，一節、一節、一節、一節地掠過兩人的眼前。男人可以清楚感覺到背後女人的目光。火車駛過，便只能聽到前方森林裡傳出的車輪碰撞聲。男人鼓起勇氣回頭。如果目光與女人交會，他一定會不以為然地說：日本的火車也不錯嘛。

然而女人已經走得更遠。暮色下，女人穿著留著水漬的黃色連身洋裝之身影，已經深深刻印在男人眼底。她打算這樣回去嗎？不如直接跟她結婚吧？不，其實自己不打算結婚，只是為了收這片爛攤子，才打算進行談判。

8 兩間：三點六三六公尺。

男人把手杖夾在腋下跑了起來。隨著眼前的女人越來越近，男人的決心卻又動搖了起來。女人微微聳起瘦弱的肩膀，一步一步堅定地往前走。男人跑到離女人背後兩三步距離，又放慢了腳步。他的心底僅只感受到憎恨，連女人身上散發的氣味，都變成一股難以忍受的惡臭。

兩人一言不發地走著。在路的中間突然出現一叢蒲柳。女人繞行蒲柳左側，男人選了右邊。逃吧，不必再求什麼解決之類。我在女人的心目中，已經是一個活脫脫的敗類。到頭來也不過是一個普通男人，沒差了。男人皆如此。逃吧。

穿過層層蒲柳林，兩人不看對方，又繼續肩並肩往前走。應該對她說：可以讓我說一句話嗎？我不會講出去的。男人一隻手伸進和服內袋找菸。不然就這樣說：人生總會有一次機會為人女，為人妻，為人母。總之任何女人都有機會的。重點是婚姻要幸福。女人聽了會如何作答？她必然反問：你是斯特林堡[9]嗎？男人點燃火柴，女人無血色的臉龐，扭曲地浮現在男人的面前。

男人總算停下腳步。女人也停下腳步。兩人不看對方的臉，靜靜地站在原地。男人覺得女人不掉一滴淚的樣子著實可恨，故作雲淡風輕地環顧四周。左邊正好有一間男人出門散步喜歡經過的水車磨坊，水車在一片黑暗之中緩緩地轉動著。女人突然背過身去，繼續往前走。男人抽著菸站在原地。不打算叫住她了。

9 約翰．奧古斯特．斯特林堡（Johan August Strindberg，西元一八四九至一九一二年）瑞典劇作家，小說家。

尼姑

這是九月二十九日深夜時分發生的事。我心想，只要再忍一天就到了十月，假使到時候再上當鋪，就可以賺到一個月的利息，於是我連菸都沒拿出來抽，在床上躺了一整天。白天睡得太多的報應，就是晚上睡不著。晚上十一點半左右，我突然聽到房間的門碰咚砰咚地響。嗯？我心想門外莫非有人？便從被窩裡探出上半身，伸手把門拉開。門外站著一個年輕的尼姑。

尼姑身材偏小，不胖也不瘦。頭皮的頭髮剃到帶青。長得一張鵝蛋臉。兩頰顏色偏深，看起來好像抹了粉。像地藏菩薩的月牙眉底下，是一雙有神的大眼睛，睫毛很長。鼻子小巧帶有筆直的鼻梁，粉紅色的兩唇有點厚度，從嘴唇縫隙間可以看到一排潔白的牙齒，下唇微微突出。身上穿的黑色海青不太長，看起來經過仔細漿洗，折痕歷歷可見。小腳看起來就像三寸金蓮，鼓脹如紙皮球，白裡透紅的小腿上還長著一層細毛，腳踝被白色的夾腳襪口勒出紅紅的痕。她手握青玉念珠，左手拿著一本朱色封面的長帖本。

我心想原來是妹妹來了，就請她進門來。尼姑進了我的家門，靜靜地拉上身後的拉門，移動時海青較硬的棉布摩擦，發出窸窸窣窣聲，以規律的步伐沙沙沙地走到我的床邊，然後正襟危坐。我鑽回被窩，臉朝上，一直打探尼姑的臉。我突然被一種恐懼感侵襲，幾乎喘不過氣，眼前漆黑一片。

「長得是很像沒錯，可是妳應該不是我妹妹。」我當時才想到自己根本就沒有妹妹。「請問妳是哪位？」

尼姑回答。

「我好像走錯地方了。實在沒辦法，房子看起來太像了。」

恐懼感慢慢地消失了。我看了看尼姑的手，只見指甲伸長了大約兩分[10]，指節乾癟發黑。

「為什麼妳的手看起來這麼髒？我躺著看妳的脖子明明就很乾淨。」

尼姑回答。

「因為我犯了不淨之戒。我當然也明白，才想用念珠與經書遮掩。我為了要讓色調搭配，走路的時候才拿念珠與經書出門。黑色的海青與青色、朱色很搭，讓我看起來更為出色。」說著說著，她就開始翻起經本。「讀給你聽吧？」

「喔。」我閉上雙眼。

「這是蓮如上人的御文章[11]。夫細觀人間之浮生相，凡無常者，盡如世間始中終內一期之

10 兩分：約六點零六毫米。

11 蓮如（西元一四一五至一四九九年）：室町時代淨土真宗本願寺派第八代掌門人，本願寺中興之祖，與本願寺（京都大谷本廟）祖師親鸞（西元一一七三至一二六二年）、三代覺如（親鸞曾孫，西元一二七〇至一三五一年）並列本願寺派三大代表人物。生平結婚五回，生下十三男十四女。以書信形式向信徒講道，由其孫圓如（西元一四九一至一五二一年）整理八十篇編成《五帖御文》，教內稱為「御文章」。十九世紀被明治天皇追諡「慧燈大師」。

幻。[12]……越讀越不好意思，不如讀另一篇吧。夫女人身者，當守五障三從，女勝男則罪深也。故一切女人[13]……一派胡言。」

「妳的聲音真好聽。」我閉著眼睛說。「繼續讀吧！我每天都無聊得要死。哪個陌生人上門我都不意外也不好奇，什麼都不問，直接閉著眼睛跟人鬼扯，變成這種男人是我人生的成就。妳覺得呢？」

「不行。我明明就幫不上忙。不然，你喜歡聽故事嗎？」

「喜歡。」

尼姑說起一篇故事。

「我現在要說一則螃蟹的故事。月光下的螃蟹看起來瘦，是因為牠看到自己倒映在沙灘上的影子，被嚇到一夜不成眠，四處遊蕩。到了月光照不到的深海之中，尚可以在搖曳生姿的海帶叢中安穩入睡，還可以夢遊龍宮，不是很逍遙自在嗎？然而螃蟹卻迷上了月亮，只能衝向海邊。只要一爬上沙灘，就會看見自己醜陋的影子，不僅嚇了一跳，還恐懼不已。有人在這！有人在這！螃蟹吐著白沫，邊自言自語邊四處亂竄。螃蟹的甲殼易碎。不，從形狀而言，就是一副容易破掉的樣子。據說螃蟹殼破的時候會發出 crush 的一聲。從前從前，在英吉利國有一種

12《五帖御文》第五帖第十六篇。淨土真宗葬儀時朗讀。

13 同書第五帖第七篇。五障：女人身具五種障礙，又名五礙。《法華經提婆品》指出女性不能成為梵天王、帝釋、魔王、轉輪王、佛。三從：從父、從夫、從子。

大螃蟹，天生就長了又紅又美的甲殼。這種螃蟹每天都冒著甲殼裂開的危險。或許是人們的罪過吧？還是大螃蟹自己招來的報應？有一天，大螃蟹白白的肉從甲殼裂縫裡露出來，悶悶不樂地在路上遊蕩，走進一家咖啡廳。咖啡廳裡聚集了一群小螃蟹，牠們一邊吞雲吐霧，一邊聊著女人經。其中一隻法蘭西國的小螃蟹，睜大眼睛看著那隻大螃蟹的樣子。小螃蟹的甲殼上，縱橫交錯著東方情調的灰色條紋。大螃蟹心生慚愧，不斷避開小螃蟹的目光，並且悄悄地說：『別瞧不起一隻被 crushed 螃蟹喔。』唉呀，與那隻大螃蟹比較起來，渺小到微不足道，來自北方大海的小螃蟹，因為迷戀月光而忘記羞恥上岸。一爬上沙灘，大螃蟹也嚇了一跳。難道這道影子，這道扁平的醜陋影子就是自己嗎？我是一個新人，不過你看看我的影子，我已經快被壓碎了，我的殼真的這麼不堪入目嗎？真的這麼弱不禁風嗎？小小的小小的螃蟹喃喃自語，又繼續四處亂竄。我有才華嗎？不，不，就算我有，也是一些雕蟲小技。我要的是足以在世間謀生的才華。你為了推銷自己的原稿，是怎麼使心機討好出版社編輯的？用這種手段，用那種手段。滴兩滴眼藥假裝流淚博取同情？還是威脅恐嚇？穿上一襲華麗的衣服吧。不要為作品附加半句注解。用一種不耐煩的語氣對他說：『請考慮出我的書。』我的殼好痛！身上的水分好像不夠了。這身海風的氣息，就是我唯一好處。一旦海風的氣息消弭殆盡，唉呀，也是我該消失的時候了。回海裡去吧？游到大海的最深最深處吧？熟悉的海帶叢。洄游的魚群。小螃蟹氣喘吁吁，在沙灘上沒有目的地徘徊。有時在海邊的破茅屋旁停下腳步，有時在腐朽的漁船下歇息。此一螃蟹，來自何處？來自遠方敦賀，角鹿之蟹。橫向而行，去向何處？」她沒再繼續下去。

「怎麼了？」我睜開眼睛。

「沒事。」尼姑靜靜地回答。「我怕對神明不敬。這是《古事記》的…………。不行，我會遭到報應的。你家茅房在哪？」

「妳從房間走出去，沿走廊往右一直走到底，有一面杉木做的門，打開就是了。」

「到了秋天，女人就容易覺得冷。」尼姑說完，玩笑似地縮了縮頸子，轉轉眼睛。我對她微微一笑。

尼姑走出我的房間。我用棉被蒙住頭並開始思考。我想的不是什麼高風亮節的事情。我一臉賊笑，心想這下我賺到了。

尼姑略帶倉皇地衝回房間，啪一聲拉上紙門，站在門邊說：「我該就寢了，現在已經十二點了。沒問題吧？」

我回答：「無妨。」

基於一種——從青春期以來一貫堅持的——再窮也要蓋漂亮棉被的態度，即使遇到不速之客來過夜，自不能馬馬虎虎。我從床鋪上站起來，從自己睡的三層床墊裡抽出一張，並且鋪在床邊的空位。

「這張床墊上的花紋很妙呢。像雕花玻璃一樣。」

我從自己蓋的兩層被子裡拿起一條

「不用了，我不蓋被子。我這樣就可以睡了。」

「這樣呀？」我馬上鑽進自己的被窩裡。

尼姑把念珠與經書塞在床墊下，便穿著海青直接躺在沒有罩布的床墊上。

「請仔細看我的臉。我馬上就會睡著。然後馬上就會磨牙。一磨牙，如來佛祖就會下凡。」

「如來佛祖嗎？」

「對。佛祖會下凡夜遊。每天晚上都會。你說你每天都無聊得要死，那不如看仔細一點吧。我其他的都可以不要，就只為了這個。」

果不出其然，她話才說完，便傳出安穩的呼吸聲。當她發出尖銳的磨牙聲，房間的拉門也開始隆隆隆地震動起來。我從被窩裡坐挺起來，並伸手拉開房門，如來就站在門外。

如來佛騎著一頭兩尺高的白象，白象背上掛著一副發黑生鏽的金色鞍座。如來佛看起來有一點，不，很瘦。身上的肋骨一根一根歷歷在目，就像一對百葉門。身上除了褐色的破布圍在腰間，幾乎全裸。像螳螂一樣細瘦的手腳上，滿是蜘蛛網與灰塵。祂的皮膚黝黑，短髮黑中透紅。臉只有一握拳頭大小，分不清鼻子與眼睛的位置，只見滿面皺紋。

「您就是如來佛嗎？」

「正是。」如來佛的聲音又低沉又沙啞。「情非得已，只能登門打擾。」

「怎麼好像有股臭味呢。」我聞了聞，很臭。在如來佛示現的同時，我房間也冒出一股難以言狀的惡臭。

「果然還是沒辦法嗎？這頭大象其實已經死了。我塞了很多樟腦進去，味道還是蓋不住呢。」接著更悄聲說，「現在活的白象已經很難找了。」

「用普通大象就好了不是嗎？」

「不，從如來的面子問題來看，是不允許騎普通大象的。我打扮成這樣出來也是因為不想惹麻煩。我要把那些討厭傢伙一個一個揪出來。聽說，這陣子佛教正在興盛的樣子。」

「唉呀，如來佛祖，請趕快想點辦法。我被這股臭味薰得都要窒息而死了。」

「真是過意不去。」祂欲言又止地說，「施主，我出現在這兒，是不是很好笑呢？難道你不會覺得如來現身的方式有點寒酸嗎？請直說你的想法。」

「一點也不寒酸。很莊嚴，我還覺得很有地位。」

「喔，這樣嗎？」如來微微彎腰向前探視。「那我就放心了。剛才還一直放不下心呢，也許我太在意面子問題了。如此一來，我就可以安心返駕了。想讓施主見識一下如來獨特的退場方式。」話還來不及說完，如來就打了個噴嚏，「糟了！」只見腳下的白象如同掉進水裡的紙一樣透明，身體型態無聲無息地煙消雲散。

我又回到被窩裡盯著尼姑。尼姑在睡夢中露出甜美的笑容，看起來像是恍惚的笑，像是輕蔑的笑，像是無心的笑，像是演員的笑，像是阿諛的笑，像是喜悅的笑，也像是喜極而泣。尼姑的身體在笑聲中越變越小，隨著淙淙流水聲，變成一仙兩寸大小的人偶。我伸出一隻手拿起那仙人偶定睛細看。淺黑的臉頰還凝結著笑容，雨滴般大小的雙唇依然豔紅，像芥子般微小的貝齒整齊排列。碎雪花般的小手略黑，像松針般細瘦的兩腳上，套著米粒大小的白色夾腳襪。

我對著墨色的海青下擺，輕輕地吹了一口氣。

瞽草紙[1]

1 篇名（「瞽草紙」Mekura (no) soushi）與日本十一世紀古典隨筆文學名著《枕草子》（Makura no soushi）讀音相近。現代日文將盲、瞎、瞽（音同古）等字列入媒體禁止用語。

什麼也不要寫。什麼也不要聽。什麼也不要想。活下來，其餘免談！

清澈的蒼穹，依舊是遠古時代的模樣。各位也不要上這篇蒼穹的當。沒有一種對人的印象惡劣至此。你一枚銅板也沒給過我。我到死都不會尊敬你。我刷牙，我洗臉，我垮在簷廊的藤椅上，一言不發地看著內人洗衣服。腳桶的水潑濺在庭院的黑土上匯聚成流。沒有聲音地流溢。水到渠成。如果有這種小說，即使過了千年萬年，也會流傳於世。我稱之為人工之極致。

故事從目光銳利的男主角到了銀座，伸手攔了一台一圓出租車[2]說起，主角懷抱著神聖崇高的理想，嘗盡各種艱難困苦，這種光明正大的阿修羅形象，擄獲千千萬萬讀者的心。這篇小說得到了緊緊相扣的開頭與結尾，……我也想寫出這種無愧於小說之名的小說。我中學時代的一個朋友，最近娶了一個穿洋裝的女人為妻。她其實是狐狸變的。雖然我心裡很明白，卻因為覺得說出來太可憐，就沒有直說。狐狸很喜歡我那朋友。可能是我想多了，我眼睜睜看著那朋友，被野獸迷上之後，一天比一天更加消瘦。我故作不知情，並把自己的看法加進這篇首尾緊緊相扣的小說，以不動聲色的方式告知朋友，或許是種理想的方法。我見識過那朋友書架上擺

2　一圓出租車：市區範圍內車資一律一圓的計程車，大正末期大阪市區電車駕駛發動罷工，計程車行趁機推出優惠服務大受好評，並迅速傳入東京。

了一本《人生四十就開始》，他開始說自己的生活很健康，連他的左鄰右舍，似乎都開始相信他的身體很健康。如果那朋友讀過這篇小說，並對我說：「你的小說救了我一命。」我到頭來不就寫出一篇對社會有益的小說嗎？

然而我已經感到厭倦。我正眼睜睜看著水流默默地向前流動。所以，我討厭騙子。就算寫出一百篇出色的小說，對我來說也不值一提。我（已經大概三小時）根本沒睡呀！對了，用你的話來說，我就是陷入沉思。

我拿起《枕草紙[3]》翻了幾頁。「令人興奮愉悅者。……飼養小麻雀。走過嬰兒嬉戲處前。焚良質薰香，一人獨臥。偶見唐鏡[4]迷濛。云云。」我嘗試著編織出自己的語言。「兩眼模糊，耳不能辨，就像掬於掌上，自指縫逸脫而渾不自覺，乃一沒人知曉，神祕虛無之物。向人借來三圓刻意不還（因為我是貴族世冑）。倏見一肌膚白皙女子裸裎側臥。（因為是在生者的悲哀象徵。）其貌非我族所有，令人產生惻隱之心、敬畏之情。祭典。」先寫到這裡。我七歲的時候，在村裡的野地賽馬上，看到奪標馬露出得意洋洋的表情，所以就「你看！你看！」伸手指著馬嘲笑一番。從那次之後，我就面對了一連串的不幸。我雖然喜歡迎神賽會的祭典，喜歡得要死，卻藉口自己得了感冒，一個人在幽暗的房間裡窩了一整天。

3 《枕草子》的別稱，又稱《枕冊子》。「草子」或「草紙」指書本。成書時各家抄本名稱不一，大約十四世紀後才開始出現固定的稱呼。

4 唐鏡：唐宋式銅鏡。

唉呀，已經寫幾張稿紙了呢？（我家隔壁住了一個今年才滿十六的丫頭叫茉津子，我找她記錄我的獨白。）茉津子舔了舔食指，一張兩張三張四張，然後，最後一頁寫了，一行兩行三行。可以了，謝謝。我從茉津子手上接過五張稿紙，每一張平均出現三十處漢字或假名注音的錯誤，我沒生氣，只是仔細地一一塗改訂正。區區五張稿紙，便令我沮喪不已。從前從前，在江戶番町有一個女鬼叫做阿菊，只管數著眼前的盤子。不管怎麼數，盤子總是少了一面，就是區區的一面。對於那個女鬼的憾恨，我同感切身之痛。

現在，換我自己趴著寫。

那丫頭正坐在我躺的藤椅旁，輕輕靠著旁邊的茶几，來回翻閱一本名為〈非望〉的文藝書刊。接下來我就要寫一點關於她的故事。

我在昭和十年七月一日搬來現在的住處。八月的中旬，隔壁院子種的三株夾竹桃深深地吸引了我。我很想要，便拜託內人不論如何都向他們要來一株回來種。內人一邊換穿和服，一邊告訴我直接拿錢跟人家買，顯得不禮貌，我應該趁最近有機會去東京，買一袋什麼禮物送人家。我說錢比較好，便掏出兩圓交給內人。

內人從鄰居家回來以後，告訴我那戶人家的男主人是名古屋某家民營鐵道的站長，一個月只會回家一次。家裡只有太太與今年滿十六歲的女兒，關於夾竹桃，她們非常客氣，說是想拿哪一株就直接帶去。內人說隔壁家的太太是個和善的人。隔天我馬上去市區找了園藝店的師傅，帶去隔壁家打個招呼。一個臉蛋小巧皮膚光滑的四十出頭婦女出來應門。鄰居太太的體型略顯豐腴，嘴形相當討喜，我看了也喜歡。我從三株裡挑了中間的一株帶回家，並坐在隔壁家的簷廊與她聊起來。我記得當時是跟她這樣說的：「我的家鄉在青森。很難看到夾竹桃。我喜歡在夏天開的花，像是合歡、紫薇、龍葵、向日葵、夾竹桃、荷花，還有珍珠百合、夏菊、魚腥草。這些花我都喜歡，唯獨不喜歡木槿花。」

我對於自己一時興奮就舉出這麼多花名，感到相當羞憤。真是太隨便了！我後來便一句話都沒再說了。準備回家的時候，我對一直坐在太太後面的小女孩說：「來我家玩吧！」小丫頭說：「好的。」並且默默跟著我進了家門，進了屋裡就馬上坐下。我記得當時確實就是這種狀況。我有點後悔自己一時興起就迷上夾竹桃，便將栽種的工作全部丟給內人，在八疊大的起居室與茉津子聊起來。聊天的過程讓我覺得好像在讀一本書的第二、三十頁，有種 at home 的溫馨感，連自己的輩分都忘了。

第二天，茉津子把一張摺成四摺的西洋紙塞進我家信箱。因為一晚沒睡好，那天我比內人還早起床。一邊刷牙一邊拿出報紙，才發現那張紙條。紙上這樣寫著——

「您是一位可敬的人。絕對不能死。現在還沒有人認識您。我願意為您做任何事，隨時可以為您而死。」

吃早餐的時候，我把紙條拿給內人看，並且交代她：這孩子一定是個可造之材，幫我去跟鄰居太太說一下，讓她每天都來玩。從那次以後，茉津子每天都來我家，未曾間斷。

「茉津子，妳膚色比較深，以後可以去當產婆。」有天我被其他事情煩心，結果這樣對她說。茉津子雖然不至於又黑又醜，然而鼻梁太低，稱不上貌美。嘴角上揚讓她看起來很機伶，兩眼又大又黑最是吸引人。關於她的體態，我問了內人，內人回答：「以十六歲少女來說，算是高個子了吧？」至於她的穿著打扮，她回答：「她總是穿得乾淨俐落，她媽想必是精明幹練的人。」

我和茉津子一聊起來，有時會忘了時間。

「等我十八歲以後，就會去京都的御茶屋[5]工作。」

「這樣呀？妳都想好了？」

「我娘說她的一個朋友開了一間很大的御茶屋。」御茶屋怎麼聽應該都像是一種館子吧？即使她爸爸在當站長，她也非要幹這種活不可嗎？一定要嗎？我根本想不通。於是我問她：

「是去當女侍嗎？」

「對。不過……聽說在京都算是一間很有名的御茶屋。」

「那我要去找妳玩。」

「一定要來喔！」茉津子興高采烈地回答。接著她朝遠方看去，低聲嘀咕：「請您自己來

5 御茶屋：二戰前在京都於祇園、先斗町等地區營業的邀請制陪侍宴會廳，與外燴、藝妓、娼館具有複雜的業務合作關係。

就好。」

「那樣會比較好嗎？」

「嗯。」她停下搓揉袖口的動作點點頭。「如果客人一多，我的盤纏會很快用完的。」茉津子打算招待我去找她玩。

「妳存了那麼多嗎？」

「我娘幫我買保險，等我三十二歲的時候，可以拿到好幾百圓呢！」

某晚我突然想到了一句話：弱女產子，無父可依。我有點擔心，茉津子看起來似乎像一回事，私底下該不會是個弱女子呢？我得找一個機會問問茉津子。

「茉津子呀，妳覺得妳珍惜自己的身體嗎？」

當時茉津子在隔壁的六疊房間裡幫內人拆衣服上的線，頓時屋內一片死寂。過了一陣，茉津子總算回答：「嗯。」

「那就好。」我翻身後又瞇上眼。這樣一來我就放心了。

前不久，我當著茉津子面，把一只裝滿熱水的鐵壺往內人身上丟。我發現內人瞞著我寫信給一個朋友，打算把錢寄給人家，於是對她說：少管人家閒事！內人冷靜地回答：那是我的私房錢。我大為光火：「看妳還敢不敢自作主張！」便將鐵壺奮力往天花板拋去。我癱坐在藤椅上，看著茉津子。茉津子手上拿著一把剪刀。她想殺我嗎？還是想殺內人？我隨時等著她把我殺了，所以視若無睹，然而內人卻好像什麼都沒發覺。
關於茉津子，我不願再繼續寫下去。我不想寫了。我看重這孩子的命，更甚於自己。
茉津子已經不在我身邊。我讓她先回去，因為天色已暗。
夜晚來臨，我必須就寢。整整三天三夜的時間，我想盡辦法卻無法入睡，整天昏昏沉沉。這時妻子反而比我還難受。她甚至哭著要我拍拍她，覺得會比較容易睡著。我試了一下，卻沒有用處。這時我感覺隔壁村樹林間一盞路燈的光芒，在我眼中像是一朵薊花。
我現在非睡不可，但還沒完成的創作必須收尾。我在枕邊擺著稿紙與3B鉛筆。
每一個晚上，每一個晚上，無量無數的詞彙洪水，像成千上萬的花朵般，從我眉間狂瀉不已，今天晚上卻沒來由地剩下我一人，如同下過雪後空洞的天空。我滿心羞愧，輾轉焦躁，巴不得馬上變成一顆石頭。我用捕蟲網捕捉伸手碰不到的那塊遠方空中飛舞的藍色蝴蝶，儘管盡是些空洞的字詞，總算還是捕捉到了兩、三隻。
夜晚的詞語。
「但丁，……波特萊爾，……還有我。這道連結讓人聯想起一條粗大筆直的鋼索。除此之外別無他者。」「死了，也要向前。」「為了長命百歲而活。」「跌踱之美。」「只提fact。」
當我晚上在外面遊蕩，明知對身體百害無一利，心底暢快卻溢於言表。我拿著一根竹拐杖（街坊都稱之為鞭子），沒有這一根，散步的樂趣會少一半。我必拿著這一根往電線杆戳、往樹幹揮去，撥開腳下雜草。這附近是漁村，環堵蕭然，闃無人聲，因為村子裡的人必須早起。一片泥巴的海。我穿著木屐就這樣步入海中。我咬著牙。一心只想著死。有一個男人在旁邊大罵，（沒骨氣的傢伙！振作起來！）我喃喃自語，（我擔心你比我更沒骨氣。）船橋市區的街道上，處處可見野狗徘徊。每一頭狗都朝著我吠叫。一個載著藝旦的黑色人力車從後面超車，她從透光的油布篷回頭看我一眼。八月底的某一天。內人從公眾澡堂回來，告訴我她剛才聽來的傳聞：有兩個膚質不好的藝旦，正在聊著我的傳言，說我仔細看來，還蠻不錯的。（這張臉一定會受二十七八歲藝旦歡迎。下次我會問我家鄉的哥哥要不要娶小姨太？我是認真的。）內人走到鏡檯前，一邊打著粉底一邊說：（如果早一年，不對，早半年就好了！）在挑高很低的屋子裡，一座落地鐘開始噹噹噹地響了起來。我拖著癱瘓的左腳奔跑起來。不，這男人逃走了。碾米廠的老闆辛苦地賺錢。他全身沾滿白米粉末，為了養活妻子與三個還在流鼻涕的小兒子，為了妻子的高級纏腰布，為了兒子們的尪仔標，每天拚死拚活。我，（你可別小看我現在這副德性，我不也在努力賺錢嗎？至少我不覺得無地自容。）碾米機隆隆作響。」「套一句佐藤春夫的說法，是一種低俗品味的極端。所以這裡僅有的美，都以誇張的方式呈現。」……「文人相輕。文人相重。一去，一回。……精緻的安眠藥用秤台。面無表情的護士，粗魯地移動秤台。」

首班電車。

天色已亮，即使天色光明，我也無法起身。一遇到不舒服的早晨，我就會叫內人幫我用玻璃杯裝一點酒拿來。我想著該起床刷牙，身體卻任性地不聽使喚，著實覺得可悲。這時，孩子會跑過來纏著我：「起來！」我一邊啜飲這杯對我來說相當嚴肅的酒，一邊看著眼前的庭院。我充滿睡意的兩眼，看到院子正中央出現一面一坪大小的扇形花圃。我回想起秋天冷到身體也招架不住的時候，曾經在內人面前嘟噥了一句：「放在院子也好，該來點好玩的東西。」不料將近二十種花草的球根，在我睡大覺的時候悄悄地種進去了，在那扇形的花圃裡，林立著寫上各種花名的白色厚紙牌。

「德國鈴蘭。」「鳶尾花。」「滿江紅。」「君子蘭。」「白色孤挺花。」「西洋錦風。」「流星蘭。」「長太郎百合。」「大花風信子。」「留門西斯。」「七夕百合。」「長生蘭。」「蜜絲安熱絲。」「電光種玫瑰。」「四季牡丹。」「王夫人鬱金香。」「雪之越種西洋芍藥。」「黑龍牡丹。」——我把這些花名一一寫在床頭的稿紙上。我的眼淚滴在袒露的胸膛上。有生以來頭一遭醜態畢露。扇形的花圃。還有風信子。我真是罪有應得！一切已經覆水難收了。看著花壇的人，想必都已經發現隱藏在我心底已久的土氣與駑鈍。扇形。扇形。唉呀，這一幅逼住我鼻尖，像我像到無可奈何的冷酷殘忍諷刺圖。

如果隔壁的茉津子看到這篇小說，可能就不會來我家了吧？因為我傷了茉津子的心。我的眼淚是因此而不斷流淌而出的嗎？

不。那片扇形似乎在斥責著我。我不需要茉津子。我為這篇小說進展到理所當然的狀態而哭泣。到死也必須巧言令色，是我的鐵則。

趁與各位讀者告別之際，我自豪地發現，在這十八張稿紙的小說裡舉出十隻手指也數不盡的自然花草名稱之同時，對這些植物的姿態隻字未提，哪怕只是無心的一行描述。再見，你可以走了！

「這些水，應可適應你的容器才對。」

〔echo〕005

晚年

ばんねん

作者　太宰治だざいおさむ
譯者　黃大旺
副總編輯　洪源鴻
企劃選書　董秉哲
責任編輯　董秉哲
封面繪圖　summerose
封面設計　adj. 形容詞
版面構成　adj. 形容詞
校對　賴凱俐
行銷企劃　二十張出版

出版　二十張出版——左岸文化事業有限公司
發行　遠足文化事業股份有限公司（讀書共和國出版集團）
地址　新北市新店區民權路108之3號3樓
電話　02・2218・1417
傳真　02・2218・0727
客服專線　0800・221・029
信箱　akker2022@gmail.com
Facebook　facebook.com/akker.fans
法律顧問　華洋法律事務所版——蘇文生律師

製版　東豪印刷事業有限公司
印刷　承傑印刷事業有限公司
裝訂　智盛裝訂股份有限公司

出版　二〇二四年六月——初版一刷
定價　四〇〇元

ISBN — 978・626・7445・05・1（平裝）、978・626・7445・03・7（EPUB）、978・626・7445・02・0（PDF）

國家圖書館出版品預行編目（CIP）資料：晚年／太宰治 著／黃大旺 譯 — 初版 — 新北市：
二十張出版 — 左岸文化事業有限公司發行 2024.6 336面 14.8×21公分.
ISBN：978・626・7445・05・1（平裝）861.57　　113000985

逆

火

火

AKKER
二十張出版